李贺集

【唐】李贺 / 著
李白芍 / 编著

江苏凤凰文艺出版社
JIANGSU PHOENIX LITERATURE AND ART PUBLISHING

图书在版编目（CIP）数据

李贺集 / (唐) 李贺著 ; 李白芍编著 . -- 南京:
江苏凤凰文艺出版社 , 2020.8

(中国诗词大家系列丛书)

ISBN 978-7-5594-5081-4

Ⅰ . ①李… Ⅱ . ①李… ②李… Ⅲ . ①唐诗－诗集
Ⅳ . ① I222.742

中国版本图书馆 CIP 数据核字 (2020) 第 153704 号

李贺集

[唐] 李贺 著　李白芍 编著

总 策 划　慧源通
总 编 辑　徐运全
责任编辑　王昕宁
特约编辑　陈长元
责任校对　张伟娜
装帧设计　李志雪
出版发行　江苏凤凰文艺出版社
　　　　　南京市中央路165号，邮编：210009
网　　址　http://www.jswenyi.com
印　　刷　嘉业印刷（天津）有限公司
开　　本　880×1230毫米 1/32
印　　张　8
字　　数　160千字
版　　次　2020年8月第1版
印　　次　2020年8月第1次印刷
书　　号　ISBN 978-7-5594-5081-4
定　　价　36.80元

前　言

李贺（约790年—约817年），字长吉，是“长吉体诗歌开创者”。唐代河南福昌人，家居福昌昌谷，后世称李昌谷，是唐宗室，为唐高祖李渊的叔父李亮（大郑王）后裔。有“诗鬼”之称，是与“诗圣”杜甫、“诗仙”李白、“诗佛”王维齐名的唐代著名诗人。

李贺自幼才思聪颖，七岁能诗，擅长“疾书”。年纪稍长，李贺白日骑驴觅句，装入囊中，暮则探囊整理，焚膏继晷，十分刻苦。唐德宗贞元二十年（804年），十五岁的李贺就已经誉满京华，与李益齐名了。

唐宪宗元和六年（811年）五月，李贺经宗人推荐，考核后，父荫得官，任奉礼郎，从九品。为官三年间，李贺耳闻目睹了许多事情，结交了一批志同道合的朋友，对当时社会状况有了深刻认识，创作了一系列反映现实、鞭挞黑暗的诗篇。

李贺诗受楚辞、古乐府、齐梁宫体、李杜、韩愈等多方面影响，经自己熔铸、苦吟，形成非常独特的风格。其诗最大的特色，就是想象丰富奇特、语言瑰丽奇峭。后人称赞说，长吉上访天河、游月宫，下论古今、探鬼魅；他的想象神奇瑰丽、旖旎绚烂；语言凝练峭拔，造语奇隽，色彩浓丽。他的笔下有许多精警、奇峭而有独创性的语言。

李贺诗歌诗风以空灵甚至诡异见长，在内容上主要是抒发怀才不遇的悲愤，描写幻想中的神鬼世界，诉说人民的疾苦，揭露时弊、批判统治者的荒淫昏聩，歌颂边塞将士的英勇等。其艺术特点为：想象奇谲，辞采诡丽，变幻缤纷，刻意创新。诗歌意象跳跃，结构不拘常法，修辞奇巧，语言奇峭。

李贺是继屈原、李白之后，中国文学史上又一位颇享盛誉的积极浪漫主义诗人。他的诗对统治者的昏庸、腐朽，对藩镇割据的黑暗现实，多所针砭；对下层人民的哀怨、痛苦亦多有同情，政治上具有进步倾向。在艺术上，李贺的诗调高气峻，或如云崩雪涌，奇峭浪漫；或如明霞秀月，清丽璀璨。李贺的诗，在想象的奇特、构思的精巧、语言的精辟等方面，极富独创性，别树一帜，开拓了中唐诗歌创作的别类风格。

为满足广大读者对李贺一生具有代表性作品的了解、阅读和鉴赏需求，我们精心编写了这本《李贺集》。在编写体例上，集众家之长，益独家之见，辟“原文”“注释”“译文”“创作背景”“赏析”和“铁闻异物录”六个栏目，收编了李贺的诗《雁门太守行》《秦王饮酒》等六十六首，并附《李贺大事记》。

本书秉承忠实于原著的思想，在“原文”“注释”“创作背景”中力求翔实，对有争议的原文、注解或创作年代，我们也在精心考证后作出综合分析、研判，给出较符合史实及作品内容的说法，同时附上争议者的观点，供读者参考；在“译文”“赏析”和“轶闻异物录”中，我们在力求翔实的基础上，给出编著者个人或集体的看法，且在赏析过程中，力求挖掘原著中的美学价值、艺术价值、思想价值，更力求客观地呈现给读者一篇艺术再创作的美文。

本书在编写过程中，参考了上海辞书出版社2013年8月出版的《唐诗鉴赏辞典》（新一版）。

由于编著者的能力所限，本书在编写过程中难免存在差错或遗漏，敬请广大读者批评指正。

鉴于部分作品的作者暂无法取得联系，请作者自行与本书发行单位联系，获取稿酬，万分感谢。

目 录

001 / 李凭箜篌引
007 / 残丝曲
010 / 还自会稽歌（并序）
014 / 出城寄权璩杨敬之
018 / 示　弟
021 / 竹
025 / 同沈驸马赋得御沟水
029 / 七　夕
033 / 过华清宫
036 / 咏怀二首
042 / 追和柳恽
045 / 雁门太守行
049 / 大堤曲
052 / 蜀国弦
056 / 苏小小墓
060 / 梦　天
063 / 天上谣
069 / 浩　歌
075 / 秋　来
080 / 帝子歌
084 / 秦王饮酒
089 / 美人梳头歌
095 / 洛姝真珠
100 / 湘　妃
103 / 南园十三首·其五
106 / 金铜仙人辞汉歌
111 / 黄头郎
115 / 马诗二十三首·其五
118 / 马诗二十三首·其二十三
121 / 老夫采玉歌

125 / 南山田中行
129 / 罗浮山父与葛篇
133 / 宫娃歌
139 / 致酒行
144 / 长歌续短歌
148 / 牡丹种曲
153 / 溪晚凉
158 / 昌谷北园新笋四首
165 / 感讽五首
176 / 三月过行宫
180 / 出　城
183 / 难忘曲
187 / 感　春
192 / 蝴蝶飞
195 / 后园凿井歌
198 / 开愁歌
203 / 杨生青花紫石砚歌
207 / 苦昼短
212 / 铜驼悲
215 / 巫山高
219 / 江南弄
224 / 上之回
227 / 高轩过
231 / 贝宫夫人
234 / 江楼曲
239 / 野　歌
242 / 将进酒
245 / 昆仑使者
248 / 李贺大事记

李凭箜篌引①

吴丝蜀桐②张③高秋④，空白⑤凝云颓不流。
江娥⑥啼竹素女⑦愁，李凭中国⑧弹箜篌。
昆山⑨玉碎凤凰叫⑩，芙蓉泣露香兰笑⑪。
十二门⑫前融冷光，二十三丝⑬动紫皇⑭。
女娲⑮炼石补天处，石破天惊逗⑯秋雨。
梦入坤山⑰教神妪⑱，老鱼跳波⑲瘦蛟舞。
吴质⑳不眠倚桂树，露脚㉑斜飞湿寒兔㉒。

◎注释

① 箜篌引：乐府旧题，属《相和歌·瑟调曲》。箜篌：古代弦乐器。又名空侯、坎侯，形状有多种。据诗中“二十三丝”，可知李凭弹的是竖箜篌。引：一种古代诗歌体裁，篇幅较长，音节、格律一般比较自由，形式有五言、七言、杂言。

② 吴丝蜀桐：吴地之丝，蜀地之桐。此指制作箜篌的材料。

③ 张：调好弦，准备调奏。

④ 高秋：指弹奏时间。这句是说在深秋天气弹奏起箜篌。

⑤ 空白：一作“空山”。《列子·汤问》：“秦青抚节悲歌，响遏行云。”此句言山中的行云因听到李凭弹奏的箜篌声而凝定不动了。

⑥ 江娥：一作“湘娥”。

⑦ 素女：传说中的神女。《汉书·郊祀志上》：“秦帝使素女鼓五十弦瑟，帝禁不止，故破其瑟为二十五弦。”

⑧ 中国：即国之中央，意谓在京城。

⑨ 昆山：即昆仑山。

⑩ 凤凰叫：形容乐音和缓。

⑪ 芙蓉泣露香兰笑：形容乐声时而低回，时而轻快。

⑫ 十二门：长安城东西南北每一面各三门，共十二门，故言。这

句是说清冷的乐声使人觉得长安城沉浸在寒光之中。

⑬ 二十三丝：《通典》卷一百四十四：“竖箜篌，胡乐也，汉灵帝好之，体曲而长，二十三弦。竖抱于怀中，用两手齐奏，俗谓之擘箜篌。”

⑭ 紫皇：道教称天上最尊的神为“紫皇”。这里用来指皇帝。

⑮ 女娲：中华上古之神，人首蛇身，为伏羲之妹，风姓。《淮南子·览冥训》和《列子·汤问》载有女娲炼五色石补天故事。

⑯ 逗：引。

⑰ 坤山：一作“神山”。

⑱ 神妪：《搜神记》卷四：“永嘉中，有神现兖州，自称樊道基。有妪号成夫人。夫人好音乐，能弹箜篌，闻人弦歌，辄便起舞。”所谓“神妪”，疑用此典。

⑲ 老鱼跳波：鱼随着乐声跳跃。源自《列子·汤问》：“瓠巴鼓琴而鸟舞鱼跃。”

⑳ 吴质：即吴刚。《酉阳杂俎》卷一：“旧言月中有桂，有蟾蜍。故异书言月桂高五百丈，下有一人常斫之，树创随合。人姓吴名刚，西河人，学仙有过，谪令伐树。”

㉑ 露脚：露珠下滴的形象说法。

㉒ 寒兔：指秋月，传说月中有玉兔，故称。

◎译文

深秋夜晚，弹起用吴丝蜀桐制作的精美箜篌，
美妙乐声，让天空的白云凝聚起来不再飘游。
湘娥感动得泪洒斑竹，也牵动素女满腔忧愁，
这都是因为乐工李凭在京城弹奏起一曲箜篌。
清脆的乐声像击碎了昆仑美玉又似凤凰鸣叫，
芙蓉听了在露水中饮泣，香兰听了开怀欢笑。
乐声融和了长安城十二座城门前的清冷光气，
二十三根丝弦轻轻一拨，惊动了上苍的天帝。
高亢的乐声直冲云霄，冲破女娲补过的天幕，
好似补天的五彩玉石被击破，作漫天秋雨落。
仿佛进入了神山之境，把弹奏技艺传给仙女；
神奇的乐声让老鱼和瘦蛟都兴奋得手舞足蹈。

吴刚被乐声吸引，倚在月宫桂树上长夜无眠，

月宫中的玉兔不顾夜寒露湿，也在树下聆听。

◎创作背景

这首诗大约作于唐宪宗元和六年至元和八年（811 年—813 年），当时李贺任职于长安，官奉礼郎（执掌祭祀的九品小官）。李凭是梨园弟子，因善弹箜篌，名噪一时。“天子一日一回见，王侯将相立马迎”，身价之高，似乎远远超过盛唐时期的著名歌手李龟年。他的技艺，受到诗人们的热情赞赏。

◎赏析

此诗运用一连串出人意表的比喻，传神地再现了乐工李凭创造的诗意浓郁的音乐境界，生动地记录下李凭弹奏箜篌的高超技艺，也表现了作者对乐曲的深刻理解，具有丰富的艺术想象力和艺术独创性。

“吴丝蜀桐张高秋，空白凝云颓不流”，诗句开门见山，以“吴丝蜀桐”表现箜篌的制作精良，借以衬托演奏者技艺的高超。“高秋”交代弹奏时间，正值深秋，同时具有秋高气爽的蕴意。接着移情于物，把云写成具有人的听觉功能和思想感情，似乎比“天若有情天亦老”（见《金铜仙人辞汉歌》）更进一层。优美悦耳的弦歌声一经传出，空旷山野上的浮云为之凝滞，仿佛在俯首谛听。以实写虚，亦真亦幻，极富表现力。

“江娥啼竹素女愁，李凭中国弹箜篌”，“江娥”“素女”与“凝云”互相配合，互相补充。善于鼓瑟的湘娥与素女，也被这乐声触动了愁怀，潸然泪下，极力烘托箜篌发出的天籁之音，具有“惊天地，泣鬼神”的魅力。“李凭中国”用“赋”笔点出演奏者的名姓，并且交代了演奏的地点。

前四句，由琴入声，然后写人，时间和地点一前一后，穿插其中。这样，突出了乐声，有着先声夺人的艺术力量。

“昆山玉碎凤凰叫，芙蓉泣露香兰笑”，正面写乐声，而又各具特色。先是以声写声，着重表现乐声的起伏多变。那箜篌，时而众弦齐鸣，嘈嘈杂杂，仿佛玉碎山崩，令人不遑分辨；时而又一弦独响，宛如凤凰鸣叫，声振林木，响遏行云。而后是以形写声，刻意渲染乐声的优美动听。诗人用“芙蓉泣露”摹写琴声的悲抑，而以“香兰笑”显示琴声的欢快，不仅可以耳闻，而且可以目睹。可谓构思奇特，具有形神兼备之妙。

“十二门前融冷光，二十三丝动紫皇”，诗人巧妙地运用过渡手法，由近至远，承上启下，比较自然地把诗歌的意境由人寰扩大到仙府。“融冷光”与“动紫皇”用浪漫夸张的语言传达真情实感，进一步点明乐声效果。箜篌声不仅消融了长安城的冷气寒光，还打动了高高在上的天帝。

“女娲炼石补天处，石破天惊逗秋雨”，诗人凭借想象的翅膀，飞向天庭，显示更为辽阔深广、神奇瑰丽的境界。乐声传到天上，正在补天的女娲听得入了迷，竟然忘记了自己的职守，结果石破天惊，秋雨倾泻。想象大胆超奇，出人意料，而又感人肺腑。一个“逗”字，把音乐的强大魅力和奇瑰的景象紧紧相连。而且，石破天惊、秋雨霶霈的景象，也可视作音乐形象的示现。

“梦入坤山教神妪，老鱼跳波瘦蛟舞”，诗人又从天庭描写到神山。那美妙绝伦的乐声传入神山，神妪也为之感动不已；乐声感物至深，老鱼瘦蛟也跟着跳跃起舞。诗人用“老”和“瘦”这两个似乎干枯的字眼修饰鱼龙，却有着完全相反的艺术效果，使音乐形象更加丰满。出奇不意的形象描写，无疑浮雕般地呈现了那无形美妙的箜篌声，仿若近在眼前。

“吴质不眠倚桂树，露脚斜飞湿寒兔”，以动入静，作进一步烘托。箜篌声使得每日伐桂、劳累不堪的吴刚倚着桂树，久久地立在那儿，竟忘了睡眠；玉兔蹲伏一旁，任凭深夜的露水不停洒落在身上，把毛浸湿，也不肯离去。这些饱含思想感情的优美形象，就像皎洁的月亮投影于水，显得幽深渺远，逗人情思，发人联想。

全诗语言峭丽，构思新奇，独辟蹊径。对乐曲本身，仅用两句略加描摹，而将大量笔墨用来渲染乐曲惊天地、泣鬼神的动人效果。大量的联想、想象和神话传说，使作品充满浪漫主义气息。

◎轶闻异物录

吴刚伐桂酿天下第一美酒——桂花酒

相传，吴刚每天伐树不止，千万年过去了，那棵神奇的桂树依然如旧，生机勃勃，每临中秋，馨香四溢。吴刚知道人间还没有桂树，就把桂树的种子传到人间。

古时候在杭州的两项山下，住着一个卖山葡萄的寡妇。她为人豪爽善良，酿出的酒，味醇甘美，人们尊敬她，称她为仙酒娘子。一年冬天，冰封雪冻，清晨，仙酒娘子刚开大门，忽见门外躺着一个骨瘦如柴、衣不遮体的中年男子，看样子是个乞丐。仙酒娘子摸摸那人的鼻口，还有点气息，就慈心大发，也不管别人会怎么议论她，把他背回家里，先灌热汤，又喂了半杯酒。

那汉子慢慢苏醒过来，激动地说：谢谢娘子救命之恩。我是瘫痪人，出去不是冻死，也得饿死，你行行好再收留我几天吧。

仙酒娘子为难了。因为常言道，寡妇门前是非多，像这样的汉子住在家里，别人会说闲话的。可是再想想，总不能看着他活活冻死、饿死啊！终于点头答应，留他暂住。

果不出所料，关于仙酒娘子的闲话很快传开，大家对她疏远了，到酒店来买酒的人一天比一天少了。

仙酒娘子忍着痛苦,尽心尽力照顾那汉子。后来,人家都不来买酒,她实在无法维持生计，那汉子也就不辞而别，不知所往。

仙酒娘子放心不下，到处去找，在山坡遇到一位白发老人，挑着一担干柴，吃力地走着。仙酒娘子正想去帮忙，那老人突然跌倒，干柴散落满地。老人闭着双目，嘴唇颤动，微弱地喊着：水，水……荒山野坡哪儿有水呢？仙酒娘子咬破中指，顿时，鲜血直流，她把手指伸到老人嘴边，老人忽然不见了。

一阵清风，天上飞来一个黄布袋，袋中贮满许许多多小黄纸包，另有一张黄纸条，上面写着：月宫赐桂子，奖赏善人家。福高桂树碧，寿高满树花。采花酿桂酒，先送爹和妈。吴刚助善者，降灾奸诈滑。

仙酒娘子这才明白，原来这瘫汉和担柴老人，都是吴刚变的。这事一传开，远近都来索要桂子。

善良的妇人把桂子种下，很快长出桂树，开出桂花，满院香甜，无限风光。那些心术不正的人，种下的桂子就是不生根发芽，使他们感到难堪，从此洗心向善。

大家都很感激仙酒娘子，是她的善行，感动了月宫里管理桂树的吴刚大仙，才把桂子洒向人间，从此人间才有了桂花与桂花酒。

残丝[1]曲

垂杨叶老莺哺儿，残丝欲断黄蜂归。

绿鬓[2]年少[3]金钗客[4]，缥粉[5]壶中沉琥珀[6]。

花台欲暮春辞去，落花起作回风舞。

榆荚相催不知数，沈郎[7]青钱[8]夹城[9]路。

◎注释

①残丝：游丝，虫类所吐之丝，飘浮空中。沈约诗："春风起春树，游丝暧如网。"

②绿鬓：乌黑的头发。

③年少：少年。

④金钗客：指女郎。

⑤缥粉：青白色。

⑥琥珀：松柏树脂的化石，色淡黄或红褐，此指琥珀色的酒。

⑦沈郎：晋代沈充。《晋书·食货志》载吴兴沈充铸小钱，谓之"沈郎钱"。

⑧青钱：榆荚，色白，成串，形似钱。

⑨夹城：唐代长安东城墙为双重城墙，中有路，很宽大，是帝王自宫中赴曲江、芙蓉园游览的通道。

◎译文

杨柳叶已老，黄莺在哺育雏鸟，
柳絮已落尽，黄蜂也不见踪迹。
黑发少年成了金钗女郎的常客，
终日沉溺在脂粉和琥珀美酒中。
芳华已向暮，青春也悄悄离去，
落花纷纷飘起，在晚风中飞舞。

飘落的榆荚似在催促游人归去，
让夹城有了一条铺满青钱的路。

◎创作背景

这首诗具体创作时间待考。李贺自幼聪明伶俐，十几岁就有诗名，当时有结伴游春的旧俗，在一个暮春时节，李贺看到榆荚落满了城中大大小小的路径，落花在风中起舞，触景生情，顿感时光易逝，青春一去不返，写下了这首情调略显悲凉的诗。

◎赏析

这首诗抒发了伤春的情怀，诗人巧妙地将它寓于青年男女的惜春游宴情景之中。

“垂杨叶老莺哺儿，残丝欲断黄蜂归”，写暮春景象，虽无片言只字言及暮春，但远比明言还要强烈。那育雏的春莺就栖止在浓枝密叶之中，那欲绝的游丝也正伴着黄蜂飘然飞去。动静相间，层次分明，交织成一幅浑融的画面，见出诗人运笔状物之妙。

“绿鬓年少金钗客，缥粉壶中沉琥珀”，描写春宴场面。通过对青春少年、妙龄女子、青白色的酒壶中满盛着琥珀色美酒的描写，一幅青年男女游春宴饮的画面已跃然纸上。至于那宴饮的具体情景，是否“宾既醉止，载号载呶，乱我笾豆，屡舞僛僛”，都留给人们凭借自己的经验去加以想象。艺术的启示力极强，含蓄而有余味。

“花台欲暮春辞去，落花起作回风舞”，写大好春光无可挽回地逝去。将花与春充分拟人化，写得生动引人，情意缠绵。本来是春去花谢，主动者在春，诗人却偏偏反转来说，花谢春归。由于花事欲暮，不免使春兴味索然，要黯然辞别归去了。然而花对于春，又是那样饱含眷恋之情。花瓣虽已离枝，却还要做最后的挣扎，随风回旋起舞。这落花恋春的背后又何尝不涵括青年惜时的深慨。

“榆荚相催不知数，沈郎青钱夹城路”，撷取暮春榆荚这一典型意象，来表现季节不可逆转的变换，也是对落花的情态的回应。一呼一应，迭宕有致。以落花为问，以榆荚为答，构思巧妙，笔路活脱，意趣盎然。

这首诗形象突出，色彩鲜明，无论是垂杨春莺，残丝黄蜂，还是绿鬓金钗，落花青钱，无不以其分明的形色深深印入人们的脑中。其组章造意，含蓄奇崛，攫人思绪。这些都表现了李贺诗的艺术特色。

◎轶闻异物录

沈郎钱

“沈郎钱”指的是东晋大将军王敦手下的一名参军沈充所铸的钱币。《晋书·食货志》：“晋自中原丧乱，元帝过江，用孙氏旧钱，轻重杂行。大者谓之比轮，中者谓之四文；吴兴沈充又铸小钱，谓之‘沈郎钱’。”

一个参谋军务的小官，何以有铸币大权？这要从当时的政治形势说起。东晋一朝，政局一直不稳，群雄割据，其中不乏谋反之人，这王敦就是一个。他本是晋武帝之女襄城公主的丈夫，因为手握重兵，又镇守江州要地，因此时时伺机夺取帝位。本来，东晋时期货币流通十分混乱，而内部长期不和，又使无序状况加剧，钱币质量低下。由于没有统一的币制，这些通行的钱币固有的面值也就失去了作用，它们之间的比值一般是以大小、轻重来作为标准的，这就为沈充铸钱提供了机会。

沈充出身于江南豪族，王敦闹事时，他在家乡浙江吴兴起兵响应，后被杀，民间所称“沈郎钱”就是在此期间铸行的。这种钱一般径七分半，重三铢半，钱文却曰“五铢”，由此可见制钱者的良苦用心；其特点是钱色青白，隐有外郭，制作工艺为模铸，既轻且小，如同柳絮和榆荚。

还自会稽[1]歌（并序）

庾肩吾[2]于梁时，尝作宫体谣引[3]，以应和皇子[4]。及国势沦败[5]，肩吾先潜难会稽，后始还家。仆意其必有遗文，今无得焉，故作还自会稽歌以补其悲。

野粉椒壁[6]黄，湿萤[7]满梁殿。
台城[8]应教[9]人，秋衾梦铜辇[10]。
吴霜点归鬓，身与塘蒲[11]晚。
脉脉辞金鱼[12]，羁臣[13]守迍贱[14]。

◎注释

①会（kuài）稽：在今浙江绍兴。

②庾肩吾：字子慎，南阳新野（今属河南）人，世居江陵（今属湖北）。擅长写诗，辞藻华美。萧纲当太子时，庾肩吾任东宫通事舍人。萧纲即位后，庾肩吾任度支尚书。侯景叛乱时，庾肩吾逃往会稽，后又转道回家。事见《梁书》《南史》之《庾肩吾传》。

③宫体谣引：诗篇名，现已佚失。宫体：指梁萧纲喜作艳诗，以宫中女子为题材，大家仿效他，渐成风气，时称“宫体”。

④应和皇子：奉命与皇子唱和诗歌。皇子：指萧纲还没有被立为太子的时候，被封为晋安王。

⑤国势沦败：这里指侯景叛乱，梁朝都城陷落等事件。国势：宋刊本、蒙古本、元本、《全唐诗》作“国世”。

⑥椒壁：古代皇后居住的宫殿，常用椒和泥涂在壁上，使室内温和芳香。

⑦湿萤：萤生于潮湿的地方，故名。

⑧台城：即朝廷所在地禁城。洪迈《容斋随笔》：“晋宋间，谓朝廷禁省为台，故称禁城为台城。”梁朝台城在建康（今江苏南京）。

⑨ 应教：臣子与诸位王子唱和诗作。

⑩ 铜辇：太子所乘坐的车。

⑪ 塘蒲：一作“蒲塘”。《世说新语·言语》：“顾悦与简文帝同年而发早白，简文曰：‘卿何以先白？’对曰：‘蒲柳之质，望秋而落；松柏之质，经霜弥茂。’”

⑫ 金鱼：宫门上鱼形的锁钥。此处代指皇宫。

⑬ 羁臣：放逐到外地去的官员。

⑭ 迍（zhūn）贱：政治上遇到困厄危难，处于贱辱的地位。迍：通“屯”。刘禹锡《子刘子自传》：“重屯累厄，数之奇兮。”

◎译文

庾肩吾在梁朝时，曾经作过《宫体谣引》，用来奉命与皇子唱和。到了梁朝国势衰败的时候，庾肩吾先是在会稽避难，后来才回到家乡。我本来认为他一定会留下一些文章，现在却没有发现，因此，我写下这首《还自会稽歌》来补写他的悲情。

墙壁上一块块霉斑改变了皇宫的样子，
成群结队的萤虫飞绕在梁国宫殿周旁。
曾是享誉一代的皇宫随侍作诗的宠臣，
如今却在秋冷被寒中梦想着太子车辇。
归来时，吴地寒霜已经染白他的鬓发，
此时，他的身躯与池塘蒲草一样衰老。
一腔情怀，脉脉而辞，别了京都皇宫，
流亡的臣子，而今困守在贫贱的家乡。

◎创作背景

关于这首诗的创作时间学界一直存有争议。钱仲联认为此诗创作时间为唐德宗贞元二十一年（805 年），当时李贺十六岁。而朱自清在《李贺年谱》中把这首诗大体定为唐宪宗元和八年（813 年）秋，李贺二十四岁的时候，以病辞奉礼郎，回到故乡昌谷时所作。

诗前的小序，交代诗人为庾肩吾补作《宫体谣引》的缘由，说明诗篇抒写庾肩吾“潜难会稽”后的悲伤感受。

◎赏析

这首诗是借写南朝梁代诗人庾肩吾的前事，借古叹今，为那些曾任职东宫而后遭贬斥的官员抒发内心的悲叹。

“野粉椒壁黄，湿萤满梁殿”，描写出昔日宫廷今已荒凉的情景，壁上的椒粉已经发黄，成为野粉；荒废的宫殿里飞满湿萤，一派凄凉景象，正是“国势沦败”的艺术写照。曾益解释说:“椒壁而曰野，粉白而云黄，凄凉颓圮，已自可知。又言昔日梁王之殿，只今惟有湿萤，则并其殿而无之矣，犹李白诗云:‘宫女如花满春殿，只今唯有鹧鸪飞。’”

“台城应教人，秋衾梦铜辇”，梦忆东宫生活，点出庾氏与萧梁皇太子酬唱宫体诗的故事，然而当初身受恩遇的宫体诗高手现在只能在秋衾睡梦中见到太子的辇车了——因为梁简文帝萧纲最终亦被侯景害死于台城。

“吴霜点归鬓，身与塘蒲晚”，叙述肩吾愁苦衰老的近况。前者喻指诗中人斑白的两鬓，是诗人将自身的生理现象巧妙地转移到古人的身上；后者则进而点明年华的衰老，就中交织着迟暮之感和黍离之悲。

“脉脉辞金鱼，羁臣守迍贱”，表达出甘守屯贱的意愿。李贺从二百多年前的庾肩吾“潜难会稽”这件在别人看来极平凡的小事中，塑造了一个流落失意但又不失刚劲之气的“羁臣”形象，并借以抒发了自己对世事多变的感伤和困顿潦倒中的悲愤之情，构思新颖，立意奇特。

全诗托古寓今，比物征事，体现了李贺诗歌诡异独特的风貌。

宫体诗

“宫体”之名，始见 于《梁书·简文帝纪》对萧纲的评语：“然伤于轻艳，当时号曰宫体。”宫体诗是指产生于宫廷的以描写宫廷生活为基本内容的诗歌，风格通常流于浮靡轻艳。也就是说，宫体诗是一种有特定内容和风格的宫廷文学。

宫体诗最早缘起于人们对徐摛诗体的称呼，以其流行于太子的东宫而得名，这类诗歌的共同艺术特点是：注重辞藻、对偶、声律。但这种风格的诗歌，自梁武帝及吴均、何逊、刘孝绰已开其端。宫体诗的主要作者就是萧纲、萧绎以及聚集于他们周围的一些文人如徐干、庾肩吾、徐陵等，陈后主陈叔宝及其侍从文人也可归入此类。

历来对宫体诗的批评，多以为其中有不少以写妇女生活及体态为内容，其实宫体诗内容并非限于写妇女生活，也有一些抒情咏物之作，即使是写妇女生活的作品，格调低下的也只占少数。总的来说，宫体诗的情调流于轻艳，诗风比较柔靡缓弱。至于被称为宫体诗人的萧纲、萧绎等人，也写过不少清丽可读之作，而庾肩吾、徐陵等，更有一些比较优秀的诗篇。

出城寄权璩[1] 杨敬之[2]

草暖云昏[3]万里春，宫花[4]拂面送行人。

自言汉剑[5]当飞去，何事[6]还车载病身[7]。

◎注释

①权璩：字大圭，唐代著名文学家权德舆的儿子。

②杨敬之：字茂孝，唐代著名文学家杨凌的儿子。

③云昏：指云灰暗貌。唐高适《蓟中作》："边城何萧条，白日黄云昏。"

④宫花：从宫苑飘出的飞花，此处明指柳絮或杨絮，暗指朝廷。

⑤汉剑：指传说中汉高祖刘邦斩白蛇的剑，是作者自喻。南朝宋刘敬叔《异苑》："晋惠帝元康五年，武库火，烧汉高祖斩白蛇剑、孔子履、王莽头等三物。中书监张茂先惧难作，列兵陈卫。咸见此剑穿屋飞去，莫知所向。"

⑥何事：为何，何故。

⑦病身：体弱多病之身。

◎译文

小草泛着暖色，云虽灰暗却挡不住春天的勃勃生机。

飞絮迎面扑来在脸颊上轻轻滑过，像是在为我送行。

自以为能像刘邦斩蛇之剑有所作为却一事无成走了。

回乡的时候，为何还用车子把我带病之身护送回家？

◎创作背景

唐宪宗元和五年（810年），二十一岁的李贺参加河南府试，作《河南府试十二月乐辞并闰月》。由于成绩突出，他被推选"应进士举"，并准备赴京参试。李贺本来天分颇高，又有韩愈、皇甫湜等师长的赏识和提携，很有希望一试中鹄，但由于有人嫉妒，竟坏了他这桩美事。原来唐人应试，极重家讳。题中若遇尊长名讳，必须要借故退出考场。李贺父亲名“晋肃”，“晋”与“进”同音，于是就有人扬言李贺不宜参试。韩愈曾为此写过一篇辩驳文章《讳辩》，文中质道：“父名晋肃，子不得举进士。若父名仁，子不得为人乎？”尽管辩解凿凿有力，但是，仍未能破除社会陋见，李贺最终被迫放弃了考进士的权利，罢考而归。诗人于元和五年冬赴考，元和六年春不第而返，离开京城时，写下这首诗寄给好友权璩和杨敬之。诗中因此事故意称自己“病身”。

◎赏析

这首诗为李贺入京考进士不第而归后感寄权璩、杨敬之二友之作，表达了作者的理想、抱负以及不情愿离开官场的无奈。

“草暖云昏万里春，宫花拂面送行人”，写诗人离京的季节和环境。“草暖”“春”“宫花”用来告示人们，春天已至，万里和融，京城之中也是春意盎然，一派迷人的景象。诗人此刻因“不第”而悲伤至极，但偏用如此美景相衬，这就愈加显出内心的痛苦。这种以乐景写哀情的手法，比纯粹以悲景写哀情，更有感染力，是辩证法在艺术上的体现。首句中的“云昏”和前两句的乐景不相协调，在这柳绿花红的背景之上，应有轻云、淡云相配才是。作者以“云昏”参互其间，其意颇深。首先，“云昏”可以看成作者当时沮丧心绪的形象写照，是诗人心灵的外化表现。周围一片喜人的春色，那是用来昭示其他参试并取得成就的考生的内心世界的。他们仕途得意，心花怒放，正同这浓郁的春色有着相似之处。而自己从此断绝了仕进，犹如大片昏云当头，不见前路。其次，“云昏”还可视为奸人从中作梗，阻碍了李贺的应试。在古诗中以云喻奸佞的说法很为流行，如李白即有“总为浮云能蔽日，长安不见使人愁”（见《登金陵凤凰台》）的名句。如果“云昏”喻奸人捣乱，那么就可把诗中有关春色的描摹看成李贺对自己原本应有的考试结果高度自信的形象说法。那暖草、那宫花、那春色本来是属于自己的，可恨这昏云覆盖了大地，一切均化为乌有，前程也就落空了。

“自言汉剑当飞去，何事还车载病身”，表明诗人曾立志要像汉剑一般破屋而飞，为国建功立业，可是这个愿望不得实现，只好坐上车儿往家乡载回这多病的身子。“汉剑”，是诗人将自己比喻为剑，表达出渴望自己能像飞剑一样砍削邪恶，匡扶正义，为国为民干一番事业的抱负。在李贺诗中，随处可见他咏剑赞剑之句，如“剑光照空天自碧”（见《秦王饮酒》），“莫嫌剑光冷”“能持剑向人”（见《走马引》）等等。在这些诗句中，作者或以剑眠喻示自己心志的沉滞，或以剑吼比作自己当冲决阻遏，或以剑飞隐指自己应建立功勋。可以说剑在诗人笔下已穷形极态，被状摹得具有人的灵性和精神了。此诗中“当飞去”的剑的形象，便是其中极有代表性的一例。

如李贺称韩愈的诗作有奇崛的特色，即“笔补造化天无功”（见《高轩过》）一样，他本人的诗作同样也是出奇制胜。在李贺的这首早期诗作中，荒诞虚幻的特色得到充分体现，为其以后的创作奠定了风格上的基调。

◎轶闻异物录

斩蛇起义

“斩蛇起义”是刘邦建立大汉王朝之前的历史典故，讲述了刘邦在丰西芒砀山泽斩蛇，举起反抗暴秦的义旗的故事。

传说，刘邦做沛县亭长时，为县里押送一批农民去骊山修陵。途中大部分人都逃走了。刘邦思量，即使到了骊山也会获罪被杀。于是他带着余下的人走到丰县西的涸泽地带就停下来，他饮酒大醉，夜里干脆就把剩下的所有农民都放了，并对他们说：“你们都走吧，我从此也要逃跑了。”这些农民中愿意跟随刘邦的有十多个。刘邦带醉行走在丰西泽中，让一个农民在前面探路。这个人回来说：“前面有一条大蛇挡路，我们还是回去吧。”刘邦趁着酒劲说：“大丈夫独步天下有什么害怕的！”于是走到前面拔剑将蛇斩断。蛇从正中间被分为两段。走了几里地，刘邦醉得倒下睡着了。刘邦队伍中走在后面的人来到斩蛇的地方，看见一个老太太在路边放声啼哭。问她为什么这样伤心，说：“我儿子被人杀了，所以痛哭。”问她儿子为什么被杀，她说：“我儿子是白帝子，变成蛇横在路上，被赤帝子杀了，所以我很伤心。”人们以为她胡说八道、散布谣言，想打她，这个老太太却突然不见了。刘邦醒来后听到这一情况，心里很高兴，跟随他的人越来越敬畏他。

刘邦听说秦始皇曾经说“东南方向有天子气”，于是亲自东游来验证，藏在芒砀山的深山老林中。他的妻子吕雉和其他人寻找他，每次都能在人迹罕至之处找到。刘邦觉得奇怪，就问是怎么回事。吕雉说：“你在的地方总有云气凝结，所以我们根据这一现象总能找到你。”

刘邦听了很高兴，沛县中的人知道后，都来归附刘邦。

示　弟[1]

别弟三年后，还家一日[2]余。

醁醽[3]今夕酒，缃帙[4]去时书。

病骨[5]犹[6]能在，人间底事无？

何须问牛马，抛掷任枭卢[7]！

◎注释

① 示弟：明弘治本《锦囊集》、徐渭批本《昌谷诗注》题下都有“犹”字，由此可知诗人弟弟的名字叫“李犹”。

② 一日：一作“十日”。

③ 醁醽（lù líng）：酒名。《文选》左思《吴都赋》：“飞轻轩而酌醁醽。”盛弘之《荆州记》曰：“渌水出豫章郡康乐县，其间乌程乡有井，官取水为酒，酒极甘美，与湘东酃湖酒年常献之，世称醁醽酒。”

④ 缃帙（xiāng zhì）：指浅黄色的包书布。

⑤ 病骨：病身。

⑥ 犹：一作“独”。

⑦ 牛马、枭卢：古代有掷五木的博戏，五木其形两头尖，中间平广，一面涂黑色，画牛犊以为花样，一面涂白，画雉以为花样。凡投掷五子皆黑者，名“卢”；白二黑三者，曰“枭”。见李翱《五木经》和程大昌《演繁露》卷六《投》。

◎译文

与弟弟别离已经有三年了，
回家重聚也有一天多时间。
醁醽是今晚餐桌上的美酒，
离家时的书还用缃帙包着。
一身的病痛还能活着回家，

世间还有何困难不能克服？
何必要去掷五木问卜前途，
抛出去，管它是枭还是卢。

◎创作背景

这首诗作于唐宪宗元和八年（813年），作者辞官归昌谷后。当时李贺失意潦倒，病归昌谷，写下这首诗。

◎赏析

这首诗抒发了作者辞官归乡后与亲人团聚时内心的愤懑之情。

“别弟三年后，还家一日余”，开篇点题，交代情由，点明时间与地点。诗人失意归来，不免悲伤怨愤；和久别的亲人团聚，又感到欣喜宽慰，为下文复杂的思绪作了必要的铺垫。

“醁醽今夕酒，缃帙去时书”，表现诗人归家后悲喜交织的复杂心情。弟弟不因“我”落魄归来而态度冷淡，仍以美酒款待。手足情深，互诉衷肠，自有一种无法用言语表达的乐趣。可是一看到行囊里装的仍是离家时带的那些书籍，又不禁悲从中来。这里虽只字未提官场失意，而仕途蹭蹬的境况，已通过对具体事物的点染，委婉地显示出来了。诗人善于捕捉形象，执简驭繁，手法是十分高妙的。

“病骨犹能在，人间底事无”，诗人一方面顾影自怜，抒发了沉沦不遇的感慨；另一方面又指摘时弊，表达了愤世嫉俗的情怀。这两种感情交织在一起，显得异常沉痛。

“何须问牛马，抛掷任枭卢”，回答弟弟关于考试得失的问话。“牛马”和“枭卢”是古代赌具“五木”上的名色，赌博时，按名色决定胜负。其实当时“枭”（负彩）“卢”（胜彩）

早见分晓，失败已成定局，诗人正是悲愤填膺的时候，却故作通达语，这是悲极无泪的一种表现。表面上愈是装得“冷静”“达观”，悲愤的情怀就愈显得深沉激越。

这首诗，音韵和谐，对仗工稳，是李贺诗中“章法井然”的一个典型例子，全诗各联出句和对句的意思表面是相对或相反，其实是相辅相成，一是显示悲苦，一是表示欣慰，但其思想感情的基调都是忧伤愤激的。表面上诗人装作不介意仕途的得失，自我解嘲，流露出的却正是隐藏在内心深处的极大痛苦。

◎轶闻异物录

古代博具——五木

古代樗蒲博戏用具。因为是木制的五子，故名五木。古博戏樗蒲用五木掷采打马，其后则掷以决胜负。后世所用骰子相传即由五木演变而来。亦有用石、玉、象牙或骨制的。现已失传。据宋程大昌《演繁露》记载，它的形状是两头尖，所以能够转跃，中间两面平广可以镂采，一面涂黑画犊，一面涂白画雉。投子时，最高采称为卢，须五子皆黑；次等称为雉，须四黑一白；若黑白混搭，又次一等，或称为枭、或称为犍。后世对五木加以改制，截去两头尖端，蹙长为方，由二面成为六面，演化成另一种赌具骰子。

竹

入水[①]文光[②]动，抽空[③]绿影春。

露华[④]生[⑤]笋径[⑥]，苔色拂[⑦]霜根[⑧]。

织可承香汗[⑨]，裁堪钓锦鳞[⑩]。

三梁[⑪]曾入用，一节奉王孙[⑫]。

◎注释

①入水：指竹竿倒映水中。

②文光：错杂的波光。

③抽空：形容竹节当空劲直挺拔生长的状态。

④露华：露花。

⑤生：一作“垂”。

⑥笋径：长着竹子嫩芽的小径。

⑦拂：一作“伏”。

⑧霜根：竹根表面有白粉，似霜。

⑨香汗：代指美人。

⑩锦鳞：代指鱼。

⑪三梁：是古代公侯所戴的帽子。梁：是古人帽子里面硬的横衬，用竹制成。汉唐冠帽有五梁、三梁、两梁的制度。李贺是“王孙”，按照唐朝的制度，应该戴三梁的帽子。

⑫“一节”句：借用典故，《史记·赵世家》记载：“襄子奔晋阳，原过从，后至于王泽，见三人，自带以上可见，自带以下不可见。与原过竹二节，莫通。曰：‘为我以是遗赵无恤。’原过既至，以告襄子。襄子齐三日，亲自剖竹，有朱书。”

◎译文

竹竿映入水中光影闪动，竹节当空抽长绿影增春。

晶莹的露珠点缀着笋径，苍翠的苔藓满布在竹根。

编织为席可供美女纳凉，制成渔竿能够钓起大鱼。

三梁冠也曾经用竹做成，砍上一节去奉敬给王孙。

◎创作背景

这首诗在艺术表现手法上显得不够成熟，应该是李贺早期作品，大约作于唐德宗贞元二十一年（805年），李贺居住在昌谷（在今河南省宜阳县西南），尚未成年的时候。

◎赏析

这首诗是作者借竹自比。前四句摹写竹之形状，写出了竹子的劲直潇洒，也写出了环境的幽雅迷人；后四句换一种笔法，描写竹子的功用，并寄寓了作者的感慨，表现了作者的抱负与希望。

“入水文光动，抽空绿影春”，直接描写竹子的外形。一是下写竹子入水之态，一是上写竹笋抽空之影。诗人低头看见了水中的文竹，微光摇曳，斑驳可爱；抬头望见了绿色的竹影，竹影凌空而上，充溢着春天的勃勃生机。一俯一仰，把不同形态的竹子十分细致地刻画了出来，极具意味。

“露华生笋径，苔色拂霜根”，间接写竹，以露、苔衬竹，描写出竹子所处环境之清幽，以及竹子的青翠可爱之态。但是不管是直接写还是间接写，都并非出于悬空虚拟，而是实实在在的情景和境地，是诗人置身其间的观察、摹写，不仅写出了竹子的挺拔，而且写出了环境的清幽。

“织可承香汗，裁堪钓锦鳞”，写竹子的功用，并寄寓感慨。竹子编织为席，可以承接美女香汗；斫裁成竹竿，可以用来钓鱼。这都是竹子最普通的用途，引起接下来写它的独特之处以及作者的寄兴。

“三梁曾入用，一节奉王孙”，夸耀竹子曾被朝廷采用，

所装饰的三梁冠可以为王侯所戴。竹子那潇洒的风度、劲直的气节，以及竹子的被重用，这些不禁令诗人钦羡和感慨。

全诗色彩鲜明，形象生动，语言含蓄隽永。

◎轶闻异物录

赵襄子

赵襄子，嬴姓，赵氏，名毋恤。春秋末叶晋国大夫，赵氏家族首领，战国时期赵国的创始人。

赵襄子为赵鞅之子，因母是从妾，又是狄人之女，所以，他在诸子中名分最低，属于地位最低的那类庶子。小的时候，甚至连赵鞅都看不上他。但是，毋恤从小就敏而好学，胆识过人，不似诸兄纨绔，久而久之，引起赵氏家臣姑布子卿的注意。子卿素以善相取信于赵鞅。有一天，赵鞅召诸子前来，请子卿看相，子卿趁机举荐了毋恤。赵鞅注重对儿子们的教育和培养。他曾将训诫之辞，书于若干竹板上，分授诸子，要求他们认真习读，领悟其要旨。并告诉他们三年之后要逐一考查。然而，在考查时，他的儿子们，甚至连世子伯鲁，也背诵不出，以至连竹板也不知遗失何处。只有毋恤对竹板上的训诫背诵如流，而且始终将竹板携藏于身，经常检点自己。于是，赵鞅始信子卿所荐，认为毋恤为贤。及至诸子长大成人，赵鞅又对他们进行更深入的考察。有一天，他召见儿子们说：“我将一宝符藏于常山（今大茂山即河北古恒山，在河北阜平西北境）之上，你们去寻找吧，先得者有赏。”于是，诸子乘骑前往，寻宝符于常山。然而，他们谁也没有找到宝符，只得空手而归。只有毋恤说：“我得到了宝符。”赵鞅闻听便让他将情况道来。毋恤说：“凭常山之险攻代，代国即可归赵所有。”赵鞅听罢高兴异常，顿觉只有毋恤明白自己的良苦用心，是赵氏大业难得的继承人。遂废掉世子赵伯鲁，破例立毋恤为世子。

前 476 年，赵简子去世，毋恤承袭简子晋卿之职，史称赵襄子。

同沈驸马[1]赋得御沟[2]水

入苑[3]白泱泱[4]，宫人[5]正靥黄[6]。

绕堤龙骨[7]冷，拂岸鸭头[8]香。

别馆[9]惊残梦[10]，停杯泛小觞[11]。

幸因流浪处[12]，暂得见何郎[13]。

◎注释

① 沈驸马：对于“沈驸马”是谁，一直存有争议。一说指唐顺宗之女西河公主之夫沈翚，一说指唐宪宗之女南康公主之夫沈汾。他们都是与李贺同时代的人，都姓“沈”，也都是“驸马”。现在，已经难以确指。

② 御沟：流入宫内的河道。

③ 苑：指宫室内苑。

④ 泱泱：深广的样子。

⑤ 宫人：宫女。

⑥ 靥黄：指李贺所处的年代，流行在面颊附近施以月形黄色粉妆，曰黄星靥（见段成式《酉阳杂俎》）。

⑦ 龙骨：指沿着御沟砌的石条，因石上雕有龙形，故名。

⑧ 鸭头：指绿色的水。唐时有种染料叫“鸭头绿”，似其色之水称鸭头。

⑨ 别馆：指流水离开宫内。

⑩ 残梦：指拂晓时分，即将醒来时做的梦。

⑪ 泛小觞（shāng）：古代一种喝酒时的游戏，也即流觞。古人斟酒于觞中，放在曲折的水中，随水漂流，漂到谁的面前停下，谁就喝酒。

⑫ 流浪处：指御沟水清波荡漾的地方。

⑬ 何郎：三国魏何晏，字平叔，南阳人，有奇才，美容貌，尚金乡公主。这里借指沈驸马。

◎译文

既清澈又深广的御河水流进了宫苑围墙，
宫女们忙着在御河边上梳妆打扮点花黄。
御河水沿着冰冷的石砌河堤，绕城流淌，
御河流经之地，岸边都散发着胭脂芳香。
流水经过离宫别馆，香气惊醒了梦中人，
人们聚集在曲水岸边，玩流杯小饮游戏。
我追逐碧波荡漾的流水幸运地来到这里，
得以短暂地接触到才貌双全的驸马沈郎。

◎创作背景

唐宪宗元和七年（812 年）春，李贺为奉礼郎时，得以入宫苑同沈驸马一起赋诗，因此，诗人深感荣幸，写下了这首带点戏作韵味的诗。

◎赏析

这是一首五言律诗。李贺和沈驸马同游宫苑以“赋得御沟水”为题，唱和赠答。

“入苑白泱泱，宫人正靥黄”，开篇点题，交代地点。写御沟之水，只起首一句直笔状水流之貌，余皆曲为之辞，然都不离御沟和水。流入御沟之水，始则“白泱泱”，其时正值清早时候，继而水绕沟堤，已有脂粉香气。

“绕堤龙骨冷，拂岸鸭头香”，写温馨和谐之景，不言“绿”字，然意趣盎然。“冷”补足“宫人正靥黄”，点明同游宫苑的时间是早晨。

“别馆惊残梦，停杯泛小觞”，再经别馆，汩汩有声，故能惊人梦醒，曲折回环，故可流觞饮酒为乐。同游者贵为驸马，幸得相见于御沟。紧扣诗题，以浪漫的笔调突出了诗人与沈驸马的才情和诗兴。

“幸因流浪处，暂得见何郎”，为感激之辞，将沈驸马比作才貌兼备的何晏，赞美之中依稀传达了相聚时的欢快。

对于这种应酬之作，李贺写得也不空泛，他用细腻的笔触，把御河沟里的水流入宫苑、宫女正在梳妆、水声惊醒早梦、水流可供流觞等一系列场景描绘得栩栩如生，极其富有生活情趣。全诗倒叙，先写宫苑清晨之景，后写入苑情由，显示出了李贺的诗艺才情。

◎轶闻异物录

傅粉何郎

何晏容貌俊美，而且喜欢修饰打扮，面容细腻洁白，无与伦比。因此魏明帝疑心他脸上搽了一层厚厚的白粉。一次，在夏天之时，魏明帝着人把他找来，赏赐他热汤面吃。不一会儿，他便大汗淋漓，只好用自己穿的衣服擦汗。可他擦完汗后，脸色显得更白了，明帝这才相信他没有搽粉。

后人把“傅粉何郎”作为典故，用来形容人面容白净漂亮，甚至也用来形容一些洁白的物品。如唐代诗人刘禹锡在《题丁家公主旧宅》一诗中，就有“何郎犹在无恩泽，不似当初傅粉时”。唐诗《梅花赋》中也有“俨如傅粉，是谓何郎”的语句。

七　夕①

别浦②今朝暗，罗帷③午夜愁。

鹊辞穿线月④，花⑤入曝衣楼⑥。

天上分金镜⑦，人间望玉钩⑧。

钱塘苏小小⑨，更⑩值一年秋。

◎注释

①七夕：民间传说，牛郎织女每年农历七月初七夜晚，在天河相会。事见应劭《风俗通义》。旧俗妇女在庭院中进行乞巧活动，结彩缕，穿七孔针，陈瓜果于庭除，以乞巧。事见宗懔《荆楚岁时记》。

②别浦：指天河、银河。王琦云："以其为牛女二星隔绝之地，故谓之曰别浦。"

③罗帷：丝制帷幔。战国楚宋玉《风赋》："跻于罗帷，经于洞房。"

④"鹊辞"句：七夕乌鹊填河成桥，以渡织女。

⑤花：黎简校作"萤"。

⑥曝（pù）衣楼：皇宫中帝后于七月七日曝衣之处。唐沈佺期《七夕曝衣篇》曰："宫中扰扰曝衣楼，天上娥娥红粉席。"

⑦金镜：圆月。七夕，月未圆，故云"分金镜"。又借用陈代徐德言与妻子乐昌公主分镜的故事，暗喻自己与所眷恋的女子不能团圆。

⑧玉钩：状新月、缺月，望月而冀其复圆，寓人间别而重逢意。

⑨苏小小：南齐时钱塘名妓。《乐府诗集·杂歌谣辞三·〈苏小小歌〉序》："《乐府广题》曰：'苏小小，钱塘名倡也。盖南齐时人。'"这里指自己曾经欢遇的女郎。

⑩更：《全唐诗》校"一作又"。

◎译文

天河七夕布满阴云，独处罗帐半夜愁醒。

乌鹊纷纷离去穿线，萤火飞入了晒衣楼。

牛郎织女分分合合，人间情侣望月慨叹。
见不到钱塘苏小小，孤独寂寞又是一秋。

◎创作背景

这首五律具体创作时间待考，是诗人因七夕而怀念所眷恋女子的抒情之作。据诗中内容看，他们的定情之日，正是前一年的七夕。

◎赏析

这首诗首联中作者通过对比，对自己的相思苦情作了深层的刻画；颔联借用环境的陪衬和触景生情的手法，表现出时间的推移和作者难以忘怀的悲怆心情；颈联遐想着天外，运用浪漫主义的妙笔进行渲染；尾联貌似平淡，其实蕴含无限缠绵的情思。

“别浦今朝暗，罗帷午夜愁”，一写天上七夕，牛郎织女相会；一写人间孤男，夜半怅然怀愁。银河是牛郎织女一年一度相会后重又分手的地方，因此称“别浦”。今夜别浦云水迷茫，星汉闪烁，牛郎织女在鹊桥上还能相依相偎珍惜这美好的一瞬，互诉别后一年来的相思深情。虽然匆匆一面，仍不免执手相看泪眼而黯然离去，但他们毕竟是喜得重逢，欢情如旧，悲中有乐。默想自身，一年前此夕定情以后就天各一方，重会无日。此刻已到了夜半，正是牛郎织女情浓时，而诗人却只能怅卧罗帷之中，瞪大了眼，在相思中煎熬，心头的愁云越压越重，何况今后能否再见一面也是未知之数，真是“思牵今夜肠应直”（见李贺《秋来》）。相比之下，自己的苦况远远超过了牛郎织女。首联通过对比，主客分明地对自己的相思苦情作了深一层的刻画，可谓出手不凡。

“鹊辞穿线月，花入曝衣楼”，一夜易过，但在离人的心里却又是那般漫长。新月终于悄悄地挂在天边，喜鹊搭桥的时限也已到来。鹊群无可奈何地辞别了银月照映下人间穿线乞巧的少女，鼓翅飞离而去，牛郎织女重又陷入痛苦相思的岁月之中。天色渐明，拂晓轻寒，秋花映入诗人的曝衣楼。七夕曝衣，是当时的习俗。“花入曝衣楼”这一凄清的情景，定会勾起诗人对一年前七夕定情的缅怀，曝衣楼或许就是他们定情的场所。本来，诗人长夜不寐，一缕情思时时萦绕着那远去的恋人；如今七夕刚过，只有秋花辉映于曝衣楼上，当年伊人的倩影却已渺如黄鹤，杳不可见。颔联借用环境的陪衬和触景生情的手法，表现出时间的推移和诗人难以忘怀的悲怆心情。

“天上分金镜，人间望玉钩”，天已经大亮了，诗人还痴痴地凝望着碧空的半弯缺月，潸然欲涕。月亮本就像一面明镜，眼下却只剩下半轮，真成了破镜。牛郎织女可能都各自拿了一半，苦苦地隔河相望了。然而人间的破镜却难重圆。望着望着，他多么想借助天上的玉钩把两颗破碎的心钩连到一起，有情人总该重归于好。颈联又遥想天外，运用浪漫主义的妙笔，给这一幕爱情悲剧渲染上几丝美丽的光彩，虽然这毕竟属于幻想。

“钱塘苏小小，又值一年秋”，幻想终于破灭了，诗人又回到了残酷的现实中。他日思夜想的恋人，可能是像南齐钱塘苏小小那样的名妓。年前一别，刻骨铭心，不觉又到了秋风瑟瑟的季节。别时容易见时难，诗人的遭际竟然比牛郎织女还要不幸。面对茫茫的前景，一阵阵难以言说的隐痛又袭上诗人心头。这一貌似平淡的结尾，蕴蓄着无限缠绵的情思，表现出怅恨不尽的意味。

全诗以构思的新奇、抒情的深细以及语言的工稳见胜，与李贺诗常见的惊才绝艳、秾丽诡奇多少有些不同。此诗中遣词造句均是生活中的常语，抒情含而不露，味而愈出。特别是章法构思之妙实足令人折服。全诗从夜半写到天明，又以牛郎织女的相会映衬自身的孤处，充分显示出作者过人的艺术功力。

◎轶闻异物录

牛郎织女

牛郎织女，是中国古代著名的民间爱情故事中的人物，从牵牛星、织女星的星名衍化而来。传说古代天帝的孙女织女擅长织布，每天给天空织彩霞，她讨厌这枯燥的生活，就偷偷下到凡间，私自嫁给河西的牛郎，过上男耕女织的生活。此事惹怒了天帝，把织女捉回天宫，责令他们分离，只允许他们每年的七月初七相会一次。他们坚贞的爱情感动了喜鹊，无数的喜鹊每逢七月初七就飞来天河，用身体搭成一道跨越天河的彩桥，让牛郎织女在天河上相会。

牛郎织女的故事源于人们对自然天象的崇拜，后来发展成为七夕节。每到过节时，古代女性会向着天上的织女星和牛郎星许愿，希望自己能有智慧的头脑、灵巧的双手与美好的姻缘。

过华清宫[1]

春月夜啼鸦，宫帘隔御花[2]。

云生朱络[3]暗，石断紫钱[4]斜。

玉椀[5]盛残露[6]，银灯点[7]旧纱。

蜀王[8]无近信[9]，泉[10]上有芹[11]芽。

◎注释

①华清宫：唐代宫殿名。《元和郡县志》："华清宫在骊山上，开元十一年初置温泉宫。天宝六载改为华清宫。又造长生殿，名为集灵台，以祀神也。"

②御花：宫苑中的花。

③朱络：红漆的窗格子。一说，为挂在屋檐下防鸟雀的红色网络。

④紫钱：紫色像钱形的苔藓。明何景明《画钱赋》："松团碧盖，苔断紫钱。"

⑤玉椀（wǎn）：玉制的食具，亦泛指精美的碗。一作"玉碗"。

⑥残露：残余的露水，此指残余的酒。

⑦点：点亮。一作点污之意，意思是灯纱上已经染上了斑点。

⑧蜀王：指唐玄宗李隆基。安史之乱中，安禄山叛军猛攻长安，李隆基急急逃到蜀地去避难，诗人因此称他是"蜀王"。

⑨近信：新消息。

⑩泉：指温泉，即华清池。

⑪芹：即水芹，夏季开白花，性喜温暖潮湿，茎叶可作蔬菜。

◎译文

春月夜里只听见乌鸦哀啼，帘幕长垂隔着寂寞的宫花。

云雾缭绕下红窗显得暗淡，断裂阶石的紫苔歪歪斜斜。

玉碗里兴许还残留着剩酒，银灯恐怕也围着薄纱微亮。

蜀王出奔还没有新消息时，泉边已长出了水芹的嫩芽。

◎创作背景

华清宫在今陕西省临潼县南骊山上，山上有温泉，即华清池，是唐玄宗李隆基同贵妃杨玉环洗浴处。诗人在春夜里偶过华清宫，看到当年李、杨寻欢作乐之地已是一片荒凉冷落。他想到李隆基晚年荒淫昏愦，宠爱杨妃，重用安禄山，招致祸乱；又想到李隆基在叛乱发生后束手无策，仓皇奔蜀，于是写了这首诗。所以，这首诗应当创作于长安，具体创作时间待考。

◎赏析

这首诗描绘昔日繁华富丽的华清宫而今荒凉破败的景象，暗寓讽刺和感喟之意。

“春月夜啼鸦，宫帘隔御花”，写华清宫春夜的凄凉可怖气氛。在月色明媚的春夜，当年华清宫车马合背，宫女如云，灯烛辉煌，歌吹沸天。而今唯有一轮清冷的春月，照着这荒无人迹的宫苑；从黑黝黝的丛林里，传来阵阵寒鸦的哀鸣。隔着积满尘土的窗帘，看到宫花仍旧迎春盛开。但无人观赏，显得那样寂寞悲苦。

“云生朱络暗，石断紫钱斜”，写诗人俯仰所见之景。仰看宫檐，一团团云雾从檐下防鸟雀的红色网络间涌出；俯看御阶，石块在多年风雨剥蚀下已经残破断裂，紫色钱形的苔藓欹斜横生。以上，都是诗人眼前所见的实景。

“玉椀盛残露，银灯点旧纱”，发挥大胆的想象力，使讽刺的意蕴更加深刻。诗人巧妙地创造出亦实亦虚、亦真亦幻的景物意象。“玉椀”是实物，宫殿荒废已久，案上玉碗犹在。碗里即使原先盛满美酒，也早已挥发净尽了。而诗人却设想玉碗里至今仍剩有残酒没有喝完，仿佛还在散发出醉人的芳香。说“残露”而不说“残酒”，含蓄委婉，暗用汉武帝造仙人承露盘以求仙露的典故，隐寓讽意。宫灯也是实物，但灯油或蜡烛决不可能一直燃点不熄。诗人竟想象宫灯还在亮着，昏黄的灯光映照着灯上的旧纱。这两句描写精妙绝伦。

“蜀王无近信，泉上有芹芽”，讽刺意味更加强烈。“蜀王”指李隆基，唐玄宗逃避入蜀，故称之，而帝不称帝，其意自明。又说他“无近信”，即逃跑之后便毫无信息，对社稷危亡和百姓的苦难不闻不问，无所作为，连帝位也被儿子李亨夺了。这又是绝妙的嘲讽和大胆的揭露。这个结尾，以景结情，即小见大，既表现出华清宫的凄冷、荒寂，又寄寓了诗人“黍离麦秀”之感慨，有言外之意，故颇为方扶南等注家赞赏。

全诗包含有深刻的讽刺，但含而不露，深得含蓄的妙处。

◎轶闻异物录

华清宫

华清宫始建于唐初，鼎盛于唐玄宗执政以后。唐玄宗悉心经营建起如此宏大的离宫，几乎每年十月都要到此游幸，岁末春节时回长安。故有“十月一日天子来，青绳御路无尘埃”的名句。据清乾隆本《临潼县志》载：从开元二年（714 年）到天宝十四载（755 年）的四十年间，唐玄宗先后出游华清宫三十六次，有时一年两去，其微行间出无法计算。游幸规模甚大，“千乘万旗被原野，云霞草木相辉光”“八十一车千万骑，朝有宴饮暮有赐”。等于把长安的政府机关搬到骊山，竟然以华清宫为中心，形成了一个新的城市。安史之乱后，政局突变，唐玄宗终于从皇帝的宝座上跌落了下来。华清宫的游幸迅速衰落，唐朝以后各代皇帝已很少出游华清宫。

后晋高祖天福年间，把破坏了的华清宫“改曰灵泉观”，赐予道士。

咏怀二首

其一

长卿[①]怀[②]茂陵[③]，绿草垂石井。

弹琴看文君[④]，春风吹鬓影。

梁王[⑤]与武帝，弃之如断梗[⑥]。

惟留一简书[⑦]，金泥[⑧]泰山顶。

其二

日夕著书[⑨]罢，惊霜落素丝。

镜中聊自笑，讵[⑩]是南山期[⑪]。

头上无幅巾[⑫]，苦蘗[⑬]已染衣。

不见清溪鱼，饮水得自宜[⑭]。

◎注释

①长卿：汉代文学家司马相如的字。他曾经事汉景帝刘启，为武骑常侍。因病罢免。后因《子虚赋》为汉武帝赏识，用为孝文园令，最终因病居茂陵。

②怀：怀居，留恋安逸。

③茂陵：在今陕西兴平东南，汉武帝刘彻墓葬在此。

④文君：卓文君，司马相如的妻子。

⑤梁王：梁孝王刘武，为汉景帝同母弟弟。

⑥断梗：折断的苇梗。

⑦一简书：一卷书。

⑧金泥：水银和金子搅拌用于涂封封口。此处指的是涂封封禅时

用的封禅书。

⑨ 著书：一作“看书”。

⑩ 讵（jù）：岂，怎。

⑪ 南山期：指寿高如南山。《诗经·小雅·天保》：“如南山之寿，不骞不崩。”

⑫ 幅巾：裹头的绸巾。

⑬ 苦檗（bò）：即黄蘖、黄柏，落叶乔木，果实色黄，味苦，可作染料用。

⑭ 自宜：一作“相宜”。

◎译文

其一

司马相如安居茂陵，草色青青垂入石井。

边弹琴边看卓文君，春风拂动她的靓影。

叹梁孝王和汉武帝，弃他如断梗而不用。

死后只留一卷书文，却行封禅礼登泰山。

其二

写诗不觉已到黄昏，惊诧青丝冒出白发。

对镜暗自嘲笑自己，终日想着寿比南山。

头上没有儒雅绸巾，身穿黄柏染的布衣。

看不见清溪里的鱼，能喝到溪水也知足。

◎创作背景

唐宪宗元和五年（810年），二十一岁的李贺参加河南府试，由于成绩突出，被推选“应进士举”，并准备赴京参试，但是，因为李贺父亲的名字是“晋肃”，“晋”与“进”同音，于是就有人对李贺发难，说他按照当时的应试制度，不宜参加“应进士举”考试。李贺被迫放弃了考进士的资格，罢考而归。

因为自己父亲的名字而不能参加科举考试，无缘于进士的头衔，也不能穿戴有功名之人的服饰，只能赋闲在昌谷的家中，这对于年轻而才华横溢的李贺来说，是极其残酷的打击，所以，李贺内心十分痛苦。尽管后来朝廷给他安排了一个九品以下的“奉礼郎”小官，但是，到了唐宪宗元和八年（813年）秋，李贺二十四岁的时候,因为身体的原因,他辞掉了“奉礼郎”的职务,回到故乡昌谷。

尽管家乡山清水秀，却难以排遣诗人内心深处的苦闷情怀，因此诗人写下这组诗。据此推断,这组诗大约创作于元和九年(814年)春，前一首感叹自己不被朝廷赏识，授奉礼郎官太小；后一首是描写辞去“奉礼郎”职务后，自己的生活状况和无奈心情。

◎赏析

其一

此诗借司马相如的行事来抒发自己的愤慨。

“长卿怀茂陵，绿草垂石井”，写司马相如茂陵家园的环境。碧绿的蔓草垂满了井边的石栏,环境是那么的优美宁静。一个“垂”字，勾勒出一幅形态逼真、情趣盎然的画面，烘托出清雅幽洁的氛围。

“弹琴看文君，春风吹鬓影”，写司马相如悠闲自得的生活情趣。表面上写夫妻恩爱，实际却透露出一种怀才不遇的深深寂寞和感慨，正如鲍照在《拟行路难》其六中所写:“弃置罢官去，还家自休息……弄儿床前戏，看妇机中织。”同样充塞着一种痛苦到接近麻木的情绪。

“梁王与武帝，弃之如断梗”，写司马相如因郁郁不得志而闲居茂陵的缘由。梁孝王和汉武帝像丢掉折断的枝梗一样将相如抛弃到一边，弃置不用。欲抑先扬，流露出诗人的怨愤之情。

“惟留一简书，金泥泰山顶”，写司马相如死后，留下《封禅文》一卷，被武帝用金泥封存，作为封禅泰山的依据。生不为所用，死后得到重视，相如的遭遇引起诗人不可名状的悲慨。

通篇似乎都是写司马相如，其实诗人已经巧妙地将自己融化进去，所以诗作题为《咏怀》。茂陵家居的情景，正是长吉昌谷赋闲的写照；而泰山顶上的封禅礼拜，也正与长吉屈身奉礼郎的虚应礼赞如出一辙。

其二

此诗抒写了李贺在昌谷家居的生活和心情，反映了诗人的抑郁忧伤和不幸。

“日夕著书罢，惊霜落素丝”，写惊觉未老先衰，不禁感慨万千。一个“惊”字表达了倏然而至而又猝不及防的思绪，颇有“朝如青丝暮成雪”的意味。

“镜中聊自笑，讵是南山期”，写忧能伤身，怎得南山之寿的自嘲。“聊自笑”，显得这笑是一种对自己的无可奈何的嘲笑，一种难以名状的苦笑，表面上的反应似乎是淡漠的、不大在意的，却怎么也掩饰不了内心深藏的无限悲苦。

“头上无幅巾，苦檗已染衣”，写壮志未酬而生活困顿之象。头上已没有儒雅的头巾可戴，身上只穿着用苦檗染成的黄衣，俨然一副山野村夫的打扮。表明诗人乡居生活的艰难，已到了一贫如洗、令人酸鼻的程度。真乃触处生悲，何往而非苦也。

“不见清溪鱼，饮水得自宜”，把自己与饮水也可怡然自得的鱼儿相比，貌似一种旷达的自我宽慰之辞，其实更反衬出诗人的不幸处境。这里形式上是转折，意义上是发展、深化，诗人表现出的超然态度，有力地烘托了他的悲苦情怀。相反而实相成的哲理，用在诗歌创作上，产生一种异于寻常的表现力。

此篇以赋为主，直写自身苦状，透露不遇心态，塑造出一个受压制被鄙弃的知识分子的形象，就认识和审美价值而言，具有其独特的贡献。

◎轶闻异物录

琴挑文君

汉梁孝王刘武去世后，司马相如因不得志，称病辞职，离开梁地回到四川临邛（今四川省邛崃市），生活清贫。临邛令王吉与司马相如交好，对他说："长卿，你长期离乡在外，求官任职，不太顺心，可以来我这里看看。"于是司马相如在临邛都亭住下，王吉天天想拜访司马相如，他托病不见，王吉更显恭敬。

临邛富人卓王孙得知"（县）令有贵客"，便设宴请客结交，司马相如故意称病不能前往，王吉亲自相迎，司马相如只得前去赴宴。卓王孙有个离婚的女儿，名文后，又名文君。因久仰相如文采，就从屏风外窥视司马相如，被他的气派、风度和才情所吸引，产生了敬慕之情。司马相如早就听闻卓文君的芳名，却故意佯作不知，而当受邀抚琴时，便趁机弹了一曲《凤求凰》，以传达自己对卓文君的爱慕之情。文君听出了司马相如的琴音。宴毕，司马相如又通过文君的侍婢向她转达心意。于是文君深夜逃出家门，与相如私奔到了成都。卓王孙大怒，声称女儿违反礼教，自己虽不忍心伤害她，但连一个铜板都不给女儿。

司马相如的家境穷困不堪，除了四面墙壁之外，简直一无所有。卓文君在成都住了一些时候，与司马相如一起到了临邛。他们把车马卖掉做本钱，开了一家酒店。卓文君当垆卖酒，掌管店务；司马相如系着围裙，夹杂在伙计们中间洗涤杯盘瓦器。

卓王孙闻讯后，深以为耻，觉得没脸见人，就整天大门不出。他的长辈劝他，司马相如一时不愿到外面去求官，虽然家境清寒，但毕竟是个人才。卓王孙无奈，只得分给文君奴仆百人，铜钱百万，又把她出嫁时候的衣被财物一并送去。于是，卓文君和司马相如双双回到成都，购买田地住宅，过着富足的生活。

追和[1] 柳恽[2]

汀洲白蘋[3]草，柳恽乘马归。

江头樝树[4]香，岸上蝴蝶飞。

酒杯箬叶露[5]，玉轸[6]蜀桐[7]虚[8]。

朱楼通水陌，沙暖[9]一双鱼[10]。

◎注释

① 追和：两人或两人以上用同一题目或同一韵部作诗，称为唱和。如果是事后参与唱和，即称“追和”。

② 柳恽：河东人，历仕宋、齐、梁三朝，工于篇什，早有美名，曾创作《江南曲》，首句是“汀洲采白蘋”。李贺这首诗就是追和他的这首《江南曲》。

③ 白蘋（píng）：水草名，叶正四方，根生水底，叶敷水上，五月有花，白色。蘋同“苹”。

④ 樝（zhā）树：山楂树，高五六尺，其果圆，似梨而酸。樝同“楂”。一作“栌树”。

⑤ 箬（ruò）叶露：指湖州用箬溪水酿制的酒，因其味醇美，俗称“箬下酒”。

⑥ 玉轸（zhěn）：琴上系弦子的柱轴，华丽的以玉为之。

⑦ 蜀桐：古称以益州白桐为琴瑟者必名器，这里泛指琴体。

⑧ 虚：因为琴身是中空的，所以称之为“虚”。

⑨ 沙暖：比喻所居处安适、舒适。

⑩ 双鱼：这里比喻一对夫妻。

◎译文

吟唱了“汀洲采白蘋”后，宰相柳恽就乘马归西而去。

江边山楂树散发缕缕清香，岸上蝴蝶成群结队怡然飞。

接一杯箬竹叶露当酒相祭，弹一曲高雅曲子送给他听。

红楼通向水边处有条小路，靠着沙滩暖水两条鱼在游。

◎创作背景

这首诗是李贺追和南北朝柳恽所作的《江南曲》而创作的。李贺在入京应试之前，曾到江南“依其十四兄”，故得以遍赏江南风光，所以这首诗中写到的南国风情，有他亲身经历的影子，因而这首诗应是李贺在元和十年（815 年）客居潞州时写就。也有人认为是李贺初作奉礼郎，客居京师时的作品，有自叹不如柳恽《江南曲》的意思。诗中寄托了怀念故乡妻子的感情。

◎赏析

这首诗是追和南北朝时柳恽的《江南曲》而作，重在抒写想象中离别后的欢聚之情。

“汀洲白蘋草，柳恽乘马归”，选取特有的景物“汀洲”“白蘋”，既写出家乡的温暖，又道出柳恽回乡的欢快心情，同时表达出物是人非、柳恽仙去之意。

“江头樝树香，岸上蝴蝶飞”，描写江边、岸上的优美景色，以“樝树香”调动嗅觉，“蝴蝶飞”调动视觉，一静一动，渲染了家乡的可爱。

“酒杯箬叶露，玉轸蜀桐虚”，写夫妻团聚后的欢乐和恩爱，一边畅饮家乡的美酒，一边弹着古琴，使相聚充满了诗情画意。

“朱楼通水陌，沙暖一双鱼”，描写水中鱼儿竞游，暗喻柳恽生命虽去，精神犹存。

柳恽的《江南曲》写男女相思之情，李贺的追和诗将笔墨落实到柳恽身上。柳诗写相思之苦，李贺写相聚时的欢乐。柳恽原诗为齐梁流行的艳体，李贺以清新的笔调写夫妇相聚时的即景。因之，所谓“追和”倒不如说是反其意而用之。

齐梁体

齐梁体是南朝齐、梁时代出现的一种诗风。从齐到梁，历时约110年。其间，诗歌内容多吟咏风云、月露，题材狭窄；形式上，多追求音律精细，对偶工整，辞藻巧艳。这个时代出现的文学基本格调，世称“齐梁体”。

齐梁体诗歌内容主要描绘“月露之形”“风云之状”，题材十分狭窄。形式上“竞一韵之奇，争一字之巧”（李谔《上隋文帝书》），专在词藻、音韵、对仗上下功夫。对这种诗风，后来刘勰、陈子昂等都指出其弊病，李白也曾说“自从建安来，绮丽不足珍”（见《古风》第一首）。

齐梁是一个大时代，还是有不少优秀诗人和作品的，如庾信、谢朓等人及其作品。对诗歌形式的创造，特别是对诗歌韵律的发现是齐梁诗人的一大贡献。

雁门太守行[1]

黑云[2]压城城欲摧，甲光[3]向日[4]金鳞开[5]。

角[6]声满天秋色里，塞上燕脂[7]凝夜紫。

半卷红旗临[8]易水[9]，霜重鼓寒[10]声不起[11]。

报[12]君黄金台[13]上意[14]，提携玉龙[15]为君[16]死！

◎注释

①雁门太守行：古乐府曲调名。雁门：郡名。古雁门郡大约在今山西省西北部，是唐王朝与北方突厥部族的边境地带。

②黑云：厚厚的乌云。这里指攻城敌军的气势。

③甲光：铠甲迎着太阳闪出的光。甲：指铠甲，战衣。

④向日：迎着太阳。亦有版本写作“向月”。

⑤金鳞开：形容铠甲闪光如金色鱼鳞。

⑥角：古代军中一种吹奏乐器，多用兽角制成，也是古代军中的号角。

⑦燕脂：即胭脂，这里指暮色中塞上泥土犹如胭脂凝成。

⑧临：逼近，到，临近。

⑨易水：河名，大清河上源支流，源出今河北省易县，向东南流入大清河。

⑩霜重鼓寒：天寒霜降，战鼓声沉闷而不响亮。

⑪声不起：形容鼓声低沉，不高扬。

⑫报：报答。

⑬黄金台：故址在今河北省易县东南，相传是战国燕昭王所筑。《战国策·燕策》载燕昭王为求士，筑高台，置黄金于其上，广招天下人才。

⑭意：信任，重用。

⑮玉龙：宝剑的代称。

⑯君：君王。

◎译文

敌军像乌云一样翻卷袭来，城墙摇摇欲坠似要被摧垮。
铠甲迎着太阳闪耀着光芒，仿若金色鱼鳞般夺人眼目。
号角声不断传出响彻云霄，硝烟弥漫在萧索的秋色中。
塞上泥土犹如胭脂般凝成，暮色中战血浓艳得如紫色。
凛冽寒风吹卷起漫天红旗，援军已临近易水攻其不备。
凝重的霜寒湿透了战鼓皮，鼓声郁闷低沉无法扬起来。
为报答君主的信任与重用，手持宝剑愿为国血战到死！

◎创作背景

关于这首诗的创作年份，有两种说法。一种说法是，此诗作于唐宪宗元和九年（814 年），唐宪宗以张煦为节度使，领兵前往征讨雁门郡之乱，李贺即兴赋诗鼓舞士气。另一种说法，据唐张固《幽闲鼓吹》载：李贺把诗卷送给韩愈看，把这首诗放在卷首，韩愈看后很欣赏。而李贺给韩愈送去自己诗篇的年份是在唐宪宗元和二年（807 年）。

◎赏析

这是一首运用乐府古题创作的描写战争场面的诗歌。全诗共八句，前四句写日落前的情景，后四句写唐军将士夜袭敌营，以死报效朝廷的壮烈情境，表达诗人一心报国的爱国情感。

“黑云压城城欲摧”，一个“压”字，把敌军人马众多，来势汹汹，以及交战双方力量悬殊、守军将士处境艰难等，淋漓尽致地揭示出来。成功地渲染了敌军兵临城下的紧张气氛和危急形势。

“甲光向日金鳞开”，风云变化，日光映在正披坚执锐的士兵铠甲上，金光粼粼。无论形势如何严峻，黑暗中铠甲也会投射光芒，借日光显示守军蓄势待发，士气大振。“向日”与“黑云”形成鲜明强烈的对比，敌军围城的气势与守军列阵的士气两相比照，色彩鲜明，爱憎分明。

“角声满天秋色里，塞上燕脂凝夜紫”，分别从听觉和视觉两方面描写阴寒凄切的战地气氛。时值深秋，万木摇落，角声满天，战血铺地，敌我两方步步紧逼与奋力反击，鏖战从白昼持续到黄昏。黯然凝重的氛围，衬托出战地的悲壮场面，暗示攻守双方都有大量伤亡，守城将士依然处于不利的地位，为下面写友军的援救作了必要的铺垫。

“半卷红旗临易水，霜重鼓寒声不起”，描写苦战的场面，驰援部队一迫近敌军的营垒，便击鼓助威，投入战斗。无奈夜寒霜重，连战鼓也擂不响。面对重重困难，将士们毫不气馁。“半卷”二字含义极为丰富。黑夜行军，偃旗息鼓，出其不意，攻其不备；“临易水”既表明交战的地点，又暗示将士们具有“风萧萧兮易水寒，壮士一去兮不复还”那样一种壮怀激烈的豪情。

“报君黄金台上意，提携玉龙为君死”，黄金台是战国时燕昭王在易水东南修筑的，传说他曾把大量黄金放在台上，表示不惜以重金招揽天下士。诗人引用这个故事，写出将士们报效朝廷视死如归的决心。

李贺的诗篇不只奇诡，亦且妥帖。奇诡而又妥帖，是他诗歌创作的基本特色。此诗用浓艳斑驳的色彩描绘悲壮惨烈的战斗场面，奇异的画面准确地表现了特定时间、特定地点的边塞风光和瞬息万变的战争风云。诗人就像一个高明的画家，特别善于着色，以色示物，以色感人，不只是勾勒轮廓而已。全诗意境苍凉，格调悲壮，具有强烈的震撼力和艺术魅力。

黄金台

黄金台，亦称招贤台，战国时期燕昭王筑，为燕昭王尊师郭隗之所。其故址位于河北省定兴县高里乡北章村。

《战国策·燕策一》记载：燕国国君燕昭王（前311年—前279年）一心想招揽人才，而许多人认为燕昭王仅仅是叶公好龙，不是真的求贤若渴。于是，燕昭王始终寻觅不到治国安邦的英才，整天闷闷不乐。

后来有个智者郭隗给燕昭王讲述了一个故事，大意是：有一国君愿意出千两黄金购买千里马，然而时间过去了三年，始终没有买到，又过去了三个月，好不容易发现了一匹千里马，当国君派手下带着大量黄金去购买千里马的时候，马却已经死了。派去买马的人用五百两黄金买了千里马的马骨。国君生气地说："我要的是活马，你怎么花这么多钱弄一匹死马的骨头来呢？"

国君的手下说："您舍得花五百两黄金买死马骨，更何况活马呢？我们这一举动必然会引来天下人为您提供活马。"果然，没过几天，就有人送来了三匹千里马。

郭隗又说："您要招揽人才，首先要从招纳我郭隗开始，像我郭隗这种才疏学浅的人都能被国君采用，那些比我本事更强的人，必然会闻风千里迢迢赶来的。"

燕昭王采纳了郭隗的建议，拜郭隗为师，为他建造了宫殿，后来没多久就引发了"士争凑燕"的局面。投奔而来的有魏国的军事家乐毅，有齐国的阴阳家邹衍，还有赵国的游说家剧辛等等。落后的燕国一下子便人才济济了。此后内乱外祸、满目疮痍的燕国，逐渐成为一个富裕兴旺的强国。接着，燕昭王又兴兵报仇，将齐国打得只剩下两个小城。

大堤[1]曲

妾[2]家住横塘[3]，红纱[4]满桂香。

青云[5]教绾[6]头上髻[7]，明月[8]与作耳边珰[9]。

莲风[10]起，江畔春；大堤上，留北人[11]。

郎食鲤鱼尾，妾食猩猩唇[12]。

莫指襄阳道[13]，绿浦[14]归帆少。

今日菖蒲[15]花，明朝枫树老。

◎注释

①大堤：襄阳（今湖北襄樊）府城外的堤塘，东临汉水。

②妾：古时女子的谦称。

③横塘：地名，靠近大堤。一说横塘是指建业淮水（今南京秦淮河）南岸的一个堤塘。

④红纱：红纱衣。

⑤青云：喻黑发，髻如青云。

⑥绾（wǎn）：把头发盘绕起来打成结。

⑦髻（jì）：发髻。

⑧明月：即“明月之珠”的省称。

⑨珰（dāng）：耳饰。穿耳施珠为珰，即今之耳环。

⑩莲风：此指春风。

⑪北人：意欲北归之人，指诗中少女的情人。

⑫鲤鱼尾、猩猩唇：皆是美味，喻指幸福欢乐的生活。《吕氏春秋》：“肉之美者，猩猩之唇。”

⑬襄阳道：北归水道必经之路。

⑭绿浦：这里指水上。浦：指水边或河流入海的地区。

⑮菖蒲：植物名。多年生水生草本，有香气。叶狭长，似剑形。肉穗花序圆柱形，生在茎端，初夏开花，淡黄色。

◎译文

我的家住在横塘大堤之上，红纱衣衫散发着桂花香气。
乌黑发髻在头上高高盘起，明月之珠点缀在耳朵两旁。
微风吹拂着莲叶轻轻摆动，江畔上呈现一派明媚春光。
我站在这长长的大堤之上，试图挽留一心北去的情郎。
郎君吃鲤鱼之尾，我爱吃猩猩之唇，两情相悦乐无边。
不要总是想着踏上襄阳道，春天江面的归帆很少很少。
今日我还恰似一朵菖蒲花，明朝就会成为一棵老枫树。

◎创作背景

这首诗是李贺在唐宪宗元和九年（814 年）南游吴楚时，经襄阳拟古乐府旧题而作。大堤是襄阳（今湖北襄樊）城外的堤塘，六朝以来为商船聚集之地，在这里被诗人用来作为乐府诗题。

◎赏析

这首诗写大堤女儿深情地告诉情人不要远行，歌颂了甜蜜的爱情。

“妾家住横塘，红纱满桂香”，交待了这个女子的居所。横塘在当时是一个商船往来聚集的繁华之地。古代也有人根据《大堤曲》这一诗题推测，此处所指当是大堤附近的另一横塘。其实这里只是泛指横塘、大堤这样的水乡，所以诗中大堤、横塘参差互用，也就是互指。

“青云教绾头上髻，明月与作耳边珰”，通过写这个女子青云般的发髻和明月宝珠制作的耳珰，描绘其貌美动人。这是采用汉代乐府《陌上桑》的衬托手法。

“莲风起，江畔春；大堤上，留北人”，交待了这个女子与那个“北人”恋爱的经过。在那莲叶随风起舞的春季，因与北方来经商的“北人”相爱，两人停驻在这繁华的大堤上，留连在“红纱满桂香”的闺房。

“郎食鲤鱼尾，妾食猩猩唇”，以饮食之精美，极言两情之绸缪，爱情生活之美好。在古代，人们常以猩唇鲤尾作为男女情爱的隐语。

“莫指襄阳道，绿浦归帆少”，女子劝心上人珍惜眼前的欢聚，以绿浦中的行舟多一去不复返来劝情人莫生远行的念头。

“今日菖蒲花，明朝枫树老”，用花树喻人易老，感叹时光流逝，红颜易凋。菖蒲花开于春末，古人认为菖蒲难得见花，此处喻女子易逝的青春年华，说明应珍惜两情相悦的美好时日。

全诗情趣浓艳，音调铿锵，形象鲜明，生动地写出了女主人公的绰约风姿与妩媚情态，并巧妙地将作者自己对青春生活的热爱和对人生的感叹，以少女挽留情人的口吻道出，增强了艺术感染力。是李贺所写恋情诗中的名篇，充分体现了李贺诗作的艺术风格和创作技巧。

◎轶闻异物录

菖　蒲

菖蒲，也叫做白菖蒲、藏菖蒲、石菖蒲，多年生草本植物，根状茎粗壮、有香味。叶基生，剑形，中脉明显突出，基部叶鞘套折，有膜质边缘。生于沼泽地、溪流或水田边。

菖蒲可以提取芳香油，是中国古代传说中可防疫驱邪的灵草。江南人家每逢端午时节，悬菖蒲、艾叶于门窗，饮菖蒲酒，以祛避邪疫；夏、秋之夜，燃菖蒲、艾叶，驱蚊灭虫的习俗保持至今。

古人夜读，常在油灯下放置一盆菖蒲，原因就是菖蒲具有吸附空气中微尘的功能，可免灯烟熏眼之苦。

蜀国弦

枫香[①]晚花静，锦水[②]南山[③]影。

惊石[④]坠[⑤]猿哀，竹云[⑥]愁半岭。

凉月生秋浦[⑦]，玉沙粼粼[⑧]光。

谁家红泪[⑨]客，不忍过瞿塘[⑩]。

◎注释

① 枫香：这里指枫树的树脂香。郭璞注《尔雅·释木》云："枫树似白杨，叶圆而岐，有脂而香，今之枫香是也。"

② 锦水：即锦江。在今四川省境内，因此水濯锦，锦彩鲜润，故称濯锦江。

③ 南山：不详，当在锦江南岸。

④ 惊石：危险骇人的山石。

⑤ 坠：一作"堕"。

⑥ 竹云：一作"行云"。

⑦ 秋浦：秋日的水滨。唐张九龄《别乡人南还》诗："东南行舫远，秋浦念猿吟。"

⑧ 粼粼：水流清澈貌；水石闪映貌。一作"鳞鳞"。

⑨ 红泪：指美女的眼泪。晋王嘉《拾遗记·魏》："文帝所爱美人，姓薛名灵芸，常山人也…… 灵芸闻别父母，歔欷累日，泪下沾衣。至升车就路之时，以玉唾壶承泪，壶则红色。既发常山，及至京师，壶中泪凝如血。"后人便以"红泪"称美人泪。

⑩ 瞿塘：瞿塘峡，长江三峡之一，在四川省。陆游《入蜀记》卷六："两壁对耸，上入霄汉，其平如削成，仰视天，如匹练。"非常险要。

◎译文

枫树飘香晚花恬静，锦水中倒映南山影。

险石欲坠野猿哀啼，竹林烟云愁绕山岭。

寒月挂在秋夜江畔，照得沙粒闪闪发光。

谁家女子在此落泪，让我不忍过瞿塘峡。

◎创作背景

这首诗是唐宪宗元和九年（814 年），诗人二十五岁时，在吴楚一带游历时所作。

◎赏析

这首诗是诗人借写蜀弦之悲喜哀乐，抒写对蜀国的怀恋情绪。

“枫香晚花静，锦水南山影”，开门见山，单刀直入，用两幅形象鲜明的景物画面来描写音乐的情调和节奏。傍晚，在微风细浪的濯锦江边，枫树散播着浓郁的芳香，野花静静地沐浴在金色的夕晖之中。碧绿的锦江水，倒映着南山青苍静穆的影子。画面上没有声音，但隐约透出一股轻柔清丽、闲静恬美的音乐旋律。这幅自然风景幽雅秀丽，令人悠然神往。

“惊石坠猿哀，竹云愁半岭”，又展现出两幅自然景物画面。“坠猿哀”，用杜甫《泥功山》句意，写猿猴跳越山谷，坠落时发出哀啼。弦声由舒缓、轻柔、恬美忽而转为惊骇哀愁，好像高山危石，摄人魂魄，又似猿猱跃涧，坠谷哀鸣。听曲者的眼前还展现出绵延起伏的山岭，碧森森的竹林与雾濛濛的烟云在山半腰相绕，好像在互抒愁思。这一联，视觉形象与听觉形象同时显露。诗人还用了带着强烈感情色彩的“惊”“哀”“愁”这几个字眼，渲染弦声，使人心惊胆颤、哀愁感伤，暗示出弦乐曲调已发生了由低到高、由徐到疾、由轻柔婉转到激越紧张的骤变。

“凉月生秋浦，玉沙粼粼光”，诗人所描写的弦声又由刚转柔，形象地表现出一弯凉月，从清冷的秋浦之上冉冉升起，月光射入水中，照见水底白沙，粼粼有光。凉月秋浦、清水白沙，弦声多么明净、凄清、幽冷！乐曲的旋律起伏回荡，倏忽变化，如波翻浪涌，姿态横生。

“谁家红泪客，不忍过瞿塘”，以带着浓烈哀伤情思的事象诱人联想弦声。“红泪客”用了王子年《拾遗记》中的一个典故：魏时女子薛灵芸和父母分别时依依不舍，泪下沾衣，途中用玉唾壶承泪。一到京师，壶中泪凝如血。这支蜀国弦乐曲至此奏出了高潮——那瞿塘峡狂风的呼啸声和涡流的咆哮声，交织着女子呜咽悲哭之声，传达出一股强烈而缠绵的恋乡之情，摇撼着读者的耳鼓，叩击着读者的心弦，全诗就在这感情的高潮中戛然而止。

诗人这首描写音乐的诗，形象鲜明，变化倏忽，精细入微，在表现手法上颇有独到之处。它不同于白居易的《琵琶行》和韩愈的《听颖师弹琴》主要采取以声摹声，而是侧重以形写声，并充分调动了视、听、触、味等多种感觉。诗中的“香”“静”“凉”分别从味觉、触觉着笔；即以视觉来说，就兼写了形、影、光、色、动、静。更妙的是，诗人所创造的各种各样的意象，都是蜀地特有的风光、景物、传说，用它们来描状蜀国弦声，更显得丝丝入扣，从而精确地传达出蜀国弦声独特的韵味。

瞿塘峡

瞿塘峡两岸如削，岩壁高耸，大江在悬崖绝壁中汹涌奔流，自古就有“险莫若剑阁，雄莫若夔门”的美称。

瞿塘峡的名胜古迹，多而集中，游览者称便。峡口的上游，有奉节古城、八阵图、鱼复塔。峡内北岸山顶有文物珍藏甚多的白帝城、惊险万状的古栈道、神秘莫测的风箱峡；南岸有题刻满壁的粉壁墙，富于传说的孟良梯、倒吊和尚、盔甲洞，以及洞幽泉甘的凤凰饮泉等。在风箱峡下游不远处的南岸，有一座奇形异状的山峰，突起江边，人称“犀牛望月”，惟妙惟肖。距白帝城仅几公里的杜甫草堂遗址，更是游人流连忘返之处。

苏小小[1]墓

幽兰露[2]，如啼眼。

无物结同心[3]，烟花[4]不堪剪。

草如茵[5]，松如盖[6]。

风为裳，水为佩[7]。

油壁车[8]，夕[9]相待。

冷翠烛[10]，劳[11]光彩。

西陵[12]下，风吹雨[13]。

◎注释

①苏小小：据《乐府广题》记载："苏小小，钱塘名倡也，盖南齐时人。"另据《方舆胜览》记载："苏小小墓在嘉兴县西南六十步，乃晋之歌妓。今有片石在通判厅，题曰苏小小墓。"

②幽兰露：兰花上凝结着露珠。

③结同心：人们用花草或别的东西打成连环回文样式的结子，用来表示对爱情坚贞如一的意思。

④烟花：此指墓地中艳丽的花。

⑤茵：垫子。

⑥盖：车盖，即车上遮阳防雨的伞盖。

⑦佩：身上佩戴的玉饰，一般是男性中有身份地位的人才可以佩戴。

⑧油壁车：妇人所乘的车，车身多用彩色油漆为饰。

⑨夕：一作"久"。

⑩冷翠烛：俗称鬼火。古时候人们对"磷火"没有科学的认识，就认为是"鬼火"。因为"磷火"有光无焰，所以诗人在这里说"冷翠烛"。

⑪劳：不辞劳苦的意思。

⑫西陵：今杭州西泠桥一带。

⑬风吹雨：一作"风雨吹"。

◎译文

清晨，幽香的兰花上缀满晶莹的露珠，
如同她凄苦的内心和她那含悲的泪眼。
心已憔悴，不知用何物来编织同心结，
因为思念，竟至不忍心修剪柳烟花絮。
墓地周边，长满了茵茵芳草在陪伴她，
坟墓上方，亭亭玉立的青松在保护她。
来无影去无踪的清风是她美丽的衣裳，
咚咚当当的流水是她身上玉佩的声响。
她生前所乘坐的豪华而漂亮的油壁车，
每当夜幕降临时还在这里等待着接她。
田野飘荡着的冷翠烛闪烁着阴冷的光，
没有人来赴约，而枉费了冷翠烛光彩。
美人已离去，唯有西陵孤零零一座坟，
任凭这阵阵寒风吹袭，潇潇苦雨击打。

◎创作背景

这是作者联想苏小小生前和死后情景，有感而发，所写的一首诗,既是写鬼又是写人,创作时间大约是唐宪宗元和九年（814年），诗人在吴楚一带游历时所作。

关于苏小小的传说颇多。李绅在《真娘墓》诗序中说:“嘉兴县前有吴妓人苏小小墓，风雨之夕，或闻其上有歌吹之音。”后来竟成为文学故事人物。

◎赏析

这首诗通过对苏小小墓地景色的描绘，发挥出一系列奇特幻想，塑造了一个美丽而森寒的女鬼形象。

“幽兰露，如啼眼”，写苏小小的容貌之美。兰花，本是使人百看不厌的名花，它高雅、娴静、芬芳宜人。而缀着晶莹剔透的露珠的兰花，就更显其娇美可爱了。这晶莹的露珠，像是她的眼睛：闪亮，含情。诗人用写景作比，以画龙点睛之笔，烘托少女娇好动人的姿容。但“兰”前著一“幽”字，“眼”前著一“啼”字，境界和气氛就完全不同了，不仅制造了阴森可怖的环境，还有一番心酸难言之苦，为全诗定下了悲苦哀怨的基调。

“无物结同心，烟花不堪剪”，写苏小小凄凉的心境。生活在幽冥世界的苏小小，并没有“歌吹”欢乐，而只有满腔忧怨。她生前有所追求，古乐府《苏小小歌》中说：“我乘油壁车，郎乘青骢马。何处结同心？西陵松柏下。”但身死之后，她的追求落空了，死生悬隔，再没有什么东西可以绾结同心，坟上那萋迷如烟的野草花，也不堪剪来相赠，一切都成了泡影。形神兼备地刻画出苏小小的鬼魂形象，表现了诗人惊人的艺术才华。

“草如茵，松如盖。风为裳，水为佩”，实写苏小小墓地的景色，虚写苏小小做鬼后的服饰。诗人发挥想象力，就墓地周围的景色着笔，透过芳草、青松、清风、流水，把景与人巧妙地结合在一起，似写景，实写人。既写出了她芳洁、清幽的住所，也突出了她刚强、娴静、温柔的性格和脱俗的追求。

“油壁车，夕相待”，写苏小小依然在执着地等待。她生前乘坐的油壁车，如今还在一旁等待。用一个“待”字，更加重了景象、气氛的凄凉，物是人非，触景伤怀，徒增哀怨而已。

“冷翠烛，劳光彩。西陵下，风吹雨”，写西陵之下凄风苦雨的景象。“翠烛”前著一“冷”字，“光彩”前著一“劳”字，不仅写出了阴冷萧瑟的境地，而且也写出了她愿望不能实现的无限哀伤。期会难成，希望成灰，冷翠烛白白地在那里发光，徒费光彩而一无所用。用景物描写来渲染哀怨的气氛，同时也烘托出人物孤寂幽冷的心境，把那种怅惘空虚的内心世界，表现得淋漓尽致。

全诗以景起兴，通过景物幻化出人物形象，把写景、拟人融合为一体。写幽兰，写露珠，写烟花，写芳草，写青松，写春风，写流水，笔笔是写景，却又笔笔在写人。写景即是写人。诗中美好的景物，不仅烘托出苏小小鬼魂形象的妩媚多姿，同时也反衬出她心境的索寞凄凉。写得绮丽浓艳，又空灵缥渺，“鬼气森森”，极具特色。

◎轶闻异物录

苏小小

苏小小(479 年—约 502 年),南朝齐时期著名歌伎,钱塘第一名伎，常坐油壁车。历代文人多有传诵，唐朝的白居易、李贺，明朝的张岱，近现代的曹聚仁、余秋雨，都写过关于苏小小的诗文。有文学家认为苏小小是“中国版的茶花女”。

苏小小自小能书善诗，文才横溢，但不幸幼年时父母双亡，寄住在钱塘西泠桥畔的姨母家。她虽身为歌伎，却很知自爱，不随波逐流。苏小小十分喜爱西湖山水，自制了一辆油壁车，遍游湖畔山间。一日，沿湖堤而行，邂逅少年阮郁，一见钟情，结成良缘。但不久阮郁在京做官之父派人来催归。阮郁别后毫无音讯。苏小小情意难忘,时时思念。

苏小小同情书生鲍仁的贫困遭遇，慷慨解囊，资助他上京赴试。后苏小小受人陷害入狱，身染重病，临终前，她向身边侍候的人嘱咐道：“我别无所求,只愿死后埋骨西泠。”应试登第的鲍仁后来遵照苏小小“埋骨西泠”的遗愿，出资在西泠桥畔择地造墓，墓前立一石碑，上题“钱塘苏小小之墓”。

梦　天[1]

老兔寒蟾[2]泣天色，云楼[3]半开壁斜白。

玉轮[4]轧露湿团光，鸾佩[5]相逢桂香陌。

黄尘清水三山[6]下，更变千年如走马[7]。

遥望齐州[8]九点烟，一泓[9]海水杯中泻。

◎注释

①梦天：梦游天上。

②老兔寒蟾：神话传说中住在月宫里的动物。《淮南子·览冥训》中有后羿的妻子姮娥偷吃神药，飞入月宫变成蟾的故事。汉乐府《董逃行》中的“白兔捣药长跪虾蟆丸”，说的就是月中的白兔和蟾蜍。

③云楼：形容云层忽然变幻，被月光映照得像海市蜃楼一样。

④玉轮：形容月亮带着光晕，像被露水打湿了似的。

⑤鸾佩：雕刻着鸾凤的玉佩，此代指仙女。

⑥三山：指海上的三座神山，即蓬莱、方丈、瀛洲。

⑦走马：跑马。

⑧齐州：中州，即中国。《尚书·禹贡》言中国有九州。

⑨泓：量词，指清水一道或一片。

◎译文

月光中，清晰可见玉兔和寒蟾在悲泣着幽冷的天色，
彩云搭成的楼门半开着让月光斜照在白色的粉墙上。
月亮像一盘玉轮轧过被露水打湿的大地，一团雾光，
在桂花飘香的小路上，欣喜地遇见身着鸾佩的仙娥。
俯视人间，三座神山在碧波荡漾的沧海中忽隐忽现，
纵观人类历史长河，千年来变幻无常犹如急奔骏马。
遥望九州大地，处处炊烟袅袅，宛若九点烟尘浮动，
近观仙山所在，一片汪洋大海像是杯中酒倾泻而成。

◎创作背景

这是李贺运用艺术幻想而创作的一首诗，具体创作时间待考。朱自清的《李贺年谱》和钱仲联的《李长吉年谱会笺》中，都没有提及这首诗的创作年代。

◎赏析

这首诗写梦游月宫的情景，前四句写在月宫之所见，后四句写在月宫看人世的感觉。诗人的用意，主要不在于对月宫仙境的神往，而在于从非现实的世界冷眼反观现世，从而揭示人生短暂、世事无常的道理。

“老兔寒蟾泣天色，云楼半开壁斜白”，传说，月宫里住着玉兔和蟾蜍，“老兔寒蟾”指的便是月亮。幽冷的月夜，阴云四合，空中飘洒下来一阵冻雨，仿佛是月里玉兔寒蟾在哭泣似的。雨飘洒了一阵，又停住了，云层裂开，幻成了一座高耸的楼阁；月亮从云缝里穿出来，光芒射在云块上，显出了白色的轮廓，犹如屋墙受到月光斜射一样。

“玉轮轧露湿团光，鸾佩相逢桂香陌”，下雨以后，水气未散，天空充满了很小的水点子。玉轮似的月亮在水气上面辗过，它所发出的一团光都给打湿了。在桂花飘香的月宫小路上，诗人和一群仙女遇上了，表明诗人已进入月宫。层次分明，步步深入。

“黄尘清水三山下，更变千年如走马”，写诗人同仙女的谈话。人间的沧海桑田，变化很快。“山中方七日，世上已千年”，古人往往以为“神仙境界”就是这样，所以诗人以为，人们到了月宫，回过头来看人世，就会发现“千年如走马”的迅速变化了。

“遥望齐州九点烟，一泓海水杯中泻”，中国古代分为九州，所以诗人感觉到大地上的九州犹如九点“烟尘”。“一泓”等于一汪水，这是形容大海之小如同一杯水被打翻了一样。诗人尽情驰骋幻想，仿佛他真已飞入月宫，看到大地上的时间流逝和景物的渺小。浪漫主义的色彩浓厚。

这首诗想象丰富，构思奇妙，比喻新颖，最能体现出李贺诗歌“变幻怪谲”的艺术特色。诗中，诗人通过幻想，描写天上仙境，以排遣个人苦闷。天上众多仙女在清幽的环境中，你来我往，过着一种宁静的生活。而俯视人间，时间是那样短促，空间是那样渺小，寄寓了诗人对人世沧桑的深沉感慨，表现出诗人冷眼看待现实的态度。

◎轶闻异物录

玉兔捣药

玉兔捣药是中国神话传说故事之一，见于汉乐府《董逃行》。相传月亮之中有一只兔子，浑身洁白如玉，所以称作“玉兔”。这白兔拿着玉杵，跪地捣药，制成蛤蟆丸，服用此药丸可以长生成仙。久而久之，玉兔便成为月亮的代名词。古时候，文人写诗作词，常常以玉兔象征月亮，辛弃疾的《满江红·中秋》即以玉兔表示月亮。至于诸多旧小说，也常常使用此掌故来暗示月亮。在道教掌故中，玉兔常常与金乌相对，表示金丹修炼的阴阳协调。

天上谣

天河夜转漂回星[①]，银浦[②]流云学水声[③]。

玉宫桂树花未落，仙妾[④]采香垂佩缨[⑤]。

秦妃[⑥]卷帘北窗晓，窗前植[⑦]桐青凤小[⑧]。

王子[⑨]吹笙鹅管[⑩]长，呼龙耕烟[⑪]种瑶草[⑫]。

粉霞[⑬]红绶[⑭]藕丝裙[⑮]，青洲[⑯]步拾[⑰]兰苕[⑱]春。

东指羲和[⑲]能走马，海尘[⑳]新生石山下。

◎注释

①回星：运转的星星。

②银浦：天河。

③学水声：诗人由天河引起联想，说行云像发出声音的流水一样。

④仙妾：仙女。

⑤缨：系玉佩的丝带。

⑥秦妃：指秦穆公的女儿弄玉，借指仙女。《列仙传》记载弄玉嫁给仙人萧史，随凤升天。

⑦植：倚。

⑧青凤小：小青凤，因为押韵所以倒置。

⑨王子：王子乔。周灵王太子，名晋，传说擅长吹笙，这里指仙子。

⑩鹅管：形状像鹅毛的笙管。

⑪耕烟：在云烟中耕耘。

⑫瑶草：灵芝一类的仙草。

⑬粉霞：粉红色的衣衫。

⑭绶：丝带。

⑮藕丝裙：纯白色的裙子。

⑯青洲：南海中草木茂密的仙洲。

⑰步拾：边走边采集。

⑱ 兰苕：兰草的茎。泛指香花香草。

⑲ 羲和：神话中给太阳驾车的神。

⑳ 海尘：海地扬起的尘土。

◎译文

夜间天河潺潺运转像流星，银河两岸流云寻水声飘浮。
月宫金色桂花树枝繁叶茂，仙女采花歌声婉转吹佩缨。
弄玉卷起窗帘又是个拂晓，梧桐高大显得青凤太娇小。
王子吹起长箫声声如凤鸣，呼唤神龙播雨润万顷仙草。
粉衫红绶搭配藕白色长裙，漫步青洲采集春天的兰草。
羲和载太阳自东飞奔而来，看人间沧海桑田石山凸起。

◎创作背景

这首诗创作于唐宪宗元和四年至五年（809 年—810 年）间，是一首游仙诗，描写诗人自己心中对美好生活的向往，也是对当时社会现实和个人境遇不满的曲折表现。

◎赏析

这首诗虚构了一个尽善尽美的仙境，表达了诗人心怀壮志而生不逢时无法施展抱负的感慨以及因宝贵的青春年华被白白地浪费而愤恨不已的心情，表现出诗人对其理想境界的向往和追求。

“天河夜转漂回星，银浦流云学水声”，描写绚烂多姿的天河，引导诗人由现实世界进入幻想世界。天河在转动，回荡着的流星，泛起缕缕银光。星云似水，沿着“河床”流淌，凝神谛听，仿佛潺潺有声。这是诗人站在地面上仰望星空的所见所感，写实之中亦有一些虚构成分，显示了想象的生发过程。

“玉宫桂树花未落，仙妾采香垂佩缨”，描写月宫里的桂树花枝招展，香气袭人。仙女们正在采摘桂花，把它装进香囊，挂在衣带上。“花未落”意即“花不落”。仙树不枯，仙花不落，它与尘世的“馨香易销歇，繁华会枯槁”形成了鲜明的比照。

“秦妃卷帘北窗晓，窗前植桐青凤小”，描写秦妃当窗眺望晓色。秦妃即弄玉，相传为秦穆公的女儿，嫁给了萧史，学会吹箫后，夫妻二人“同随凤飞去”，成了神仙。弄玉升天已有一千余年，而红颜未老，那青凤也娇小如故。诗人巧妙地把神和人结合起来，把理想和现实结合起来，使抽象的理想成为可以观照的物象，因而显得深刻隽永，而又有生气灌注。

“王子吹笙鹅管长，呼龙耕烟种瑶草”，描写神奇的耕牧图景。仙人王子晋吹着细长的笙管，驱使神龙翻耕烟云，播种瑶草，十分悠闲自在。诗人不仅使王子吹的笙有形可见，而且鲜明地展示了“龙耕”的美妙境界。这是诗人幻想的产物，却又是某种实体的反照。

“粉霞红绶藕丝裙，青洲步拾兰苕春”，描写穿着艳丽服装的仙女，漫步青洲，寻芳拾翠。青洲是传说中的仙洲，山川秀丽，林木繁密，始终保持着春天的景色。来这儿踏青的仙女，采摘兰花，顾盼言谈，十分舒畅。上述各个画面互不连缀，然而却显得和谐统一，都以仙人活动为主体，以屋宇、花草、龙凤等为陪衬，突出天上闲适的生活和优美的环境，以与人世相对比。这正是诗歌的命意所在。

“东指羲和能走马，海尘新生石山下”，用雄浑的笔墨对人间的景象作了概略的点染。首尾相接，一起一落，浑然一体。前者从现实世界进入幻想世界，后者又从幻想世界回到现实世界。诗人借助具体的形象，表现了尘世变化之大和变化之速。仙山草木长青，而人间却早已沧海桑田。对比之下，天上那种春光永驻、红颜不老的状况，就显得特别可贵。

这首诗运用神奇的想象力，描绘出一幅富丽的人间仙境，具有浓烈的浪漫气息。诗人运用瑰丽的语言，借神话传说，创造出种种新奇瑰丽的幻境。诗中所提到的人物和铺叙的某些情节，都是神话传说中的内容。但诗人又借助于想象，把它们加以改造，使之更加具体鲜明，也更加新奇美丽。

◎轶闻异物录

吹箫引凤

相传春秋时，秦穆公有一个女儿，名叫弄玉，姿容绝世，聪明无比，喜好音律，善于吹笙。她吹起玉笙来，声如凤凰啼鸣。秦穆公在宫内筑凤楼让她居住，楼前筑有高台，名叫凤台。秦穆公想为女儿择婿，弄玉发誓说："必须选择一个善于吹笙的人。"穆公派人四处寻访善于吹笙的人，都不能如愿。一天，弄玉梦见一个美男子说："我是太华山（即华山）的主人，上帝命我与你缔结姻缘。"并以玉笙为之吹奏《华山吟》第一弄。弄玉遂将梦中情景告诉穆公，穆公遂派大臣孟明到华山寻访。

孟明在华山找到一位擅长吹箫的人，名叫萧史，同载而归。孟明引萧史拜见穆公，穆公让他吹奏。萧史奏第一曲，清风习习而来；奏第二曲，彩云四合；奏第三曲，见白鹤成对，翔舞于空中，孔雀数双，栖集于林际，一时百鸟和鸣，经时方散。穆公遂将女儿弄玉嫁给他，夫妻和睦，恩爱甚笃。

萧史教弄玉吹箫，学会《来凤之曲》。有天晚上，夫妇在月下吹箫，竟有紫凤飞来聚于凤台之左，赤龙飞来盘踞凤台之右。萧史说："我本是天上神仙，上帝看人间史籍散乱，命我下凡整理……周人以我有功于史，就称我为萧史，到今天，我已经经历了一百多年的沧海桑田。上帝命我为华山之主，与你有夙缘，故以箫声作合，成就了这段姻缘。然而我不能久住人间，今龙凤来迎，可就此离去。"于是，萧史乘赤龙，弄玉乘紫凤，自凤台翔云而去。就在这天夜晚，有人于太华山听到了凤鸣的声音。为纪念萧史弄玉，后人在华山明星崖修建了"引凤亭"，在山峰上修建了玉女祠。这段奇事,《东周列国志》上有“弄玉吹箫双跨凤,赵盾背秦立灵公”的详细记载。

吹箫引凤,随凤而去,达到仙境,后世历代文人墨客纷纷吟诗作赋歌颂这段佳话。唐代著名诗人李白写有乐府诗《凤台曲》:“尝闻秦帝女,传得凤凰声。是日逢仙子,当时别有情。人吹彩箫去,天借绿云迎。曲在身不返,空馀弄玉名。”

浩　歌[1]

南风吹山作平地，帝[2]遣天吴[3]移海水。

王母[4]桃花千遍红，彭祖[5]巫咸[6]几回死？

青毛骢马[7]参差钱[8]，娇春杨柳含缃[9]烟。

筝人[10]劝我金屈卮[11]，神血未凝[12]身问谁[13]？

不须浪饮丁都护[14]，世上英雄本无主。

买丝绣作平原君[15]，有酒唯浇赵州土。

漏[16]催水咽玉蟾蜍[17]，卫娘[18]发薄不胜梳。

羞见秋眉[19]换新绿[20]，二十男儿那刺促[21]。

◎注释

①浩歌：大声唱歌。《楚辞·九歌·少司命》："望美人兮未来，临风怳兮浩歌。"

②帝：天帝，上苍。宗教或神话中主宰万物的神。

③天吴：古代中国神话传说中的水神。《山海经·海外东经》："朝阳之谷，神曰天吴。是为水伯。在虹虹北两水间。其为兽也，八首人面，八足八尾，皆青黄。"

④王母：《汉武内传》载，西王母桃园里的桃花三千年开一次花，三千年结一次果。

⑤彭祖：传说他叫篯铿，是颛顼的玄孙，生于夏代，尧封他在彭地，到殷末时已有七百六十七岁，殷王以为大夫，托病不问政事（事见《神仙传》《列仙传》）。

⑥巫咸：一作巫戊，商王太戊的大臣。相传他发明鼓，发明用筮占卜，又会占星，是神仙人物。

⑦青毛骢（cōng）马：毛色青白相间的马。

⑧参差钱：马身上有钱形花纹的马，称"连钱骢"。

⑨ 缃（xiāng）：一作“细”；浅黄色的绢。

⑩ 筝人：弹筝的女子。

⑪ 屈卮（zhī）：酒器名，弯柄。

⑫ 神血未凝：即精神和血肉不能长期凝聚，是生命短促的婉曲说法。

⑬ 身问谁：是“身向谁”的意思。

⑭ 丁都护：刘宋高祖时的勇士丁旿，官都护。又乐府歌有《丁都护》之曲。

⑮ 平原君：赵胜，战国时赵国贵族，惠文王之弟，善养士，门下有食客数千人，任赵相。赵孝成王七年（前 259 年），秦军围赵都邯郸，平原君指挥抗秦，坚守三年，后楚、魏联合，击败秦军。

⑯ 漏：古代的计时器。

⑰ 玉蟾蜍：滴漏上面玉制的装饰。此处描写的这种漏壶就是蟾蜍形状的，水从其口中滴出。另见李贺《李夫人》诗云：“玉蟾滴水鸡人唱。”

⑱ 卫娘：原指卫后，即汉武帝的皇后卫子夫，传说她发多而美，深得汉武帝的宠爱。这里的“卫娘”代指妙龄女子，或陪酒歌女。

⑲ 秋眉：稀疏变黄的眉毛。

⑳ 换新绿：唐人用青黑的黛色画眉，因与浓绿色相近，故唐人诗中常称黛色为绿色。如李贺《贝宫夫人》：“长眉凝绿几千年。”《房中思》：“新桂如蛾眉，秋风吹小绿。”

㉑ 刺促：忙碌急迫，劳碌不休。

◎译文

猛烈南风把大山吹成平地，天帝派天吴移来辽阔海水。
西王母的桃花开了上千遍，彭祖和巫咸也应死过几回。
坐骑的青骢马花纹如连钱，初春的杨柳裹含缕缕云烟。
弹筝美人用金杯劝我饮酒，谓我年轻前程未知当自勉。
本无须纵酒去欣赏丁都护，当知世上英雄本来无定主。
买丝线绣幅贤能的平原君，好酒只拿去浇祭赵州旧土。
漏刻催着水流通过玉蟾蜍，侍酒女子头发稀薄不好梳。
眼看着浓黑眉毛变成衰白，二十男儿哪能无谓空劳碌？

◎创作背景

唐宪宗元和九年（814 年），诗人决然辞去奉礼郎之职，重回昌谷“归卧”。然后取道宜阳、洛阳，经河阳，入太行，过长平、高平，于深秋到达潞州（今山西长治市），投于昭义军节度使郗士美的帐下。这首诗是诗人在前往潞州的路上写的。

诗题《浩歌》，借用《楚辞·九歌·少司命》，即长歌、大声唱歌、纵情放歌之意。

另有人认为，这首诗作于唐宪宗元和五年（810 年），诗人参加河南府试之前。也有人认为作于元和四年（809 年），这一年李贺二十岁，因诗中有“二十男儿那刺促”之句（见钱仲联《李贺年谱会笺·元和四年》），举进士不第，离长安东归昌谷后所作。

◎赏析

这首诗的大意是说人生总难免衰老、死亡，雄心大志未必都能实现，但人不应为此徒增烦恼，要把握现实，珍惜少壮时光。

“南风吹山作平地，帝遣天吴移海水”，先写“兴”，写由景物引起的神奇幻象。“吹山”变成平地，把南风之剧烈威势写得惊心动魄。“天吴”移海水，把天吴的神力栩栩如生地描绘出来。幻象纷呈，雄奇诡谲。诗人用豪放的笔触，雄奇的景象，抒发自己凄伤的情怀，真是既“跌宕”，又“婉转”，字里行间充溢着一种惊世骇俗的英气，所谓“侠少年之度”，指的就是这种非凡的气度。

“王母桃花千遍红，彭祖巫咸几回死”，一写仙界，一写尘世。传说王母种的桃树，“三千年一开花，三千年一生实”。彭祖和巫咸则是世间寿命最长的人。当王母的桃树开花千遍的时候，彭祖和巫咸也不知死了多少次了。两相比照，见出生命的短促。长寿的彭祖和巫咸尚且不能久留人世，何况我们这些寻常之辈呢！这里有两个对比：一是把仙人与凡人相比，一是把凡人中的长寿者与普通人相比。前者见于字面，后者意在言外。这样层层比照、烘托，“人生几何”的命意更加显豁。

“青毛骢马参差钱，娇春杨柳含缃烟”，用反衬手法，极力烘托春游的盛况。马的毛色青白相间，构成钱形花纹的名叫“连钱骢”，是为名贵之马。骑在这样的马上，饱览四周的景色，真是惬意极了。初春的杨柳笼含淡淡的烟霭，眼前的一切是那么柔美，那么引人遐想。

“筝人劝我金屈卮，神血未凝身问谁”，由郊游情景引发春光易逝之感。当纵酒放歌、欢快之至时，一种与外界景物格格不入的忧伤情绪像云雾般在心头冉冉升起。“神血未凝”点出了韶光易逝而知己难逢，结合诗人的坎坷遭遇与极不得志的身世之感，抒发了自身才能和抱负无法施展的悲凉意绪。这种把欢乐和哀怨、明丽和幽冷等矛盾着的因素糅合起来的写法，在李贺的诗歌里是屡见不鲜的，它使诗歌更具有神奇的魅力。

“不须浪饮丁都护，世上英雄本无主”，由抑转扬，借古讽今。“丁都护”或者像王琦所说，实有其人，并且是这次郊游宴乐的参与者（见《李长吉歌诗汇解》）；或者当时有“丁都护嗜酒”的传说，诗人借以表达劝诫之意。既是劝人，也是诫己，不要因怀才不遇就浪饮求醉，而应当面向现实，认识到世道沦落，英雄不受重用乃势所必然，不足为怪。诗人愈是这样自宽自慰，愤激之情就愈显得浓烈深沉。“无主”的“主”，影射人主，亦即当时的皇帝，以发泄对朝政的不满。

“买丝绣作平原君，有酒唯浇赵州土”，写生不逢时、怀才不遇之愤懑。诗人认为当世没有平原君那样的贤主，只好买丝绣成平原君的像，洒酒祭奠他。与其说是敬慕和怀念平原君，毋宁说是抨击昏庸无道、埋没人才的当权者。表面写“爱”，实际写“恨”，恨自己没有机会施展才华和抱负，以致虚掷了黄金般的青春年华。

“漏催水咽玉蟾蜍，卫娘发薄不胜梳”，通过具体的形象，揭示了“红颜易老”的无情规律。“玉蟾蜍”是古代的一种漏壶。铜壶滴漏，声音幽细，用“咽”字来表现它，十分准确。另外，诗人感时伤遇，悲抑万端，这种内在的思想感情也借助“咽”字婉曲传出，更是传神。

“羞见秋眉换新绿，二十男儿那刺促”，急转直下，表示要及时行乐。面对歌女、美酒、宝马、娇春，就纵情开怀畅饮吧。一个年方二十的男儿，正值风华正茂之时，不能这般局促偃蹇。这种及时行乐的思想，是从愤世嫉俗的感情派生出来的，是对黑暗现实发出的悲愤控诉。

全诗畅叙胸臆，造语新颖，造境新奇，行文的回环曲折与感情的起落变化相适应，达到了艺术上完美的统一。

◎轶闻异物录

彭　祖

彭祖，先秦道家先驱之一。又称篯铿、彭铿，陆终第三子。帝尧时封于彭地，子孙以国为氏。又彭亦为姓，为祝融八姓之一。

大彭国第一代始祖彭祖篯铿本为尧舜时人，由于经常和神农时神巫巫咸、黄帝时神医巫彭、夏彭伯寿、商彭伯考、商贤大夫彭咸、周柱下史老子混为一谈，遂有“长年八百，绵寿永世”“非寿终也、非死明矣”等传说。清人孔广森在注《列子·力命篇》“彭祖之智不出尧舜之上而寿八百”之句时说：“彭祖者，彭姓之祖也……大彭历事虞夏，于商为伯，武丁之世灭之，故曰彭祖八百岁，谓彭国八百年而亡，非实篯不死也。”汉代史学家韦昭在《国语·郑语》注中说：“彭祖，大彭也。”

可见彭祖寿八百指的是大彭氏这个国家存在了八百余年。《竹书纪年》曰:“(武丁)四十三年，王师灭大彭。”如今眉山市境内仍保存有彭祖墓园、彭祖墓、彭祖祠、彭祖仙室，室内有石雕的寿星彭祖肖像，室外陈列八卦图案，历历在目。

秋来

桐风[1]惊心壮士[2]苦，衰灯[3]络纬[4]啼寒素。

谁看青简[5]一编书[6]，不遣[7]花虫[8]粉空蠹[9]。

思牵今夜肠应直，雨冷香魂吊书客[10]。

秋坟鬼唱鲍家诗[11]，恨血千年土中碧[12]。

◎注释

①桐风：指吹过梧桐叶的秋风。

②壮士：诗人自称。

③衰灯：残灯。

④络纬：虫名，俗称纺织娘，因秋天季节转凉而哀鸣，其声似纺线。

⑤青简：青竹简，古代用以书写的狭长竹片。

⑥一编书：指诗人的一部诗集。

⑦不遣：不让。

⑧花虫：蛀蚀器物、书籍的虫子。

⑨蠹（dù）：蛀蚀。竹简书久无人读，蠹虫就在其中生长。

⑩香魂吊书客：指前代诗人的魂魄来慰问诗人。

⑪鲍家诗：指南朝宋鲍照的诗。鲍照曾写过《行路难》组诗，抒发怀才不遇之情。

⑫“恨血”句:《庄子》中说:“苌弘死于蜀，藏其血，三年化为碧。”

◎译文

秋风吹拂着梧桐惊醒辛苦写作的读书人，
纺织娘在灯光昏暗里啼叫更觉夜寒衣单。
将来有谁会肯读我用竹简写下的这些书，
不至于使它们被蠹虫蛀成粉屑和虫洞洞。
被这样的想法牵着今晚的肚肠也愁直了，

雨滴冷飕飕，像有古诗人的灵魂来慰吊。

秋夜坟场上，诗鬼们诵读着鲍氏的诗句，

他们的怨血在土中化作千年难消的碧玉。

◎创作背景

这首诗的具体创作时间待考，但是，从诗作的意境和诗人称自己是个“壮士”来看，这首诗是李贺后期作品，应当是唐宪宗元和九年（814 年），诗人辞去奉礼郎职务，回昌谷之后的作品。

李贺流传后世的二百多首诗中，“鬼”诗有十多首。此诗写秋天来临时，诗人的愁苦情怀，从其阴森料峭、鬼魅飘飘的风格来看，就是一首“鬼”诗。

◎赏析

这首诗以桐风、衰灯、寒素、冷香、秋坟、恨血等意象构成一幅凄凉画面，抒发悲秋之情，感叹命运不济、报国无门，写尽了作者心中的悲凉和痛苦。

“桐风惊心壮士苦，衰灯络纬啼寒素”，桐风落叶，衰灯络纬，一开始就营造了凄凉冷落的氛围，构成诗人生活的环境，也传递出此时此刻诗人内心的感受。诗题“秋来”点出诗人对于时光的流逝表现出特异的敏感，以致秋风吹落梧桐树叶子的声音也使他心惊，无限悲苦，抒发由此而引出的由“惊”转“苦”的感受。这时，残灯照壁，又听到墙脚边络纬哀鸣；那鸣声，在诗人听来仿佛是在织着寒天的布，提醒人们秋深天寒，快到岁末了。“啼寒素”，这个“寒”字，既指岁寒，更指听络纬啼声时的心寒，在感情上直承上句的“惊”与“苦”。

“谁看青简一编书，不遣花虫粉空蠹”，上句正面提问，下句反面补足。面对衰灯，耳听秋声，诗人感慨万端，发出一声长长的叹息：自己写下的这些呕心呖血的诗篇，又有谁来赏识而不致让蠹虫白白地蛀蚀成粉末呢？情调感伤，与首句的“苦”字相呼应。

“思牵今夜肠应直，雨冷香魂吊书客”，诗人的心情极其沉痛，用笔又极其诡谲。习惯上以“肠回”“肠断”表示悲痛欲绝的感情，诗人却自铸新词，采用“肠直”的说法，愁思萦绕心头，把纡曲百结的心肠牵直，形象地写出了诗人愁思的深重、强烈，可见他用语的新奇。凭吊这种事情，一般只是生者对死者去做，他却反过来说鬼魂前来凭吊他这个不幸的生者，更是石破天惊的诗中奇笔。

“秋坟鬼唱鲍家诗，恨血千年土中碧”，诗人描绘出了一幅十分凄清幽冷的画面，而且有画外音，在风雨淋涔之中，他仿佛隐隐约约听到秋坟中的鬼魂,在唱着鲍照当年抒发“长恨”的诗，他的遗恨就像苌弘的碧血那样永远难以消释。诗人表面上是说鲍照，实际上是借他人的酒杯，浇自己胸中的块垒。志士才人怀才不遇，这正是千古同恨的事情。

全诗寄情于物，以浪漫主义的以幻写真的独特手法，在深远的悲愤和瑰丽奇特的艺术形象间达到了和谐的统一，体现了李贺诗歌诡谲凄异的风格。

◎轶闻异物录

苌弘化碧

东周景王时，苌弘任上大夫。景王死后，王族内乱，苌弘和卿士刘文公联手，借晋国帮助平乱，辅立王子匄即位，史称周敬王。苌弘忠心耿耿，尽心竭力，又有修齐治平之雄才大略，深得周敬王的信任。君臣同心戮力，欲复兴王室。但是，他们的做法，引起诸侯国中一些政客的嫉恨，卫国大夫彪傒说：“周王朝自从幽王昏乱以来，至今已历十四世了。苌弘还想复辟，一定不会有什么好结果的。”不久，晋国的范氏、中行氏、智氏、赵氏、魏氏、韩氏六卿内讧，范氏和中行氏被其他四氏剿灭。范氏原为晋国执政正卿，又和周王室的卿士刘文公有姻亲关系。因此，在晋国内乱时，周王室明显地站在范氏和中行氏一边。赵、智、魏、韩四氏灭了范氏和中行氏后，接着又追究周王室中支持范氏和中行氏的人。他们知道刘文公根基深、地位高，无法扳倒，便指名道姓要周敬王惩治苌弘，而周敬王认为苌弘是辅立自己的功臣，一向忠心不二，不肯惩处他。

晋国正卿赵鞅便派大夫叔向出使周王室，用阴谋诡计离间周敬王和苌弘的君臣关系。他故意频繁地同苌弘接触，有时密谈到深夜才告辞，试图引起周敬王和刘文公的怀疑。最后，叔向去晋见周敬王时煞有介事地说：“大王，我们晋国已经查明范氏、中行氏之乱与苌弘无关，你不必再追究苌弘了。我也便告辞回国复命去了。”叔向临走时，故作匆忙状，不慎把袖中一封伪造的信件遗落在殿阶上。

内侍把信件捡起来交给周敬王。周敬王打开一看，竟是苌弘写给叔向的密信。信曰：“请转告晋君，尽速发兵攻打周国，我将迫使敬王废黜刘氏，以作内应。”周敬王把信转给刘文公，刘看了大怒，不辨真假，不由分说，立即要周敬王搜捕苌弘，诛灭其九族。周敬王念其辅佐之功，不忍加害，但最终还是把苌弘放逐到千里之外的蛮荒蜀地去了。

苌弘有口难辩，悲愤交加，没想到自己对周王室一片忠心，到头来却因一封假信，竟落得如此悲惨结局！他到蜀地后，郁郁寡欢，不久便剖腹自杀了。苌弘的冤死，引起了当地吏民的怜惜同情，他们把苌弘的血用玉匣子盛起来埋葬，立碑纪念。三年后，掘土迁葬，打开玉匣一看，他的血已化成了晶莹剔透的碧玉。

帝子[1]歌

洞庭[2]明月[3]一千里，凉风雁啼天在水。

九节菖蒲[4]石上死，湘神[5]弹琴迎帝子。

山头老桂[6]吹古香，雌龙[7]怨吟寒水光。

沙浦[8]走鱼白石郎[9]，闲取[10]真珠[11]掷龙堂[12]。

◎注释

① 帝子：传说中帝尧的女儿娥皇、女英。清代王琦认为“帝子”即天帝之女。

② 洞庭：在长沙巴陵，方圆八百里。

③ 明月：一作“帝子”。

④ 九节菖蒲：菖蒲的一种，多年水生草本植物，可入药。《神仙传》记载：“中岳石上菖蒲，一寸九节，王兴采食之，得长生焉。”

⑤ 湘神：湘水中侍从帝子的水神。

⑥ 老桂：桂老，故其香为古香。

⑦ 雌龙：指帝子。《史记·夏本纪》：“天降龙二，有雌雄。”

⑧ 沙浦：水边。

⑨ 白石郎：水中小神。古乐府《白石郎曲》有：“白石郎，临江居。前导江伯后从鱼。”

⑩ 闲取：漫取，姑且拿取之意。

⑪ 真珠：即珍珠。

⑫ 龙堂：河伯所居殿堂。这里泛指水中。语本《楚辞·九歌·河伯》：“鱼鳞屋兮龙堂。”此句犹《楚辞》“捐余玦兮江中，遗余佩兮澧浦”之意。

◎译文

洞庭湖水映明月，千里波光在荡漾，
凉风吹拂大雁悲，蓝天倒映碧水上。
生长在山石上的九节菖蒲已经枯死，

湘神亲弹琴瑟，恭迎帝子光临凡间。
山头上的老桂树散发着古老的清香，
湘水雌龙心生抱怨吟得湖水泛寒光。
靠近岸边鱼儿成群结队像水神游荡，
我闲得无聊把珍珠投入水中乞吉祥。

◎创作背景

唐宪宗元和四年（809 年）秋季，诗人去长安参加科举考试，因为要避讳而不得不放弃进士科的考试，于元和五年（810 年）春季离开长安，回到故乡。之后，诗人离家游历吴越。

在洞庭湖畔，望着八百里洞庭湖波光粼粼，想到和自己一样报国无门的诗人屈原，诗人仿《楚辞》创作了这首诗，意在抒发自己报国无门的苦闷。据此推断，这首诗应当是在唐宪宗元和五年（810 年）之后创作，具体创作时间待考。

◎赏析

这首诗描绘了洞庭湖月明雁啼、水天相映的景象，讲述了一个凄美的爱情故事，其中似乎寄托着作者的仕途不遇、人生悲凉之感。

“洞庭明月一千里，凉风雁啼天在水”，写洞庭湖上，明月千里，天水相接，凉风习习，大雁掠过，一派清空幽冷的光景。

“九节菖蒲石上死，湘神弹琴迎帝子”，青石上的九节菖蒲早已枯萎，于是诗人产生了这世上哪里还存在不死之药、何处能寻觅到仙人足迹的疑问，而在这波光荡漾的夜色中，仔细聆听，似乎可以听见湘灵鼓瑟的幽怨之声，他们也在恭迎着帝子的降临。

“山头老桂吹古香，雌龙怨吟寒水光”，诗意出现转折：

多年过去，连山头的桂树都已变老，帝子的身影仍然没有显现，唯有那雌龙在泛着寒光的湖面低吟。

“沙浦走鱼白石郎，闲取真珠掷龙堂”，写一群群小鱼在幽静的湖水中窜来窜去，帝子既不可见，那就姑且把珍珠投入水中，以祈求她的祝福吧。这两句，诸家解法大体相同，都以为出自《九歌·湘君》“捐余玦兮江中，遗余佩兮醴浦”，即湘夫人因等不到湘君，心生怨恨，为了表示决绝，把湘君所赠的东西都投到水里，以表示湘夫人深长的哀怨。

全诗以洞庭湖景引入，以帝子传说作结，意境清空幽冷，想象丰富奇特，充分体现了李贺诗歌的浪漫主义特色。

◎轶闻异物录

湘妃竹

相传尧舜时代，湖南九嶷山上有九条恶龙，住在九座岩洞里，经常到湘江来戏水玩乐，以致洪水暴涨，庄稼被冲毁，房屋被冲塌，老百姓叫苦不迭，怨声载道。舜帝关心百姓的疾苦，他得知恶龙祸害百姓的消息，要到南方去帮助百姓除害解难，惩治恶龙。

舜帝有两个妃子——娥皇、女英，是尧帝的两个女儿。她们出身皇家，又身为帝妃，深受尧舜的影响和教诲，并不贪图享乐，而总是关心着百姓的疾苦。她们对舜的这次远离家门，也是依依不舍。但想到舜是去给湘江的百姓解除灾难和痛苦，她们还是强忍着内心的离愁别绪送舜上路了。

舜走后，娥皇、女英在家等待着他征服恶龙、凯旋归来的喜讯，日夜为他祈祷。可是，一年又一年过去了，燕子来去了几回，花开花落了几度，舜依然杳无音信。她们担心舜帝，于是，迎着风霜，跋山涉水，到南方湘江去寻找丈夫。

翻了一山又一山，涉了一水又一水，她们终于来到了九嶷山，找遍了九嶷山的每个山村，踏遍了九嶷山的每条小径，这一天，她们终于来到了翠竹围绕、由珍珠贝壳垒成的高大的坟墓前。

娥皇、女英感到惊异，便问附近的乡亲：“是谁的坟墓如此壮观？三块大石为何险峻地耸立？”乡亲含着眼泪告诉她们：“这便是舜帝的坟墓，他老人家从遥远的北方来到这里，帮我们斩除了九条恶龙，让我们过上了安乐的生活，可他却流尽了汗水，淌干了心血，受苦受累病死在这里了。”

原来，舜帝病逝之后，湘江的父老乡亲为了感激舜帝的厚恩，特地为他修了这座坟墓。九嶷山上的一群仙鹤也为之感动，它们飞到南海衔来一颗颗灿烂夺目的珍珠，撒在舜帝的坟墓上，便成了这座珍珠坟墓。三块巨石，是舜帝除灭恶龙时用的三齿耙插在地上变成的。

娥皇、女英得知实情后，难过极了，二人抱头痛哭起来。她们悲痛万分，一直哭了九天九夜，把眼睛哭肿了，嗓子哭哑了，眼泪流干了。最后，哭出血泪来，也死在了舜帝的旁边。

娥皇、女英的眼泪，洒在了九嶷山的竹子上，竹竿便呈现出点点泪斑，有紫色的，有雪白的，还有血红血红的，这便是“湘妃竹”。

秦王[1]饮酒

秦王骑虎[2]游八极[3]，剑光照空天自碧。

羲和[4]敲日玻璃声，劫灰[5]飞尽古今平。

龙头[6]泻酒邀酒星[7]，金槽[8]琵琶夜枨枨[9]。

洞庭雨脚[10]来吹笙，酒酣喝月使倒行。

银云[11]栉栉[12]瑶殿[13]明，宫门掌事[14]报一更[15]。

花楼玉凤[16]声娇狞[17]，海绡[18]红文[19]香浅清[20]，

黄鹅跌舞千年觥[21]。

仙人烛树[22]蜡烟轻，清琴[23]醉眼泪泓泓[24]。

◎注释

①秦王：此处“秦王”究竟是指谁，众说不一。一说指唐德宗李适（kuò），他做太子时被封为雍王，雍州属秦地，故又称秦王，曾以天下兵马元帅的身份平定史朝义之乱，又以关内元帅之职出镇咸阳，防御吐蕃。一说指秦始皇，但篇中并未涉及秦代故事。一说指唐太宗李世民，他做皇帝前是秦王。

②骑虎：即虎视天下之意。

③八极：八方极远之地。《庄子·田子方》：“夫至人者，上闚青天，下潜黄泉，挥斥八极，神气不变。”

④羲和：传说中为太阳驾车的神。《淮南子·天文训》：“爰止羲和，爰息六螭。”

⑤劫灰：劫是佛经中的历时性概念，指宇宙间包括毁灭和再生的漫长的周期。

⑥龙头：铜铸的龙形酒器。

⑦酒星：一名酒旗星。《晋书·天文志》说天上下班酒旗星，主管宴饮。

⑧金槽：镶金的琵琶弦码。

⑨ 枨枨（chéng）：琵琶声。

⑩ 雨脚：密集的雨点。

⑪ 银云：月光照耀下的薄薄的白云朵。

⑫ 栉栉（zhì）：云朵层层排列的样子。

⑬ 瑶殿：瑶是玉石。这里称宫殿为瑶殿，是夸张它的美丽豪华。

⑭ 宫门掌事：看守宫门的官员。

⑮ 一更：一作“六更”。

⑯ 花楼玉凤：指歌女。

⑰ 娇狞：形容歌声娇柔而有穿透力。“狞”字是当时的一种赞语，含有不同寻常之类的意思。

⑱ 海绡（xiāo）：鲛绡纱。《述异记》云出于南海，是海中鲛人所织。

⑲ 红文：海绡上绣的红色花纹。

⑳ 香浅清：清香幽淡的气息。

㉑ 千年觥（gōng）：举杯祝寿千岁。

㉒ 仙人烛树：雕刻着神仙的烛台上插有多支蜡烛，形状似树。

㉓ 清琴：即青琴，传说中的神女。这里指宫女。

㉔ 泪泓泓：眼泪汪汪，泪眼盈盈。

◎译文

秦王骑着猛虎般的骏马巡游四野八方，
武士们的宝剑照射着天空，一片碧亮。
羲和敲着太阳开道，发出玻璃般声响，
劫后的余灰已经散尽，国家太平呈祥。
大壶的龙头倾泻着美酒琼浆请来酒星，
弦架镶金的琵琶在夜晚被弹得铮铮响。
洞庭湖上的雨点就像有人在吹笙一样，
乘着酒兴，秦王大喝一声使明月倒行。
银光闪闪的浮云映亮鳞次栉比的宫殿，
看守宫门的官员已经通报时辰为一更。
青楼上舞女的歌声、笑声娇弱而困乏，
绡纱红衣轻轻飘动，散发出淡淡清香，
黄衣女郎翩翩起舞，举杯唱起祝寿歌。

仙人形的烛树光芒四射飘起袅袅轻烟，
群妃们陶醉在缥缈的琴声中泪光盈盈。

◎创作背景

这首诗是诗人在唐宪宗元和六年（811 年），经宗人推荐，考核后，父荫得官，初任从九品的奉礼郎时所作。诗人一生中绝大部分时间是处于唐德宗在位时期。唐德宗李适功过都很突出。他即位之前，曾以兵马元帅的身份平定史朝义之乱，又以关内元帅的头衔出镇咸阳，抗击吐蕃；即位后，见祸乱已平，国家安泰，便纵情享乐，疏于朝政。这首诗有暗讽唐德宗纵情声色之意。

◎赏析

此诗前四句写秦王的英武，歌颂他平定了叛乱，使天下太平；第五句以下描写他通宵达旦饮酒作乐的豪华场面。诗人借秦王饮酒之事，影射当时的社会现实，表达自己郁闷的情怀和隐微的意绪。

“秦王骑虎游八极，剑光照空天自碧”，写秦王的威仪。“骑虎”二字极富表现力，虎为百兽之王，生性凶猛，体态威严，即有虎视天下之意。“剑光”显示秦王勇武威严的身姿，十分传神，却又如羚羊挂角，香象渡河，无形迹可求。作品把抽象的、难于捉摸的“威”变成具体的浮雕般的形象，深深地铭刻在读者的脑子里。

“羲和敲日玻璃声，劫灰飞尽古今平”，正面写秦王的武功。由于秦王勇武绝伦，威力无比，“直如羲和之可以驱策白日”。战火扑灭了，劫灰荡尽了，四海之内呈现出一片升平的景象。为下文恣饮沉湎、饮酒作乐作了必要的铺垫。

“龙头泻酒邀酒星，金槽琵琶夜枨枨”，写秦王寻欢作乐的场面。一个“泻”字，写出了酒流如注的样子；一个“邀”字，写出了主人的殷勤；“金槽”显示乐器的精良，“枨枨”形容声音之优美。奢靡铺张而又挥霍无度的饮酒场面跃然纸上。

“洞庭雨脚来吹笙，酒酣喝月使倒行”，写不分昼夜地饮酒作乐。“雨脚”写出了乐曲之声飘忽幽冷，连绵不绝。“使倒行”是神来之笔，有情有景，醉态可掬，气势凌人。这位秦王饮酒作乐，闹了一夜，还不满足。他试图喝月倒行，阻止白昼的到来，以便让他尽情享乐，作无休无止的长夜之饮。这既是显示他的威力，又是揭露他的暴戾恣睢。

“银云栉栉瑶殿明，宫门掌事报一更”，五更已过，空中的云彩变白了，天已经亮了，大殿里外通明。掌管内外宫门的人深知秦王的心意，出于讨好，也是出于畏惧，谎报才至一更。过去的本子都作“一更”,清代吕种玉《言鲭》引作“六更”。“六更”似太直，不如“一更”含义丰富深刻，具有讽刺意味。

“花楼玉凤声娇狞，海绡红文香浅清，黄鹅跌舞千年觥”，尽管天明,宴饮并未停止,场面依旧豪华绮丽。“声娇狞”“黄鹅跌舞”从侧面道出了歌女与舞女早已疲惫不堪的困乏之状，在秦王的威严之下，她们只得强打着精神奉觞上寿。

“仙人烛树蜡烟轻，清琴醉眼泪泓泓”，诗歌以冷语作结，气氛为之一变，显得跌宕生姿，含蓄地表达了惋惜、哀怨、讥诮等等复杂的思想感情，余意无穷。

全诗几乎每一句都出人意料，无论是现实的描写还是虚拟的想象，无论是比喻、夸张还是白描，无论是意象选择还是遣词用语，都与一般诗人不同，颇能体现李贺诗歌想象奇谲诡异的特点。

李　适

唐德宗李适（742 年—805 年），唐代宗李豫长子，唐朝第九位皇帝（除武则天和唐殇帝外，779 年—805 年在位）。

李适初封奉节郡王。唐代宗宝应元年（762 年）担任天下兵马元帅，改封鲁王、雍王，在名义上统军平定安史之乱。次年拜尚书令。

唐代宗广德二年（764 年），被立为皇太子。大历十四年（779 年），李适即位。

李适在位前期，以强明自任，坚持信用文武百官，严禁宦官干政，用杨炎为相，废租庸调制，改行“两税法”，颇有一番中兴气象。后任用佞臣卢杞等，并在全国范围内增收间架、茶叶等杂税，致使民怨日深、政局转坏。建中二年（781 年）发动削藩战争，开启四镇之乱，两年后“泾原兵变”爆发，李适相继出逃奉天、梁州，依靠宰相李泌及大将李晟等平乱。执政后期，他委任宦官为禁军统帅，对藩镇多事姑息，导致淮西势力增强，但总体局势较为安定。

李适在位时期，对内倡导古文运动，对外联合回纥、南诏，打击吐蕃，成功扭转对吐蕃的战略劣势，为“元和中兴”创造了较为有利的外部环境。

贞元二十一年（805 年），李适于会宁殿驾崩，年六十四，在位二十七年。谥号神武孝文皇帝，庙号德宗，葬于崇陵。

李适善属文，尤工诗。《全唐诗》录有其诗。

美人梳头歌

西施[1]晓梦绡帐[2]寒，香鬟[3]堕髻[4]半沉檀[5]。

辘轳[6]咿哑[7]转鸣玉，惊起芙蓉[8]睡新足。

双鸾[9]开镜秋水光[10]，解鬟临镜[11]立象床。

一编香丝[12]云撒地，玉钗[13]落处无声腻。

纤手却盘老鸦色[14]，翠滑宝钗簪[15]不得。

春风烂漫[16]恼娇慵[17]，十八鬟多无气力[18]。

妆成婑鬌[19]欹[20]不斜，云裾[21]数步踏雁沙。

背人[22]不语向何处？下阶自折樱桃[23]花。

◎注释

①西施：春秋时越国美女，这里代指美女。

②绡帐：丝织的床帐。

③香鬟（huán）：古代妇女的环形发髻。

④堕髻：堕马髻的省称，为一种发式。

⑤沉檀：指用沉檀木做的枕头。

⑥辘轳：井上汲水木。南朝宋刘义庆《世说新语·排调》："顾曰：'井上辘轳卧婴儿。'"

⑦咿哑：形容物体转动或摇动声，这里指辘轳转动的声音，其声如玉之鸣。

⑧芙蓉：借指美人。《西京杂记》卷二："文君姣好，眉色如望远山，脸际常若芙蓉。"后因以"芙蓉"喻指美女。

⑨双鸾：指镜盖上所绣的鸾鸟。

⑩秋水光：形容明镜的光芒像秋水一样明净。

⑪临镜：对镜。唐元稹《三兄遗白角巾》诗："暗梳蓬发羞临镜，私戴莲花耻见人。"

⑫ 香丝：指发丝。

⑬ 玉钗：玉制的钗。由两股合成，燕形。汉司马相如《美人赋》："玉钗挂臣冠，罗袖拂臣衣。"或作"玉梳"。

⑭ 老鸦色：形容头发乌黑。

⑮ 簪（zān）：古代发饰，簪是由笄发展而来的，是古人用来绾定发髻或冠的长针。

⑯ 烂漫：形容光彩四射。

⑰ 娇慵：柔弱倦怠貌。

⑱ 鬟多无气力：发长髻高好像力不能胜。

⑲ 婑鬌（wǒ duǒ）：形容发髻美好。

⑳ 攲（qī）：倾斜之意。"攲不斜"，指发髻似斜非斜。

㉑ 云裾（jū）：轻柔飘动如云的衣襟。

㉒ 背（bèi）人：避开别人。

㉓ 樱桃：果木名。落叶乔木。花白色而略带红晕，春日先叶开放。核果多为红色，味甜或带酸。核可入药。木材坚硬致密，可制器具。亦指其果实或花。

◎译文

美女拂晓在清冷的纱帐中做美梦，
环形发髻松散垂下半覆着沉檀枕。
室外响起的辘轳声像玉鸟在鸣叫，
惊醒了酣睡中芙蓉般艳丽的美人。
打开双鸾镜折射出秋水般的镜面，
站在象牙床边解开发髻对镜梳妆。
长长的发丝像乌云般撒落地面上，
玉篦金钗无声梳理着柔滑的头发。
一双纤纤玉手盘弄着乌黑的发鬟，
秀发润滑得连金簪都无法插定它。
烂漫的春风吹得她尽显娇柔倦懒，
十八岁青春年华好像力不胜长髻。
梳理成似斜非斜的发髻漂亮无比，
华美的服饰走路时长长拖在地上。

背对着人默默不语，将去向何处？

原来是走下台阶折了一枝樱桃花。

◎创作背景

李贺这首艳体诗，大约作于唐宪宗元和元年（806 年），具体写作时间有待考证。

◎赏析

这首诗写美人晓妆之状，以表现美人的气质、情绪和心性。

“西施晓梦绡帐寒，香鬟堕髻半沉檀”，写美人春睡未醒。西施代指所写美人。天色已明，而她仍沉醉于梦乡之中。“寒”字除表明节令是早春外，还暗示她是独宿，更增孤寂之感。“香鬟”句写到头发，是为下文的梳头作铺垫。睡了一夜，美人的鬟髻松散，一个“半”字写出欲坠未坠之态，犹如水中的檀香木，散发阵阵清香。

“辘轳咿哑转鸣玉，惊起芙蓉睡新足”，写美人梦醒。此刻有人从井中汲水，那咿咿哑哑的辘轳声传来，把美人惊醒。她睁开惺忪的睡眼，容光焕发，恰似出水芙蓉。白居易《长恨歌》有“芙蓉如面柳如眉”之句，这里是以之代指美人，也是对其容貌的夸赞。

“双鸾开镜秋水光，解鬟临镜立象床”，正面描写美人梳头。“双鸾开镜”之语别出心裁，仿佛是镜盖上所绘凤凰开启了镜盖，作者丰富的想象力可见一斑。镜面如秋水一般明净光洁。她站立在象床边，那满头青丝垂至地面。

“一编香丝云撒地，玉钗落处无声腻”，细写美人梳头过程。古代诗人常以浓云、绿云喻女子秀发，“云撒地”即美人长发委地。“无声腻”为“腻无声”之倒装，“腻”指长发柔细而滑，是“无声”的缘由。王琦说：“落处谓梳头，凡梳头原无声，无声是衬帖字，下着一腻字，方见其发之美。”美人秀发丰腻，玉钗落处，自然是无声无息。

“纤手却盘老鸦色，翠滑宝钗簪不得”，写梳理完后的盘髻。“老鸦色”，言发色之黑，把像乌鸦羽毛那样黑中带碧的长发盘结起来，由于梳得匀，盘得实，映着光线，如同碧丝一般，滑腻得连宝钗也插不稳。

“春风烂漫恼娇慵，十八鬟多无气力”，描绘美人娇慵之态。春风烂漫，暖意薰人，美人精心梳妆完后，已是娇慵不可收拾了。“无气力”三字，刻画出了美人的娇懒神态。用略带夸张的笔墨，把主人公此时此刻特有的美充分地表现了出来。

“妆成婑鬌欹不斜，云裾数步踏雁沙”，写美人梳完头后走路的姿态。鬌是式样美好的发髻。“欹不斜”，美人的发髻，似堕非堕，似斜非斜，别有一番风情。“踏雁沙”是比喻，形容美人步履缓慢轻盈，如雁足踏沙。此时，梳妆已毕的美人，开始缓步走向春光明媚的庭园。

“背人不语向何处？下阶自折樱桃花”，通过美人自折樱桃花的动作描写，刻画美人的内在情思，成为这首诗最有价值的部分。从“背人不语”四字可见这位美人性格内向。她有一腔幽怨，但不肯公诸世人。她只是将全身心投向春光、投向自然。白雪般盛开的樱桃花，触发起美人自怜的情感。《李长吉诗集》批注《美人梳头歌》说：“写幽闺春怨也，结尾樱桃花三字才点睛。花至樱桃，好春已尽矣；深闺寂寂，亦复何聊！”这段话，基本上指明了此诗写幽闺春怨的主题。结尾一句确实是点睛之笔，不过，这一幽闺春怨的旨意无一字明白道及，它是隐然见之于言外的。美人闲寂无聊的情思，仅仅是通过自折樱桃花的优雅动作传达出来。这是诗人的高明之处。

这首诗的题材是平凡的，色泽是鲜艳的。诗中所写美人的情态美丽而不浮艳，有韵致而不妖媚，细腻而不雕琢，虽用的是铺叙手法，而兴寄遥深，与南朝乐府民歌有明显的继承关系。

◎轶闻异物录

西施与珍珠

珍珠被人类利用已有数千年的历史，传说它是西施的化身。

西施本是月宫中嫦娥的掌上明珠，她奉玉帝之命，下凡来拯救吴越两国黎民百姓脱离连年战乱之苦。

原来嫦娥仙子有一颗闪闪发光的大明珠，十分逗人喜爱，常常捧在掌中把玩，平时则命五彩金鸡日夜守护，唯恐丢失。而金鸡也久有把玩明珠的欲望，趁嫦娥不备，偷偷将明珠含在口中，躲到月宫的后面玩赏起来，它将明珠抛上抛下，煞是好玩。但一不小心，明珠从月宫滚落下来，直飞人间。金鸡大惊失色，为逃避责罚，也随之向人间追去。

嫦娥得知此消息后，急命玉兔追赶金鸡。玉兔穿过九天云彩，直追至浙江诸暨浦阳江边上空。这一天，浦阳江边山下一施姓农家之妻正在浦阳江边浣纱，忽见水中有颗光彩耀眼的明珠，忙伸手去捞，明珠却像长了翅膀似的径直飞入她的口中，并钻进腹内。施妻从此有了身孕。

一晃十六个月过去了，女子只觉得腹痛难忍，但就是不能分娩，急得她的丈夫跪地祷告上苍。忽一日只见五彩金鸡从天而降，停在屋顶，顿时屋内珠光万道。恰在这时，只听哇的一声，施妻生下一个光华美丽的女孩，取名为西施。故有“尝母浴帛于溪，明珠射体而孕”之说。

西施化解了吴越两国的仇怨之后，就化作珍珠留在人间，为黎民百姓的健康长寿、养颜美容继续作出贡献。

洛姝[1]真珠[2]

真珠小娘[3]下清廓[4]，洛苑[5]香风飞绰绰[6]。

寒鬓斜钗玉燕[7]光，高楼唱月[8]敲悬珰[9]。

兰风桂露[10]洒幽翠[11]，红弦[12]袅云咽深思。

花袍白马不归来，浓蛾[13]叠柳[14]香唇醉。

金鹅[15]屏风蜀山梦，鸾裾[16]凤带[17]行烟[18]重。

八骢[19]笼晃[20]脸差移，日丝繁散曛罗洞[21]。

市南曲陌[22]无秋凉，楚腰[23]卫鬓[24]四时芳。

玉喉[25]窱窱[26]排空光[27]，牵云曳雪[28]留陆郎[29]。

◎注释

①洛姝：洛阳的美女。

②真珠：洛阳美女的名字。

③小娘：旧称歌女。唐元稹《筝》诗："急挥舞破催飞燕，慢逐歌词弄小娘。"

④清廓：一作"青廓"，犹言"青天"。

⑤洛苑：指隋唐时洛阳之内苑。因在宫城之西，故称西苑。又名芳华苑、禁苑。周围一百二十六里，西至孝水，北背邙阜，南拒非山，中有翠微宫、积翠池等。

⑥绰绰：舒缓之意。唐张祜《筝》诗："绰绰下云烟，微收皓腕鲜。"

⑦玉燕：即玉燕钗。南朝梁任昉《述异记》卷上："阖闾夫人墓中……漆灯照烂，如日月焉。尤异者，金蚕玉燕各千余双。"

⑧唱月：对月吟唱。

⑨敲悬珰（dāng）：敲击玉佩来合节拍。

⑩桂露：秋露。秋季桂花开时，夜凉生露，故称。

⑪幽翠：深绿。指葱茏的草木。

⑫ 红弦：乐器上的红色丝弦。

⑬ 浓蛾：黛眉。

⑭ 叠柳：柳叶眉紧锁。

⑮ 金鹅：金色鹅形饰品。

⑯ 鸾裾（jū）：绣有鸾鸟花饰的衣襟。

⑰ 凤带：绣有凤凰花饰的衣带。古代贵族女子所系。

⑱ 行烟：犹言行云行雨。王琦注："行烟，即行云行雨之谓。"

⑲ 八骢（cōng）：八窗。指四面开的窗户。

⑳ 笼晃：笼照晃荡。

㉑ 曛（xūn）罗洞：日光照入窗纱上的细洞。

㉒ 曲陌：曲折的小巷，此指妓女所居之地。

㉓ 楚腰：楚国美女的细腰。《韩非子》："楚灵王好细腰，而国中多饿人。"

㉔ 卫鬓：汉代卫皇后的秀发。

㉕ 玉喉：美妙的歌喉。

㉖ 窱窱（tiǎo tiǎo）：言歌声宛转之妙。

㉗ 排空光：犹响遏行云之意。

㉘ 牵云曳雪：谓妓女拉扯着客人的衣衫殷勤挽留。

㉙ 陆郎：指南朝陈后主宠臣陆瑜。王琦汇解："《乐府·明下童曲》：'陈孔骄白赭，陆郎乘斑骓。'陈孔，谓陈宣、孔范；陆谓陆瑜。皆陈后主狎客。"

◎译文

洛阳的歌女真珠，仿佛就是从天而降的美女，
她那舒缓的模样给洛阳宫苑带来了阵阵香风。
鬓发上斜插的一支玉燕钗在月下闪烁着光芒，
登上高楼对月歌唱，玉佩也配合着敲打节拍。
在这到处都漂浮着兰风和桂露香气的夜晚里，
真珠轻轻拨动着丝弦，袅袅的琴声飞入云端。
那身着锦袍骑着白马的少年为什么还不回来？
真珠难过得眉头紧锁，香唇不启，忧愁满怀。
她倚着屏风入梦，像巫山神女那样寻觅情郎，

然而身体受着鸾裾凤带的拖累根本无法前行。
清晨的阳光透过四面窗户照在真珠的睡脸上，
窗纱折射出细洞般的晨光如同繁丝一样缠绕。
洛阳城南的妓院门庭若市从来没有清冷萧条，
妓女们扭着细腰梳着闪亮的头发在门前招摇。
她们放声歌唱，歌声嘹亮遮挡了天上的流云。
她们牵曳着衣裳殷勤地挽留前来冶游的男子。

◎创作背景

这首诗写洛阳美女。唐宪宗元和六年至八年(811 年—813 年)间，李贺往来于长安、洛阳，此诗当作于居洛阳时。

◎赏析

这首诗写洛阳美女真珠的美丽贤惠，通过市南曲陌的妓女和美女真珠的对比，反衬了真珠美丽可爱、超凡脱俗的形象。也有人认为李贺是借对真珠的描写来影衬自己，通过自己的落寞寂寥和小人的门庭若市进行对比，抒发自己的愤懑之情。

“真珠小娘下青廓，洛苑香风飞绰绰”，开门见山，写真珠身带袅袅飘动的香风来到洛苑，有如仙姬神女自天而降。着一“下”字，又着一“飞”字，真珠飘然而至之状宛如亲睹，用字极为传神。

“寒鬓斜钗玉燕光，高楼唱月敲悬珰”，写真珠鬓间斜簪一支晶莹闪光的玉钗，登上高楼，击悬珰以为节，对月歌唱。用《述异记》所载神女遗汉武帝玉钗，传至昭帝时宫人共谋欲碎之，玉钗化为白燕升天事。

“兰风桂露洒幽翠，红弦袅云咽深思”，写夜渐深沉，露冷风清，一腔幽怨之情无处可倾诉。真珠犹自抚筝而弹，筝声掩抑低徊，有如哽咽之声，寄托着她幽怨的情思。“红弦”代指筝声，盖唐时筝弦为红色，体现了诗人遣词造句对于色彩的把握。

“花袍白马不归来，浓蛾叠柳香唇醉”，此处对真珠的筝声何以如此哀怨的问题作了解答。原来是她的心上人迟迟未归，故将满怀愁绪寄托在怨声之中。“花袍白马”，寥寥四字，活画出一个纨绔子弟的形象。接着刻画真珠若有所思的忧郁神态，言其蛾眉紧锁，有如柳叶之叠而不舒；香唇紧闭，有如醉酒之缄默不语。

“金鹅屏风蜀山梦，鸾裾凤带行烟重”，引用宋玉《神女赋》中楚襄王梦巫山神女之事，进而表现真珠期望能如巫山神女一般，与心上人在梦中相会。“鸾裾凤带”，极言真珠妆饰之华丽，然而梦魂殢重难行，不能如巫山神女一般行云行雨，因而终未能如愿。不过这句乃是形象化的说法，其实是真珠由于忧心忡忡，终夜不能成眠，因而她所期待的梦境根本无从出现。

“八骢笼晃脸差移，日丝繁散曛罗洞”，真珠于朦胧之中，恍惚觉得有亮光在眼前晃动，转过脸一看，只见日光透过窗纱，丝丝缕缕射进屋中，原来天已大亮了。

“市南曲陌无秋凉，楚腰卫鬓四时芳”，描写“曲陌”中妓女的妖容冶态。洛阳城南曲折的巷陌是妓女的聚居之地，那里一年到头热闹非常，浓妆艳抹的妓女多得如同四季盛开的鲜花。“楚腰”用楚灵王好细腰美人事，“卫鬓”用卫子夫因发多而美深得汉武帝宠幸被立为皇后事。

“玉喉窱窱排空光，牵云曳雪留陆郎”，“陆郎”语出乐府《明下童曲》“陆郎乘班骓”，原指陈后主的狎客陆瑜，在此处可以理解为泛指那些时常光顾“曲陌”的纨绔子弟，或可理解为特指真珠的那位“花袍白马”，而真珠失宠的原因也就不言自明了。

全诗结构奇特，通过反跌的手法，有力地强化了主题，并大量使用华丽的词藻，构成斑斓多彩的艺术境界，且用典恰到好处，有着李贺一贯的细腻优美的风格。

◎轶闻异物录

陆　瑜

陆瑜，字干玉。南朝陈后主宠臣。少年时即专意于学习，词藻优美，被州里举为秀才。初任骠骑安成王行参军，转任军师晋安王外兵参军、东宫学士。兄陆琰此时为管记，同以才学娱侍左右，时人比喻他们为二应。太建二年，太子祭奠于太学，宫臣一同赋诗，命陆瑜作序，序文写得十分富赡华丽。改任尚书祠部郎中，母丧离职。服丧毕，任桂阳王明威将军功曹史，兼东宫管记。又改任永阳王文学、太子洗马、中舍人。

陆瑜幼年时读书，日夜不断，聪敏强记，读一遍就不会再忘。曾受汝南周弘正教《庄》《老》，学《成实论》于僧滔法师，均能通晓这些书的大旨。其时皇太子好学，想博览群书，因为子集繁多，命陆瑜抄撰，可尚未完成，陆瑜便死了，其时四十四岁。太子为之流涕，亲令举行哀礼，官府给办丧事，太子亲撰祭文，派使者吊丧祭奠。至德二年，追赠光禄卿。有文集十卷。

湘　妃[1]

筠竹[2]千年老不死，长伴神娥[3]盖江水。

蛮娘[4]吟弄满寒空，九山[5]静绿泪花红。

离鸾别凤[6]烟梧[7]中，巫云蜀雨[8]遥相通。

幽愁秋气上青枫[9]，凉夜波间吟古龙[10]。

◎注释

① 湘妃：舜的两个妃子，死后成为湘神，称为湘夫人。
② 筠（yún）竹：斑竹。
③ 神娥：即湘妃，一作“秦娥”。
④ 蛮娘：湘中村女。
⑤ 九山：九嶷山，又名苍梧山。
⑥ 离鸾别凤：指舜葬于苍梧，二妃死于湘水中，并未合葬。
⑦ 烟梧：烟波浩渺的苍梧山。
⑧ 巫云蜀雨：借用楚襄王与巫山神女幽会比喻舜与二妃相往来。
⑨ 青枫：一作“清峰”。
⑩ 吟古龙：即古龙吟。指松树形状如龙，被风吹发出的声响。

◎译文

斑竹过了上千年仍然青翠如初，
长伴着神娥覆盖着青碧的流水。
湘中村女的歌声在秋野里飘荡，
九嶷山上的竹叶染着点点红泪。
苍梧山弥漫着离别的凄楚之情，
巫蜀的云雨也只能在梦中相通。
幽怨的秋风吹上青苍的枫树林，
寒夜中如同古龙在悲凄地长吟。

◎创作背景

这首诗具体创作时间有待考证。史载唐德宗时期，郜国大长公主“适萧升，女为太子妃，恩礼甚厚。主素不谨，有李昇出入其第。或告主淫乱，且为厌祷。上大怒，幽之禁中，流昇于岭南”。清代姚文燮认为此诗所写即此事，与他同时代的方扶南则认为此诗另有寄意，“似为秦中人夫死而独居湘南”事而写。此二说均较牵强，只可参考。

◎赏析

这首诗是爱情的赞歌，描绘出一幅清幽而又绚丽的画面，通过写生离死别的爱情来寄托诗人的审美意识和对“湘妃”这一悲剧的认知。

“�竹千年老不死，长伴神娥盖江水”，诗人从最具神话色彩的斑竹写起，是因为斑竹是湘妃洒泪而成，是爱情生死不渝的历史凭证，所以最能显示出这一故事的神髓。一开篇诗人就饱蘸情感和丰富的想象。其中，“千年”“长伴”“老不死”说明时间久长而爱情之花永不凋谢。二妃本来因痛哭而死，但“死”并非爱情的终结，相反，真正的爱情将永世长存，其凭证便是永远年轻的“筠竹”。此竹不仅永世永生伴随着“神娥”，而且由于滋生繁茂，甚至覆盖了整个湘江的流水。用语貌似夸张，实写爱情的巨大能量。

“蛮娘吟弄满寒空，九山静绿泪花红”，由写湘妃转入写虞舜葬地。前句以动喻静，通过耳之所闻来形容九嶷山之高大宽广及其深邃寂静。“蛮娘”“吟弄”“九山”“静绿”等意境使人自然联想到毛泽东《七律·答友人》中的诗句：“九嶷山上白云飞，帝子乘风下翠微。斑竹一枝千滴泪，红霞万朵百重衣。”

“离鸾别凤烟梧中，巫云蜀雨遥相通”，写湘妃与舜两地睽隔，只能在梦中相见。舜葬苍梧，妃死湘水，两地相距虽不甚远，但峰峦隔阻，还有云山雾障。在此无可奈何之际，只有像巫山神女那样，梦中一见了。其中，“遥相通”说明其心心相印、情感相通。

“幽愁秋气上青枫，凉夜波间吟古龙”，转写湘妃。此诗以咏湘妃为主，所以结句与开篇相照应，极写湘妃死后的悲痛与孤寂。其难以排遣的愁怨仿佛云雾烟霭一般，凝聚于洞庭湖宽广的空间。当秋日来临之际，更增添了其悲痛的气氛，有如《九辩》中的“悲哉秋之为气也，萧瑟兮草木摇落而变衰”。

全诗仿《楚辞》而作，歌咏古事，构思精巧，动静结合，画面灵动，极幽清凄迷。在用词上，“寒空”“幽愁”“秋气”“凉夜”等具有冷色调的词汇既突出清幽的情境，又为这首浪漫的诗作添上令人扼腕的叹息。

◎轶闻异物录

舜的传说

传说舜的父亲、后母、异母弟想借修仓库为名把舜烧死，没想到舜穿的是娥皇、女英给他的凤衣，舜从大火中飞走了。他们又借掏井为名，想把舜淹死，没料到舜穿了娥皇、女英给他的龙衣，又从井底游走了。他们又借吃饭为名，在酒中下毒，想要把舜毒死，然而舜有娥皇、女英保护，事先让他服了仙药，毒酒下肚，也安然无事。经历过这番风波之后，舜更把二妃当作自己生死不渝的伴侣了。

南园[①]十三首·其五

男儿何不带吴钩[②]，收取关山五十州[③]？

请君暂上[④]凌烟阁[⑤]，若个[⑥]书生万户侯[⑦]？

◎注释

①南园：泛指作者昌谷故居以南一大片田畴平地。杨其群《李贺咏昌谷诸诗中专名考》谓："原"与"园"二字义可相通，凡李贺宅南"可种谷给食"的大片平地，均可称为"南原"，亦称"南园"。这是组诗中的第五首。

②吴钩：春秋时期流行的一种弯刀，它以青铜铸成，是冷兵器里的典范。后又被历代文人写入诗篇，成为驰骋疆场、励志报国的精神象征。

③五十州：指当时被藩镇所占领割据的山东及河南、河北五十余州郡。

④暂上：一上，试上。

⑤凌烟阁：唐代旌表功臣的殿阁。

⑥若个：哪个。

⑦万户侯：受封食邑达一万户的侯爵，借指高位厚禄。

◎译文

男子汉大丈夫为何不拿起手中的武器，
去夺回被藩镇割据的关塞河山五十州？
请你且登上那绘有功臣图像的凌烟阁，
可有哪个书生被封为食邑万户的侯爵？

◎创作背景

《南园》组诗十三首，为李贺应进士试受挫后，回故乡昌谷闲居时陆续写成。李贺二十岁那年，到京城长安参加进士考试。因他父亲名为晋肃，与进士同音，就被以冒犯父名为由取消了考试资格。

后由于他的文学名气很高，担任了名为奉礼郎的卑微小官，留在京城。李贺本来胸怀大志，性情傲岸，如今做了这样一个形同仆役的小官，感到十分屈辱，就称病辞去官职，回昌谷老家过上隐居的生活。此组诗应作于唐宪宗元和六年（811 年）春夏之交。均为七言绝句。

◎赏析

这首诗是《南园十三首》组诗中的第五首，由两个设问句组成，顿挫激越，而又直抒胸臆，把家国之痛和身世之悲淋漓酣畅地表达了出来。

“男儿何不带吴钩，收取关山五十州”，第一个设问是泛问，也是自问，含有“国家兴亡，匹夫有责”的豪情。起句峻急，犹如悬流飞瀑，从高处跌落而下，显得气势磅礴。“带吴钩”指从军的行动，身佩军刀，奔赴疆场，那气概多么豪迈！“收取关山”是从军的目的，山河破碎，民不聊生，诗人怎甘蛰居乡间，无所作为呢？因而他向往建功立业，报效国家。十四字一气呵成，节奏明快，与诗人那昂扬的意绪和紧迫的心情十分契合。

“请君暂上凌烟阁，若个书生万户侯”，诗人问道：封侯拜相，绘像凌烟阁的，哪有一个是书生出身的？这里诗人不用陈述句而用设问句，牢骚的意味显得更加浓郁。看起来，诗人是从反面衬托投笔从戎的必要性，实际上是进一步抒发怀才不遇的愤激情怀。由昂扬激越转入沉郁哀怨，既见出反衬的笔法，又见出起伏的节奏，峻急中作回荡之姿。就这样，诗人把自己复杂的思想感情表现在诗歌的节奏里，使读者从节奏的感染中加深对主题的理解、感受。

李贺《南园十三首》组诗，多就园内外景物讽咏，描写其生活与感情。但此首不借所见发端，却凭空寄慨，于豪情中见愤然之意。

◎轶闻异物录

凌烟阁

凌烟阁是唐朝为表彰功臣而建筑的绘有功臣图像的高阁，原是位于唐朝皇宫内三清殿旁一座不起眼的小楼，后因“凌烟阁二十四功臣”而闻名于世，可惜毁于战乱。

唐贞观十七年二月，唐太宗李世民为怀念当初一同打天下的众位功臣，命阎立本在凌烟阁内描绘了二十四位功臣的图像，皆真人大小，褚遂良题字，太宗时常前往怀旧。后又有四位皇帝在凌烟阁为功臣绘像。现在能看到的总共有一百三十二幅画像，除去重复的，总共一百人左右。画像全部面向北方，阁中有中隔，隔内北面写“功高宰辅”，南面写“功高侯王”，隔外面次第排列功臣。伴随着唐王朝的灭亡，凌烟阁消失在历史的长河之中。

金铜仙人辞汉歌

魏明帝[①]青龙元年[②]八月，诏宫官[③]牵车[④]西取汉孝武捧露盘仙人[⑤]，欲立致前殿。宫官既拆盘，仙人临载，乃潸然泪下[⑥]。唐诸王孙[⑦]李长吉遂作《金铜仙人辞汉歌》。

茂陵[⑧]刘郎[⑨]秋风客[⑩]，夜闻马嘶[⑪]晓无迹。

画栏桂树悬秋香[⑫]，三十六宫[⑬]土花[⑭]碧。

魏官牵车指千里[⑮]，东关[⑯]酸风[⑰]射眸子。

空将[⑱]汉月[⑲]出宫门，忆君[⑳]清泪如铅水[㉑]。

衰兰送客[㉒]咸阳[㉓]道，天若有情天亦老[㉔]。

携盘独出[㉕]月荒凉，渭城[㉖]已远波声[㉗]小。

◎注释

① 魏明帝：名曹叡，曹操之孙。

② 青龙元年：旧本又作九年，然魏青龙无九年，显误。元年亦与史不符，据《三国志·魏书·明帝纪》，魏青龙五年（237 年）旧历三月改元为景初元年，迁移长安铜人承露盘即在这一年。

③ 宫官：指宦官。

④ 牵车：一作“辇车”。辇：同“辖”，车轴头。这里是驾驶的意思。

⑤ 捧露盘仙人：王琦注引《三辅黄图》：“神明台，武帝造，上有承露盘，有铜仙人舒掌捧铜盘玉杯以承云表之露，以露和玉屑服之，以求仙道。”

⑥ 潸然泪下：形容眼泪流下来。《三国志·魏书·明帝纪》裴松之注引《汉晋春秋》：“帝徙盘，盘拆，声闻数十里，金狄（即铜人）或泣，因留于霸城。”

⑦ 唐诸王孙：李贺是唐宗室之后，故称“唐诸王孙”。

⑧ 茂陵：汉武帝刘彻的陵墓，在今陕西省兴平县东北。

⑨ 刘郎：指汉武帝。

⑩ 秋风客：犹言悲秋之人。汉武帝曾作《秋风辞》，有句云：“欢乐极兮哀情多，少壮几时兮奈老何？”

⑪ 夜闻马嘶：传说汉武帝的魂魄出入汉宫，有人曾在夜里听到他坐骑的嘶鸣。

⑫ 桂树悬秋香：八月景象。

⑬ 三十六宫：张衡《西京赋》有“离宫别馆三十六所”句。

⑭ 土花：苔藓。

⑮ 千里：言长安汉宫到洛阳魏宫路途之远。

⑯ 东关：车出长安东门，故云东关。

⑰ 酸风：令人心酸落泪之风。

⑱ 将：与，伴随。

⑲ 汉月：汉朝时的明月。

⑳ 君：指汉家君主，特指汉武帝刘彻。

㉑ 铅水：比喻铜人所落的眼泪，含有心情沉重的意思。

㉒ 衰兰送客：秋兰已老，故称衰兰。客指铜人。

㉓ 咸阳：秦都城名，汉改为渭城县，离长安不远，故代指长安。

㉔ 天若有情天亦老：意为面对如此兴亡盛衰的变化，天如果有人的情感，也会因为常常伤感而衰老。

㉕ 独出：一说应作“独去”。

㉖ 渭城：秦都咸阳，代指长安。

㉗ 波声：指渭水的波涛声。渭城在渭水北岸。

◎译文

魏明帝青龙元年八月，诏宫官牵车西取汉孝武捧露盘仙人，欲立置前殿。宫官既拆盘，仙人临载，乃潸然泪下。唐诸王孙李长吉遂作《金铜仙人辞汉歌》。

茂陵里埋葬的刘郎，好像秋风般地倏然而逝。
夜里曾听到他的神马嘶鸣，天亮却杳无踪迹。
画栏内的桂树依旧枝繁叶茂，散发阵阵幽香。

长安城的三十六宫，如今却是一片苔藓碧绿。
魏国宦官驾车载运铜人，直奔千里外的异地。
刚刚走出长安的东门，寒风直射铜人的眼眸。
唯有那朝夕相处的汉月，伴随铜人走出官邸。
回忆起昔日的君主恩情，铜人不禁泪如铅水。
枯衰的兰草为远客送别，在通向咸阳的古道。
上天如果有感情，也会因为悲伤而变得衰老。
独出长安的盘儿，在荒凉的月色下孤独影渺。
眼看着长安渐渐远去，渭水波声也越来越小。

◎创作背景

根据朱自清《李贺年谱》推测，这首诗大约作于唐元和八年（813年），李贺因病辞去奉礼郎职务，由长安赴洛阳的途中有感而发。诗人产生兴亡之感的原因，要联系当时的社会状况以及诗人的境遇来理解、体味。

◎赏析

这是诗人因病辞职由京师长安赴洛阳途中所作的一首诗，借金铜仙人辞汉的史事，来抒发兴亡之感、家国之痛和身世之悲。

“茂陵刘郎秋风客，夜闻马嘶晓无迹”，开篇奠定悲恸基调，借铜人的“观感”慨叹韶华易逝，人生短暂。“秋风客”，因汉武帝曾作《秋风辞》，有句：“欢乐极兮哀情多，少壮几时兮奈老何？”“夜闻马嘶”，当地传闻，汉武帝常常骑马夜临神明台下，至晓则踪迹全无。“刘郎”与“秋风客”对比，“马嘶”与“晓无迹”对比，两句看似在说两件事，实则互文见义，相互补充，相互渗透，以有声应无声，终归无声。

“画栏桂树悬秋香，三十六宫土花碧”，写汉代遗宫的荒芜。汉武帝在世时，宫殿内外，车马喧阗。如今画栏犹存，桂树仍高高飘香，当年红颜歌舞的三十六宫却长满苔藓，一片寥落。物是人非，时过境迁，悲凉幽冷的环境被渲染得淋漓尽致，也为下文铜人被连夜运送出宫的凄惨情状作了必要的铺垫。

“魏官牵车指千里，东关酸风射眸子”，从客观上烘托铜人依依不忍离去的心情。“指千里”言道路遥远，“东关”句言气候恶劣，含有“马后桃花马前雪，出关争得不回头”的意味，表现出对汉宫、对长安的深切依恋之情。句中“酸”“射”二字，新奇巧妙而又浑厚凝重。特别是“酸”字，通过铜人的主观感受，把彼时彼地风的凄厉、寒冷、惨烈等情形，生动地显现出来。这里，主观的情和客观的物已完全融合在一起，含义极为丰富。

“空将汉月出宫门，忆君清泪如铅水”，用第一人称，直接抒发铜人当时的思想感情。“汉月”，抒发的是一种怀旧的感情，正如王琦《李长吉歌诗汇解》所诠释的：“因革之间，万象为之一变，而月体始终不变，仍似旧时，故称‘汉月’。”“泪如铅水”，比喻奇妙非凡，绘声绘色地写出了铜人当时悲痛的形容——泪水涔涔，落地有声。这种感怀旧事、恨别伤离的神情与人无异，是“人性”的表现，而“铅水”一词又与铜人的身份相合，婉曲地显示了它的“物性”。这些巧妙的表现手法，成功地塑造出金铜仙人这样一个物而人、物而神，独一无二，奇特而又生动的艺术形象。

“衰兰送客咸阳道，天若有情天亦老”，写出城后途中的情景。城外的“咸阳道”和城内的“三十六宫”一样，呈现出一派萧瑟荒凉的景象。“衰兰”一语写形兼写情，而以写情为主。兰花之所以衰枯，不只因为肃杀秋风对它无情摧残，更由愁苦的情怀直接造成。凡是有情之物都会衰老枯谢。“天若有情天亦老”这一句设想奇伟，司马光称为“奇绝无对”。它有力地烘托了铜人艰难的处境和凄苦的情怀，意境辽阔高远，感情执着深沉，真是千古名句。

“携盘独出月荒凉，渭城已远波声小”，进一步描述铜人恨别伤离的情绪。一个“独”字，照应了上文的“画栏桂树”“三十六宫”以及“汉月”“宫门”，点出铜人不忍离别又不能不离别汉宫的情状。“渭城”句从对面落笔，用“波声小”反衬出铜人渐渐远去的身影。一方面波声渺远，另一方面，道阻且长。作者借助于事物的声音和形态，委婉而深沉地表现出铜人“思悠悠，恨悠悠”的离别情怀，而这正是当日诗人在仕进无望、被迫离开长安时的心境。

全诗设想奇特，而又深沉感人；形象鲜明，而又变幻多姿；词句奇峭，而又妥帖绵密。此诗充满了浪漫主义色彩，是李贺的代表作品之一。

◎轶闻异物录

仙人承露盘

汉武帝建铸铜仙人承露盘，承接天上甘露，和玉屑饮服，以求得仙道长生。汉武帝元鼎二年（前 115 年）后，又建造了柏梁台、铜柱、承露仙人掌之类。后以此典形容求药得道等仙家事，或咏皇宫景物，或咏秋色等。此典又作“仙掌”“承露金茎”“金掌露”“汉帝金掌”“承露盘”“汉宫盘”“仙人掌”“金盘”“盘露”“铜盘”“仙盘”“露掌”“仙茎露”“露盘”“武帝金盘”“武帝盘”等。

黄头郎[1]

黄头郎，捞拢[2]去不归。

南浦[3]芙蓉影[4]，愁红[5]独自垂。

水弄湘娥[6]佩[7]，竹啼山露月。

玉瑟调青门[8]，石云[9]湿黄葛[10]。

沙上蘼芜[11]花，秋风已先发。

好持扫罗荐[12]，香出鸳鸯[13]热。

◎注释

①黄头郎：汉代掌管船舶行驶的吏员。后泛指船夫。根据“五行”理论，土胜水，其色黄，所以古代撑船的人都戴黄帽，号为“黄头郎”。

②捞拢：摇船荡桨。

③南浦：南面的水边。古人送别之地的习称。

④芙蓉影：明言荷花，暗喻临浦送别的少妇的艳美姿容。

⑤愁红：被风雨摧残的花。亦以喻女子的愁容。

⑥湘娥：指湘妃。即帝舜二妃娥皇与女英。李善注引王逸曰：“言尧二女，娥皇、女英随舜不及，堕湘水中，因为湘夫人。”

⑦佩（pèi）：系在腰间的玉饰。

⑧青门：曲调名。一说是长安城东南的城门。

⑨石云：山石间涌起的云气。古人认为云气萌生于山石中，所以称石为“云根”，云为“石云”。

⑩黄葛：开黄花的葛草，茎皮纤维可织葛布或作造纸原料。

⑪蘼芜（mí wú）：草名，其叶有香气，七八月间开白花。

⑫罗荐：用丝罗做的垫褥。

⑬鸳鸯：指鸳鸯形的熏香炉。

◎译文

黄头郎，摇船外出，久久未归还。
一个芙蓉般的身影在南面的水边，
好似被风雨摧残的荷花独自低垂。
潺潺流水声像拨弄着湘娥的佩环，
幽竹生露，惨淡的月影布满山间。
轻拂玉瑟，弹奏一支《青门》曲，
山石间的云气将黄色的葛花染湿。
白色的蘼芜花香四溢开满了沙滩，
早来的秋风预告着丈夫即将回返。
家中妇人正欣喜地铺扫罗锦褥垫，
急急忙忙把鸳鸯炉里的熏香点燃。

◎创作背景

这首诗具体创作时间有待考证。在唐代二百八十九年漫长的岁月里，诗坛上出现了许许多多写思妇幽怨的诗章，而思妇诗写得好的，李贺的《黄头郎》算是其中一首。黄头郎，是一个管理船运的小官，这类官员同船队一起外出，所以夫妻经常分离。此诗即是李贺为下级官吏的妻子代言而作。

◎赏析

这首诗通过押运管理船舶的下级官吏的境遇，反映出唐代社会生活中的思妇怀人的情景。

“黄头郎，捞拢去不归”，开篇点题，“捞拢”一词点出了造成夫妻分离、家人不能团聚的原因。“去不归”表面上只是叙述，但这一“叙述”却包含着幽怨。他成年累月离家在外，引起自己无限的思念。两句诗似脱口而出，又似呼唤远方的丈夫。这样，就把一个情感丰富的少妇形象呈现出来。

“南浦芙蓉影，愁红独自垂”，这里是写荷花，但更是写人。在烟波渺渺的南浦，一支愁红惨淡的荷花，孤伶伶的，把气氛渲染得寂寞凄凉。这凄凉的荷花正是那寂寞哀愁的少妇形象的象征。丈夫出远门，长久未归，她独自伫立在南浦眺望远处的船帆，千帆过尽却没有一只是自己丈夫的归帆，她只能哀愁伤感地低下头。这花似人，以花写人；这人似花，以人拟花。花人合一，人比花更愁。诗人把思妇苦苦等待的心情生动形象地展示给了读者。

“水弄湘娥佩，竹啼山露月”，诗人用了一个令人流泪的典故。娥皇、女英这一传说富有美丽的神话色彩，能引起读者丰富的幻想。特别是诗人在运用这个典故时突出了声、色两个方面，使这个人们常用的典故和当时的环境十分吻合，有声有色地渲染了环境，渲染了人物的心情。

“玉瑟调青门，石云湿黄葛”，写少妇期盼丈夫归来。这里场景变换了，从送别的“南浦”到了“青门”，这中间有时间的跳跃，不是连续性的画面。少妇抱瑟等候于青门外边，直到夜幕降临，暮云冉冉而起，把开着黄花之葛藤都沾湿了。这一场景把少妇盼归的情怀渲染得婉曲感人。

“沙上蘼芜花，秋风已先发”，“蘼芜花”与“秋风”似乎都在预告着丈夫即将回返，而少妇难以言喻的喜悦之情在心中散发开来，就好像开满蘼芜花的沙滩终于迎来了秋风。

“好持扫罗荐，香出鸳鸯热”，这时候少妇想到要把罗荐打扫好，在鸳鸯炉上点燃香料，让丈夫一到家就感受温暖芳香。扫净垫荐、焚热香炉的举动与前面所描绘的青门、黄葛、白云、蘼芜花，交汇成多姿多彩的画面，这就更加突出少妇期盼夫归的感情，更加亲切动人。

全诗由思念和盼归两部分组成，前后呼应，构成了哀怨婉转、情感深挚的境界。

蘼　芜

蘼芜是川芎的苗，叶有香。

蘼芜这种植物，又名蕲茝、薇芜、江蓠。据辞书解释，苗似芎藭，叶似当归，香气似白芷，是一种香草。妇女去山上采撷蘼芜的鲜叶回来，于阴凉处风干后可以做香料，亦可以作为香囊的填充物。古人相信蘼芜可使妇人多子，然而在古诗词中蘼芜一词多与夫妻分离或闺怨有关。

马诗二十三首·其五

大漠[①]沙如雪，燕山[②]月似钩[③]。

何当[④]金络脑[⑤]，快走踏[⑥]清秋[⑦]。

◎注释

①大漠：广大的沙漠。

②燕山：在河北省。一说为燕然山，即今之杭爱山，在今蒙古国西部。

③钩：古代兵器。

④何当：什么时候。

⑤金络脑：即金络头，用黄金装饰的马笼头。

⑥踏：走，跑。此处有“奔驰”之意。

⑦清秋：清朗的秋天。

◎译文

平沙万里覆盖在沙漠上宛如皑皑白雪，
如弯钩般的月亮高挂在连绵的燕山上。
何时才能为骏马套上黄金打造的辔头，
可以冲锋陷阵飞驰在那深秋的战场上！

◎创作背景

李贺的《马诗二十三首》，名为咏马，实际上是借物抒怀，抒发自己怀才不遇的愤慨和建功立业的抱负。这里所选的是第五首。

这首诗的创作时间大约在元和三年至元和四年（808年—809年）。李贺所处的贞元、元和之际，正是藩镇极为跋扈的时代，诗中“燕山”暗示的幽州蓟门一带又是藩镇肆虐为时最久、为祸最烈的地区，作者希望能扫除战乱，建功立业，但终是不被赏识。对马有所偏爱的作者或许受伯乐识马所启，结合自己怀才不遇的现实，带着愤懑之情创作了此诗。

◎赏析

这首诗是通过咏马、赞马或慨叹马的命运，来表现志士的奇才异质、远大抱负及不遇于时的感慨与愤懑。

“大漠沙如雪，燕山月似钩”，从一个富有特征性的景色写起，以引出抒情。以雪比喻沙，以钩比喻月，展现出一片富有特色的边疆战场景色。这幅战场景色，一般人也许只觉得悲凉肃杀，但对于志在报国之士却有着异乎寻常的吸引力。“钩”是一种弯刀，从明晃晃的月牙联想到武器的形象，也就含有渴望战斗的意思。平沙如雪的疆场寒气凛凛，但它是英雄用武之地。所以这两句乍看是应用赋法，实则启动后两句抒情，又具有兴义。

“何当金络脑，快走踏清秋”，借马以抒情。以“何当”领起作设问，强烈传出无限企盼意，且有唱叹味；而“踏清秋”三字，词语搭配新奇，“清秋”时节草黄马肥，正好驰驱，冠以“快走”二字，形象展示出骏马轻捷矫健的英姿。“金络脑”是贵重的马具，象征马受重用。显然这是作者热望建功立业而又不被赏识所发出的哀叹。

全诗语言明快，风格健爽。短短二十字中，比中有兴，兴中有比，大大丰富了诗的表现力。

◎轶闻异物录

吴　钩

所谓“吴钩”，意思是指刀刃为曲线形的吴国刀。这种刀刃呈曲线状的曲刀，是春秋时代由吴王（相传为阖闾）下令制造的。因其锋利无比，所以留下这个美称。据说，曲刀在青铜时代就已出现，很早以前就在中国的南方广为使用。众所周知，中国南方山岳连绵，植物繁茂，还有很多适于舰船水战的江河湖泊，在这种地理环境下，曲刀既可以作为白刃格斗近战的最理想兵器，又可以作为采伐和船上作业的工具，所以，这是南方的特殊环境下的产物。

在中国，曲刀的鼎盛时期是唐代以后。唐朝文人赋予曲刀一个雅称，称之为吴钩。

在众多文学作品中，吴钩已经超越刀剑本身，上升成为一种骁勇善战、刚毅顽强的精神符号。

马诗二十三首·其二十三

武帝[①]爱神仙，烧金[②]得紫烟。

厩[③]中皆肉马，不解上青天。

◎注释

①武帝：汉武帝，好神仙之术。

②烧金：指汉武帝使方士炼丹砂为金丹。《太平广记》卷九《李少君》：“乃以方上帝，云：丹砂可成黄金，金成服之升仙。”

③厩（jiù）：马厩。

◎译文

汉武帝企求长生不老想成为神仙，
整日烧金炼丹只得到了一缕紫烟。
马厩中饲养的尽是不中用的凡马，
无论如何也飞不上那苍茫的青天。

◎创作背景

这首诗的创作时间大约在元和三年至元和四年（808年—809年）间，此诗是李贺《马诗》组诗第二十三首。李贺是唐室宗亲，系出郑王李亮之后。但积久年深，他这唐室宗亲，却早被皇家忘却。直败落到山坡村居、门庭冷落、甲蔬淡饭难以为继的清苦地步。尽管他才华横溢，励志苦读，诗名早著，但由于得不到有力者的引荐，终是不被赏识，只能挣扎于社会下层，于是带着忧愤之情创作了这组诗。

此诗明写汉武帝，实讥唐宪宗。据《史记》及有关书籍记载，汉武帝即位之后，妄想长生不老，颇好神仙之术，曾请栾大等江湖骗子烧炼金丹，配制所谓不死之药。唐宪宗也是一个神仙迷，曾命江湖骗子柳泌为台州刺史，到天台上取灵芝配药，以求长生。

◎赏析

这首诗是诗人借古喻今，用诙谐、辛辣的笔墨表现严肃、深刻的主题。

“武帝爱神仙，烧金得紫烟”，写汉武帝炼丹求仙的事。汉武帝一心想长生不老，命方士炼丹砂为黄金以服食，耗费了大量钱财。结果，所得的不过是一缕紫烟而已。“得”字，看似平常，却极有分量，对炼丹求仙的荒诞行径作了无情的鞭挞和辛辣的嘲讽，深得“一字褒贬”之妙。

“厩中皆肉马，不解上青天”，写马，紧扣诗题。迫切希望能飞升成仙的汉武帝，不豢养能够“拂云飞”“捉飘风”的天马，而让不中用的“肉马”充斥马厩。用“肉马”形容马平庸低劣，非常精当。由于是“御马”，吃住条件优越，一个个喂得肥大笨重。这样的马在地面上奔跑都有困难，更不可能骑着它上天。这两句寓意颇深，除了暗示汉武帝求天马上青天的美梦破灭之外，还隐喻有才有识之士被弃置不用，而平庸无能之辈，一个个受到拔擢，窃据高位，挤满朝廷。依靠这些人是不可能使国家蒸蒸日上，实现清明的政治理想的。

此诗辛辣地讽刺了当时最高统治者迷信昏庸，所用非人，颖锋内藏，含蕴丰富，而又用“嬉笑”的口吻说出来，有轻松爽快之感，这在李贺作品中是很少见的。

◎轶闻异物录

汉武帝祭神求仙

据《史记·孝武本纪》记载，元封元年（前 110 年），汉武帝到泰山行封禅大礼，听信一些方士“蓬莱诸神山若将可得”的蛊惑，“乃复东至海”，以“望冀遇蓬莱”。他所希望见到的“蓬莱”仙山在山东海边没有“遇”到,其“并海”而“北至碣石”,沿着海边一直来到有“神岳”盛名的碣石山祭神求仙。汉武帝此行碣石，使碣石山一带沿海地区的求仙活动在时隔百年之后死灰复燃。而他搞的求仙活动，比秦始皇还要热闹许多，如召鬼神、炼丹砂、候神等，各种名堂数不胜数，而且动辄就入海求“蓬莱”，指山说封禅。当时，为了迎合他祀神求仙，“于是郡国各除道，缮治宫观名山神祠所”。为此，碣石山一带又留下不少祀神求仙的各种各样的建筑。在碣石山南麓，迄今存有汉武帝行宫的遗迹，并出土了大量“千秋万岁”瓦当和大型汉瓦。

在碣石山，刘彻也像秦始皇一样，进行了刻石纪功活动。对此，郦道元的《水经注·濡水》有明确记述:“濡水（滦河）又东南至絫县碣石山……汉武帝亦尝登之，以望巨海，而勒其石于此。”絫县为昌黎在西汉时的县名。坐落在昌黎县城之北的碣石山主峰仙台顶，之所以又名“汉武台”，当以“汉武帝亦尝登之，以望巨海，而勒其石于此”得称。“汉武台”，极可能为碣石山主峰最古的专有名称。

老夫采玉歌

采玉采玉须水碧①，琢作步摇②徒好色③。

老夫饥寒龙为愁④，蓝溪水⑤气无清白。

夜雨冈头食蓁⑥子，杜鹃口血老夫泪⑦。

蓝溪之水厌⑧生人，身死千年恨溪水。

斜山⑨柏风雨如啸，泉脚挂绳青袅袅⑩。

村寒白屋⑪念娇婴⑫，古台石磴⑬悬肠草⑭。

◎注释

①水碧：碧玉名，其色青碧，从溪底水中采出。

②步摇：古代贵族妇女的一种首饰，上面用金银丝穿绕珠玉，作花枝形，戴上后随步摇动，故名。

③好色：使容颜美好。色：指女色、女容。

④龙为愁：因采玉而搅混溪水，水里的龙也为之不快。

⑤蓝溪水：蓝田之溪水。蓝溪水中出产一种名贵的碧玉，叫蓝田碧。

⑥蓁（zhēn）：即榛子，落叶乔木，果实似栗而略小，可食。

⑦“杜鹃”句：写采玉的老夫哭得眼中出血，就像杜鹃啼血一样悲惨。

⑧厌：通“餍”，饱食、吞噬之意。因采玉工常溺死于水中，故言。一说指厌恶，因采玉工溺死者甚多，所以溪水对活人也感到厌恶。

⑨斜山：陡斜的山坡。

⑩“泉脚”句：岩石上道道水流之间，还悬挂着采玉人攀援时用的绳索，在风雨中摇摆不定。

⑪白屋：穷人住的简陋的房屋。

⑫娇婴：指老人家中的小儿女。

⑬石磴（dèng）：石级；石台阶。

⑭悬肠草：又名思子蔓、离别草等。这里用作生死离别的象征和见证。

◎译文

民工不断地采玉啊采玉，要去采那最珍贵的水碧。
不过是雕成贵妇的首饰，替贵妇们去装扮那容姿。
老汉饥寒交迫地来采玉，闹腾得水中蛟龙也愁戚。
就连那碧绿的蓝溪水啊，也被翻搅得浑浊不清了。
在那夜黑雨狂的山冈上，老汉只能以榛子来充饥。
杜鹃的哀怨之声似啼血，就像是老汉悲伤的泪滴。
那又深又险的蓝溪水啊，活活吞食了多少采玉人。
不幸葬身水中的冤魂啊，纵然过了千年仍恨蓝溪。
在那又陡又斜的山坡上，柏树摇撼而又风狂雨急。
老汉腰系着绳索荡悠悠，从山脚直接垂到蓝溪底。
心里挂念着寒村茅舍里，娇儿弱女在嗷嗷地哭啼。
看着山崖石上的悬肠草，老汉的心早已悲戚不已。

◎创作背景

这首诗具体创作时间有待考证。唐代长安附近的蓝田县以产玉著名，县西三十里有蓝田山，又名玉山，它的溪水中出产一种名贵的碧玉，叫蓝田碧。但由于山势险峻，开采这种玉石十分困难，采玉工常常遇到生命危险。此诗便是以此为背景而作。

◎赏析

这首诗写采玉工的苦难生活和痛苦心情，是李贺诗中少见的以现实生活为题材的作品。作者以生动具体的艺术笔触，展现了一幅悲苦凄切、感人至深的老夫采玉图。

“采玉采玉须水碧，琢作步摇徒好色”，“采玉”二字重复，表示采了又采，没完没了地采。民工不断地采玉，不过是雕琢成贵妇的首饰，徒然为她们增添一点美色而已。“徒”字表明了诗人对于这件事的态度，既叹惜人力的浪费，又批评统治者的骄奢，一语双关，很有分量。这样的开端，把人民的苦难与统治者骄奢的生活紧紧关联，揭示了事物的本质，大大增强了诗作的思想性。

“老夫饥寒龙为愁，蓝溪水气无清白”，开始专写一个采玉的老汉，忍受着饥寒之苦，下溪水采玉，日复一日，就连蓝溪里的龙也被骚扰得不堪其苦，蓝溪的水也浑浊不清了。“龙为愁”和“水气无清白”都是衬托“老夫饥寒”的惨状，构想创僻，出人意料。

“夜雨冈头食蓁子，杜鹃口血老夫泪”，就“饥寒”二字作进一步的描写。夜雨之中留宿山头，采玉人的寒冷可想而知；以榛子充饥，采玉人的饥饿可想而知。“杜鹃口血”，是用杜鹃啼血来衬托和比喻老夫泪，充分表现了老夫内心的凄苦。把老夫的悲惨境遇像图画似的展现在读者面前，具有高度的艺术概括力。

“蓝溪之水厌生人，身死千年恨溪水”，写采玉工经常死在溪水里，好像溪水厌恶生人，必定要置之死地。而那些惨死的民夫，千年后也消不掉对溪水的怨恨。“恨溪水”三字意味深长，揭示出采玉工深重的怨念。这种写法很委婉，对官府的恨蕴含在字里行间，是诗人在艺术上追求深一层、曲一层的表现。

“斜山柏风雨如啸，泉脚挂绳青袅袅”，写采玉老汉入水的情景，用山间的景物衬托老汉的心情，从最能显示生命危殆处落笔。倾斜的山坡上，柏树摇撼，风吼雨啸，在泉脚处拴上绳索，另一端系在腰间，老人的生命就系在这风雨中袅袅摇荡的一线上。“袅袅”形容绳的摇曳，仿佛在诉说采玉人的悲哀。

“村寒白屋念娇婴，古台石磴悬肠草”，当老人入水时，忽然看到古台石阶上的思子蔓，不禁联想到贫寒村屋中的娇儿。诗人没有具体点明怜念的内容，不过上文已强烈暗示出来，这就是自己一旦不幸被蓝溪水吞噬，弱小的娇儿怎么能活下去呢？深刻揭示了采玉工的艰苦劳动和愁苦心情。

这是一首反映社会现实生活主题的诗，在艺术上表现很别致。首先，它通过许多夸张的渲染，如溪龙为愁、杜鹃口血、水厌生人、风雨如啸等，造成十分苍凉的气氛，将采玉老夫的凄苦命运以强烈的色彩揭示出来，给人极深刻的印象，有很强的艺术感染力。其次，诗中许多描写想象奇特，如悬肠草与白屋娇婴的联想以及厌生人与恨溪水的构思，都给人以新颖奇僻的感受，构成其艺术表现的奇异一面。再次，诗的用语富于色彩感，但并非堆砌华丽的辞藻，而是字字精炼，瑰丽且无浓艳，显示出李贺独有的艺术风格。

◎轶闻异物录

蓝田种玉

“蓝田玉”是因其产于陕西西安的蓝田山而得名。

传说，在终南山古驿道上的一个小山庄里有一个穷书生叫杨伯雍，他年轻好学，心地善良，搭了一个蓬草凉亭供过往旅客喝水用茶。一天，一个老汉身背碎石，因劳累过度，栽倒在凉亭前。杨伯雍急忙把老人搀扶起来，喂水喂饭，救了老人。老人离开的时候把他背的一斗碎石给他，说：“别看这些碎石头，你种在地里就会生出玉石，还能娶一个好媳妇。”不等杨伯雍答谢，老人便消失了。原来，杨伯雍救的老人不是凡人，而是太白金星。

杨伯雍照老人的话去做，果然地里生出一斗玉石，后来他用玉石做聘礼，娶了一位善良贤慧的姑娘。一年，家乡遇到旱灾，百姓忍饥挨饿，苦不堪言。杨伯雍和妻子商量，把自家的玉石分给百姓下山换粮，以度灾年。消息传到官府，官府派人把地里的玉石洗劫一空。

太白金星得知后，便托梦给杨伯雍说：“晴天日出入南山，轻烟飘处藏玉颜。”从此，只有知情人才能在深山觅得宝石，官府只能采得未长成玉的蓝色石头。

南山田中行

秋野明，秋风白[1]，塘水漻漻[2]虫啧啧[3]。

云根[4]苔藓[5]山上石，冷红[6]泣露[7]娇啼色。

荒畦[8]九月稻叉牙[9]，蛰萤[10]低飞陇径斜。

石脉[11]水流泉滴沙，鬼灯[12]如漆[13]点[14]松花。

◎注释

① 秋风白：古人以白色象征秋天。秋风又称素风，素的意思是白。
② 漻漻（liáo liáo）：水清而深。
③ 啧啧：虫鸣声。
④ 云根：云雾升起之处。
⑤ 苔藓：青苔。
⑥ 冷红：一种花，以其开于秋露之中，故曰“冷红”。
⑦ 泣露：露珠凝聚，有如泪珠。
⑧ 荒畦：荒芜的田地。
⑨ 叉牙：参差不齐。
⑩ 蛰（zhé）萤：藏起来的萤火虫。
⑪ 石脉：石缝。
⑫ 鬼灯：磷火。
⑬ 漆：漆灯，古人放置在墓室中以石漆为燃料的灯。
⑭ 点：一作“照”。

◎译文

秋风吹过的原野上明亮而素净，
池塘水清幽深传来啧啧的虫声。
山石上的苔藓浮起浓密的云气，
挂着露珠的秋花在娇滴地哭泣。
九月荒野之中的稻子参差不齐，

发着冷光的萤火虫在斜径低飞。
石缝里渗出的泉水滴入沙地上，
磷火如漆灯似松林间繁花盛开。

◎创作背景

这首诗具体写作时间已不可考，是依据南山秋景而作，写的是作者家乡的实况。

◎赏析

这首诗以浓艳的色彩和幽冷的笔触，绘就一幅令人目乱神迷的“南山秋景图”。

“秋野明，秋风白，塘水漻漻虫啧啧”，采用古代民间歌谣起句形式，运用了“三、三、七”的句法。连出两个“秋”字，语调明快轻捷；长句连用两个迭音词，一清一浊，有抑有扬，富于节奏感。诗人仿佛置身空旷的田野，皓月当空，秋风万里，眼前塘水深碧，耳畔虫声轻细，有声有色，充满诗情画意。

“云根苔藓山上石，冷红泣露娇啼色”，写山中之景。山间云绕雾漫，岩石上布满了苔藓，娇弱的红花在冷风中瑟缩着，花瓣上的露水一点一点地滴落下来，宛如少女悲啼时的泪珠。写到这里，那幽美清朗的境界蓦然升起一缕淡淡的愁云，然后慢慢向四周铺展，轻纱般笼罩着整个画面，为它增添了一种迷幻的色调。

“荒畦九月稻叉牙，蛰萤低飞陇径斜”，深入一层，写田野之景。耕田是位于荒野中的，稻子是参差不齐的，萤火虫是不甚明亮的，田埂是不规则斜伸着的；九月秋景经诗人笔墨摹画，错落有致而又层次渐进，既在迷幻的境界中掺入了实景，也给幽冷的氛围带来了暖色。

“石脉水流泉滴沙，鬼灯如漆点松花”，展示了幽冷凄清甚至有点阴森可怖的情境。“滴沙”，描摹出此处泉水清幽而又滞涩的形态和声响，富有艺术个性，色调也与整个画面和谐一致；“鬼灯如漆”，阴森森令人毛骨悚然；“点松花”三字，又多少带有生命的光彩，使读者在承受“鬼气”重压的同时，获得某种特殊的美感，有一种幽冷清绝的意趣。

诗人用富于变幻的笔触描绘了这样一幅秋夜田野图：它明丽而又斑驳，清新而又幽冷，使人爱恋，却又叫人忧伤。突出地显示了李贺诗歌的独特风格和意境。

◎轶闻异物录

鬼 火

由于民间不知鬼火成因，只知这种火焰多出现在有死人的地方，而且忽隐忽现，因此称这种神秘的火焰作“鬼火”，认为是不祥之兆，是鬼魂作祟的现象。

中国古代对鬼火的传说很多，清朝蒲松龄所写《聊斋志异》中就经常提及鬼火，而民间则认为是阎罗王打着的鬼灯笼。然而早于南宋已有人明白磷质和鬼火出现间的关系，例如南宋陆游《老学庵笔记·卷四》就提及“予年十馀岁时，见郊野间鬼火至多，麦苗稻穗之杪往往出火，色正青，俄复不见。盖是时去兵乱未久，所谓人血为磷者，信不妄也。今则绝不复见，见者辄以为怪矣”。清代纪昀《阅微草堂笔记·第九卷》更直接写道：“磷为鬼火。”

“鬼火”实际上是磷火，是一种很普通的自然现象。夜晚时在墓地或郊野出现的浓绿色磷光，有光无焰，由磷化物燃烧产生，世俗迷信，以为是鬼点的火。

罗浮山父与葛篇[①]

依依[②]宜织江雨空[③]，雨中六月兰台[④]风。

博罗老仙[⑤]时[⑥]出洞，千岁[⑦]石床[⑧]啼鬼工[⑨]。

蛇毒浓凝[⑩]洞堂湿，江鱼不食[⑪]衔沙立[⑫]。

欲剪湘[⑬]中一尺天，吴娥[⑭]莫道[⑮]吴刀[⑯]涩[⑰]。

◎注释

① 罗浮山父与葛篇：指罗浮山中的织葛老人。葛：指葛布。

② 依依：轻柔披拂貌。此处形容葛布柔软。

③ 江雨空：形容葛布就像江上的细雨细密透明。

④ 兰台：战国时楚国台名。故址传说在今湖北省钟祥县东。

⑤ 博罗老仙：指罗浮山父。

⑥ 时：一作"持"。

⑦ 千岁：千年，年代久远。

⑧ 石床：山洞里平滑如床的大石，古人称作石床，这里代指织布的机床。

⑨ 鬼工：古人把工艺精巧视为鬼工，此处则指手艺精湛的织工。

⑩ 浓凝：深深地喘气。

⑪ 不食：不吃。

⑫ 衔沙立：形容天热，鱼儿不愿觅食，在水中含沙直立。

⑬ 湘：一作"箱"。

⑭ 吴娥：吴地的美女。

⑮ 莫道：休说，不要说。

⑯ 吴刀：吴地生产的剪刀。

⑰ 涩：不滑爽。指刀钝。

◎译文

轻柔的葛布如细雨般透明，着之像六月雨中吹来的风。

罗浮老人将葛布拿出山洞，千年织机也赞叹织工精巧。

暑热中毒蛇吐液弄湿洞堂，江鱼也停止觅食含沙直立。

想剪下一尺湘水般的葛布，吴娥无须担忧吴刀不锋利。

◎创作背景

这首诗创作于唐宪宗元和（806 年—820 年）年间。罗浮山中的一位老人赠送给诗人一块葛布，诗人有感而发写下了这首诗。据现有史料记载，李贺一生从未到过博罗一带，这首诗的题材可能是虚构的，也可能是根据传闻加工而成的。

◎赏析

这首诗称颂罗浮山父所织的葛布精细光洁，巧夺天工。开头写织葛，结尾写裁葛，无论是写织葛还是写裁葛，都围绕一个中心，那就是表现葛布质地优良，称颂织葛的罗浮山父技艺高超。

“依依宜织江雨空，雨中六月兰台风”，描写葛布质地细密，着之必然清凉。“江雨空”，从视觉写葛布的洁净，犹如雨后晴空；“兰台风”，从感觉写葛布的精美。诗人不仅赞美了葛布的做工，还想象在六月天里穿上葛衣，迎着凉爽的风，既凉快还显出葛布的柔软。这种绮丽而离奇的想象，正是李贺诗的本色。

“博罗老仙时出洞，千岁石床啼鬼工”，描写罗浮山人持赠，织工奇巧技艺高超。一“仙”一“鬼”，为诗篇平添了诡异色彩。“老仙”是对罗浮山人的赞誉，符合赠者在山中修行的身份；“鬼工”用于形容葛布的鬼斧神工，似无主语，然而“石床”既有“千岁”，又能“啼”，遵循古人信奉的“物老为精”的自然法则，俨然鬼物，鬼物的悲啼似乎又坐实了鬼工的存在。文笔犀利、诙谐，耐人寻味。

“蛇毒浓凝洞堂湿，江鱼不食衔沙立”，写天气之热，为下文剪葛为衣作铺垫。描写酷暑天气，诗人并不轻率下笔，而是极力幻想、夸张，从现实生活中的典型现象出发，进行再创造。诗人挑选、提炼出盘绕在洞中的毒蛇和翔游在水中的鱼这两种生物，写出这样奇特的诗句，来形容溽暑酷热。这里，诗人奇特的想象和惊人的艺术表现力，具有鬼斧神工之妙。

“欲剪湘中一尺天，吴娥莫道吴刀涩”，与开头遥相呼应，进一步赞美葛衣。以“一尺天”指代葛布，以此精致布料付诸善于剪裁的吴娥，所用又是快剪吴刀，自然刀剪不涩，而诗人偏偏出之以否定句式，唯恐吴娥贻误工期，活画出诗人穿着葛衣的迫切心情。这一曲笔，比直说刀剪快，诗意显得更加回荡多姿、含蓄隽永。

全诗设想奇绝，笔姿多变，运意构思，都显示出特有的“荒诞虚幻”的艺术特色。

◎轶闻异物录

罗浮山历史传说

罗浮山是道教名山，被称为“天下第七洞天”“第三十四泉源福地”。

罗浮山脉纵横绵延一千五百里，主峰称飞云顶，高空俯瞰似一朵昂首怒放的千瓣莲花，被誉为“百粤群山之祖”“岭南第一山”。

传说，罗浮山是两条化形为罗山和浮山的神龙结合而成。东海龙王有个名叫青龙三公主的女儿，一日随波逐浪在海面上悠游荡漾。谁知气象万千的海国世界中，南海龙王之子小黄龙也戏嬉在蓝色的海洋之中。双方均青春年少，突然间邂逅相逢，眉目传情中竟互生爱慕之意。因均是龙种，就少了许多俗世儿女情态，直言快语中遂海誓山盟，愿结百年之好，共效萧史、弄玉于飞之欢。

但是东海龙王和南海龙王都是家规极严的神龙，他们认为：虽然天地万物孤阴不生，孤阳不长，但既为神龙之种，首应清心寡欲，恪守教戒。而婚配大事应由父母作主，私结秦晋即是犯上作乱。盛怒之下，东海龙王遂囚青龙三公主于蓬莱仙山左侧之孤岛，南海龙王亦用铁链锁囚小黄龙于罗山下之万丈古井之中。

但春心既动，链锁山压又岂能奈何？天公为他们之间的真情所感动，发雷鸣电闪以示关怀；大海为他们的真情所感动，兴惊涛骇浪以表赞叹。尤其是力大无穷被安排驮载孤岛的巨灵神龟，在同情之余，竟驮载孤岛劈波斩浪向南海悄悄浮来。罗山下万丈古井中的小黄龙，突然感觉到一种特殊亲情气息袭体而来，他心旌摇荡，无法自持。遂挣脱锁链，冲出古井，终于见到了相别已久的青龙三公主。

小黄龙与青龙三公主毕竟是禀赋神气而生的真龙神种，虽然一时间控制不住欲念，有犯神龙规戒，但他们很快也就各有所悟了，都觉得只是如凡尘人世那样简单的阴阳结合，并不能显神之永存。他们商量着，既然我们都互为情欲所累，倒不如以双方的躯体，组合成世间一奇妙美景，为苍生万物提供一处栖止繁衍之地，这样也使双方的情缘经新的形式得以永存。于是山呼海啸，天崩地裂，在电闪雷鸣中，小黄龙与青龙三公主化罗山、浮山合二而为一，结合为一体。小黄龙化形为罗山主峰飞云顶，青龙三公主则化为浮山峰顶的上界三峰。

据说魏晋时著名道士葛洪来到罗浮山中，精研道术，他觉得罗山、浮山两峰巅若即欲离大违小黄龙与青龙三公主的传说，遂冶铁为桥，人称铁桥峰。桥横贯罗山、浮山两峰巅之间，终于使两山结合在一起。后世人们遂合罗山、浮山而称罗浮山。

宫娃[1]歌

蜡光[2]高悬照纱空[3]，花房[4]夜捣红守宫[5]。

象口[6]吹香毾㲪[7]暖，七星[8]挂城闻漏板[9]。

寒入罘罳[10]殿影昏，彩鸾帘额[11]著[12]霜痕。

啼蛄吊月[13]钩阑[14]下，屈膝[15]铜铺[16]锁阿甄[17]。

梦入家门上沙渚[18]，天河落处[19]长洲[20]路。

愿君[21]光明如太阳，放妾[22]骑鱼撇波[23]去。

◎注释

①宫娃：宫女，吴语称美女为娃。唐王维《从岐王夜宴卫家山池应教》诗："座客香貂满，宫娃绮帐张。"

②蜡光：烛光。

③照纱空：烛光射过薄薄的灯纱，透明通亮。

④花房：宫女的居室。

⑤红守宫：宫中妇女们化妆用的一种颜料。据《博物志》载："蜥蜴或名蝘蜓，以器养之，食以丹砂，体尽赤，所食满七斤，治捣万杵，点女人肢体，终身不灭，惟房室事则灭，故又号守宫。"

⑥象口：象形香炉的出烟口。

⑦毾㲪（tà dēng）：细密的地毯。

⑧七星：北斗七星。

⑨漏板：古代报时辰的铜板。

⑩罘罳（fú sī）：古代设在门外或城角上的网状建筑，用以守望和防御。

⑪彩鸾帘额：绣着彩色鸾鸟的门帘上的横额。

⑫著（zhuó）：沾着。

⑬啼蛄（gū）吊月：蝼蛄在月光下悲鸣。

⑭钩阑：弯曲钩错的栏杆。

⑮ 屈膝：门帘上的环扣。

⑯ 铜铺：铜制的铺首。

⑰ 阿甄：魏文帝曹丕的皇后，清姿丽貌，初入宫时得宠，后被谗言所害失意，幽禁宫中。泛指失宠的宫女。

⑱ 沙渚：水中的小陆地。

⑲ 天河落处：银河落下的地方，比喻家乡十分遥远。

⑳ 长洲：县名，唐朝时属于苏州，代指宫女的故乡。

㉑ 君：指皇帝。

㉒ 妾：宫女自称。

㉓ 骑鱼撇波：骑鱼破浪，形容宫女思乡情切，等不及坐船。

◎译文

高悬的灯烛透过薄纱放出熠熠光亮，
花房的宫女们在深夜里捣制红守宫。
香炉散发着馨馨香气，地毯暖烘烘，
北斗七星挂城头，漏板声声报更深。
寒气侵入殿前的网罩，暗影昏蒙蒙，
绣着彩鸾的门帘横额上沾满了霜痕。
蝼蛄对着月光在曲栏下面哀哀嘶鸣，
失意的宫女被牢牢关锁在大院深宫。
宫女在睡梦中走进了沙洲上的家门，
天河落处的长洲上留下了她的倩影。
希望君王能像太阳那样释放出光明，
放我离开吧，跨鱼破浪我马上起程！

◎创作背景

这首诗当作于唐宪宗元和六年至八年（811 年—813 年）间，这段时间李贺在京师长安任奉礼郎，从九品。为官三年间，李贺亲身经历、耳闻目睹了许多事情，结交了一批志同道合的朋友，对当时社会状况有了深刻的认识。个人生活虽不如意，却创作了一系列反映现实、鞭挞黑暗的诗篇。虽然此间心情“瞧悴如刍狗”，但增长了生活阅历,扩充了知识领域,在诗歌创作上大获丰收。这首《宫娃歌》可以说是这组诗歌中一支哀惋低回的小曲。

◎赏析

这首诗描写了宫女幽闭深宫中内心的孤寂、痛苦，以及期待自由生活的愿望，同时反映出作者对宫女悲苦命运的同情。

“蜡光高悬照纱空，花房夜捣红守宫”，开篇便是一个耐人寻味的场面。时间是秋夜，地点是宫中花房。歌咏的对象是宫娃，正在花房持杵夜捣红守宫。宫娃在宫中杂役甚多，然诗人只选择其“捣红守宫”，极富象征性地将宫娃们不幸的处境披露了出来。守宫，宫娃们一生只能厮守宫中，过着幽禁森严的生活。她们的青春和生命如同蜡烛，在漫漫长夜中渐渐消逝，那滴滴蜡珠，仿佛是她们伤心的眼泪。

“象口吹香毾㲪暖，七星挂城闻漏板”，夜色越来越浓了，北斗七星已斜挂城头，四周一片寂静，只听得报时的漏板声间或传来。宫娃长夜不寐,顾影自怜,心底时时生出一片悲凉。

“寒入罘罳殿影昏，彩鸾帘额著霜痕”，寒气透进户网，殿影漫入浓雾，依稀难辨，连绣着彩鸾的帘头上也沾满了清霜。此联虽为景语,却是情语。这里诗人着意描出“寒”“霜”二字，以景衬情，道出宫娃身心俱寒、伤神刺骨的痛苦感受。

“啼蛄吊月钩阑下，屈膝铜铺锁阿甄”，“啼蛄吊月”，诗人巧借自然界中的昆虫作比，进一步隐喻、铺陈宫娃之孤独与悲苦。“锁”，有形无形的铜锁隔绝了宫娃与外面世界的联系，成为禁锢宫娃自由与生命的象征，后宫成为宫娃们生活的一所牢狱。“阿甄”,这里诗人是借甄氏喻失意幽怨的宫娃。的确，在森森后宫，宫娃们的荣辱富贵，全系于君王一时之恩遇与喜怒。

“梦入家门上沙渚，天河落处长洲路”，宫娃们无时无刻不在思念着家乡，思念着自己的亲人。可是，这只是她们的痴想。家乡的路途是那样遥远，仿佛是在“天河落处”，而宫中的制度又是那样森严，谁也不敢迈出宫门一步。也许，只有在梦中，她们才能返回家乡，享受与亲人团聚的短暂欢乐。诗句至此，写得最为动情。人非游雁，都有家园；人非草木，都有亲情。深墙大院，铜铺金锁，可以锁住她们的身子，可是锁不住她们对亲人的思念、对自由的企盼。

“愿君光明如太阳，放妾骑鱼撇波去”，宫娃终于压抑不住内心骚动的激情，勇敢地喊出久已埋在心底的愿望：离开宫中，回到自己的世界里去。宫娃的要求是正当的，口气亦极为谦卑，但她们“请去”的意志却是十分坚定的。“骑鱼撇波”，淋漓尽致地描摹出宫娃欲从宫中脱身的急切心情。然而，这显然又是宫娃的一片痴想。封建帝王视宫娃为宫中玩物，不会管她们幸福与否。盼望光明如太阳的君王出现，无异于西望日出，是根本不可能的，最后只能是一种“无望的期望”。诗人写出这样一种情状，尤其震撼人心。

全诗情景交融，构思巧妙，运用比兴手法，描绘出宫里凄冷、幽闭的生活环境和宫娃幽远、缥缈的梦境，与宫娃强烈思归、不甘寂灭的心境互相映衬，共同构成诗的意境。

◎轶闻异物录

守宫砂

在少女白藕般的手臂上点一颗鲜艳的红痣，以验证女人的贞操，在古代是常见的，叫“守宫砂”。不明就里的人，以为“守宫”就是守住那神圣的一方妙处。

晋朝《博物志》中记载：如果用朱砂喂养壁虎，壁虎全身会变赤。吃满七斤朱砂后，把壁虎捣烂并千捣万杵，然后用其点染处女的肢体，颜色不会消褪。只有在发生房事后，其颜色才会变淡消褪，是以称其为“守宫砂”。有了这种传说中效果绝佳且使用简单的能够验证女子“贞操”的方法，也不管其是否真实，一些朝代便把选进宫的女子点上“守宫砂”，作为其是否曾经犯淫犯戒的标志。这种方法在民间流传后，以讹传讹，便有了以后众多的武侠小说作者借用“守宫砂”来做的文章。据说，守宫砂只能用来验证处女的贞操，用于已婚妇女是绝对不灵验的。实际上，这种办法是在宋代随着理学的兴起而得到推广的。

致酒[1]行

零落[2]栖迟[3]一杯酒，主人奉觞[4]客长寿[5]。

主父[6]西游困不归，家人折断门前柳。

吾闻马周[7]昔作新丰客，天荒地老无人识。

空将笺[8]上两行书，直犯龙颜[9]请恩泽[10]。

我有迷魂[11]招不得，雄鸡一声天下白。

少年心事当拿云[12]，谁念幽寒坐呜呃[13]。

◎注释

①致酒：劝酒。

②零落：原指草木凋谢，引申为困窘、失意。

③栖迟：滞留，漂泊。

④奉觞（shāng）：捧觞，举杯敬酒。

⑤客长寿：敬酒时的祝词，祝身体健康之意。

⑥主父：即主父偃，汉武帝时人。《汉书》记载：汉武帝的时候，“主父偃西入关见卫将军，卫将军数言上，上不省。资用乏，留久，诸侯宾客多厌之”。后来，主父偃的上书终于被采纳，当上了郎中。

⑦马周：唐太宗时人。《旧唐书》记载：“马周西游长安，宿于新丰，逆旅主人唯供诸商贩而不顾待。周遂命酒一斗八升，悠然独酌。主人深异之。至京师，舍于中郎将常何家。贞观五年（631年），太宗令百僚上书言得失，何以武吏不涉经学，周乃为陈便宜二十余事，令奏之，皆合旨。太宗怪其能，问何，对曰：‘此非臣所能，家客马周具草也。’太宗即日招之，未至间，遣使催促者数四。及谒见，与语甚悦，令值门下省。六年授监察御史。”

⑧笺：笺纸，这里指奏章。

⑨龙颜：皇帝的容颜，这里是指皇上。

⑩恩泽：指被赏识、被重用之类的恩惠。

⑪ 迷魂：比喻心烦意乱，无所归依。
⑫ 拿云：高举入云。
⑬ 呜呃（è）：悲叹。

◎译文

我潦倒落魄之际唯有借酒消愁，
主人持酒相劝祝愿我身体康健。
主父偃向西入关困厄滞留异乡，
家人因思念折断了门前的杨柳。
我听闻马周昔年客居新丰之时，
天荒地老无人赏识被冷落好久。
他们都是凭借纸上的几行奏章，
直接向皇帝进言希望博得垂青。
我有迷失的魂魄啊，无法招回，
但我深信雄鸡一叫天下必大白。
年轻人的胸中应当有凌云壮志，
谁会怜你困顿独处，唉声叹气？

◎创作背景

这首诗当作于唐宪宗元和四年（809年）冬至日。元和初年李贺带着刚刚踏进社会的少年热情，满怀希望打算应进士科举考试，不料竟被人以避讳他的父亲“晋肃”的名讳为理由，剥夺了考试资格。在科举受阻后李贺困守长安，写下了这首诗。

◎赏析

这首诗是劝酒致词之歌，通过对主父偃和马周两个古人故事的叙述，抒发诗人遭受迫害后的一种哀愤之情，表达其虽备受挫折但凌云之志不改之意。

“零落栖迟一杯酒，主人奉觞客长寿”，写作客的情形和潦倒自伤的心情。“零落栖迟”与“一杯酒”连缀，略示以酒解愁之意。从客方对酒兴怀落笔，表现出客方悲苦愤激的情绪。接着，从“一杯酒”而转入主人持酒相劝的场面，他首先祝客人身体健康。“客长寿”三字意蕴丰富，忧能伤人，折人之寿，突出了自哀自伤的思绪。

“主父西游困不归，家人折断门前柳”，是说汉武帝时主父偃的故事。主父偃西入关，郁郁不得志，资用匮乏，屡遭白眼。作者以之自比，“困不归”中寓无限辛酸之情，引申出“零落栖迟”的困境，显得委婉含蓄。古人多因柳树而念别，通过家人的望眼欲穿，写出诗人的久羁异乡之苦。引古自喻与对面落笔同时运用，使诗情曲折，生动有味。

“吾闻马周昔作新丰客，天荒地老无人识”，为主人致酒之词。“吾闻”二字领起，是对话的标志；同时通过换韵，与上段区分开来。主人通过讲述唐初名臣马周一度受厄但终于否极泰来的奇遇，与客人引用古人自伤的心事两两对照。以“天荒地老”四字来表达抱荆山之玉而“无人识”的悲苦，看似不在情理中，实际上极能尽情。

“空将笺上两行书，直犯龙颜请恩泽”，称引古事，是马周故事的延续。马周一度困厄如此，以后却时来运转，因替他所寄寓的主人、中郎将常何代笔写条陈，唐太宗大悦，予以破格提拔。主人说马周只凭“两行书”即得皇帝赏识，言外之意似乎是：政治出路不只有一种途径，“囊锥”终有出头之日，科场受阻也不要悲观。事实上，马周只是被唐太宗偶然发现，这里却说成主动自荐，话中有话，极尽循循善诱之意。

“我有迷魂招不得，雄鸡一声天下白”，直抒胸臆之句。主人的开导使“我”这个“有迷魂招不得”者，茅塞顿开。诗人运用擅长的象征手法，以“雄鸡一声天下白”写主人的开导生出奇效，使他的心胸豁然开朗。这“雄鸡一声”是一鸣惊人，而“天下白”的景象更是光明璀璨。这是李贺诗作中广为人知的千古佳句。

“少年心事当拿云，谁念幽寒坐呜呃”，抒发壮志凌云的情怀不该被自怜自伤所捆绑，一蹶不振，于事无补。“幽寒坐呜呃”五字，用语独造，形象地刻画出诗人“咽咽学楚吟，病骨伤幽素”（见《伤心行》）的苦态，同时也是一种对旧我的批判。声情激越，颇具兴发感动的力量，使全诗具有积极的思想色彩。

全诗以抒情为主，并运用主客对白的方式，具有情节性，语言新奇警迈，诗意豪健警拔，音情高亢，别具一格。黄淳耀评价说：“绝无雕刻，真率之至者也。”黎简也评价说：“长吉少有此沉顿之作。”

◎轶闻异物录

马　周

贞观五年，唐太宗下诏百官谈论朝政行失。常何是一个武将，没有什么学问，马周为他分列条目写了二十多件事，都是切中时务的，太宗感到奇怪，便问常何，常何说：“这不是我所能想出来的，家中的门客马周教我这样说。这个门客，是个忠厚孝义之人。”唐太宗就召见马周，过了一会儿马周还未到，太宗就接连派使者去敦促四次 。等到马周前来拜见，太宗与他谈话谈得非常高兴，下诏让他入值门下省。第二年，又拜马周为监察御史，马周恭敬地接受了命令，而且胜任这一职务。唐太宗因为常何而得到马周这个人才，就赐给常何三百匹丝帛。

马周善于陈述奏章，机敏、辩证、清晰、深入，切中要害，处理问题周密，当时有很高的声誉。太宗常说：“我一时不见马周就想他。”岑文本对他亲近的人说：“马周论事，文采洋溢，切合情理，没有一字可以增删，听起来洋洋洒洒，能使人忘却疲倦。苏秦、张仪、终军、贾谊正是这样啊。然而他两肩上耸，面有火色，向上升官一定很快，只是恐怕不能活得长久。”没过多久，马周升任治书侍御史，兼谏议大夫职务，代理晋王府长史。贞观十八年，他又升迁中书令。当时设置太子司议郎，唐太宗抬高了此官的官阶。马周感叹道：“只遗憾我资质、品格不够，不能当上这个官职。”唐太宗远征辽东，留马周在定州辅佐太子。等到太宗回来，马周又担任吏部尚书，晋升银青光禄大夫。唐太宗曾经用飞白书赐给马周，上面写着：“鸾凤直冲霄汉，一定要凭借羽翼；辅佐所要寄托依靠的，关键在于尽忠尽力。”

马周患消渴病多年，太宗亲自到翠微宫去，寻找好地方为他建造宅第，经常让御厨为他备饭，派御医前去看护；唐太宗又亲自为他调药，太子也前去探视。病重时，马周就把原来上的奏章全部烧掉，他说：“管仲、晏子以显露君主的过失来博取身后的名声，我不这样做。”贞观二十二年，马周去世，年仅四十八岁。唐太宗追赠他为幽州都督，陪葬于昭陵。

长歌续短歌[1]

长歌破衣襟，短歌断白发[2]。

秦王[3]不可见，旦夕[4]成内热[5]。

渴饮壶中酒，饥拔陇头[6]粟。

凄凉四月阑，千里一时绿[7]。

夜峰何离离[8]，明月[9]落石底。

裴回[10]沿石寻，照出高峰外。

不得与之[11]游，歌成鬓先改[12]。

◎注释

①长歌续短歌：题目从古乐府《长歌行》《短歌行》化出。

②“长歌”二句：互文的修辞手法，长歌短歌，唱破衣襟，吟断白发。

③秦王：指唐宪宗。宪宗当时在秦地，所以称为秦王。

④旦夕：日日夜夜。

⑤内热：内心急躁而炽热。

⑥陇头：田间地头。此二句比喻诗人如饥似渴地思念唐宪宗。

⑦“凄凉”二句：因为困顿潦倒，看到初夏万物茂盛，更加自感凄凉。

⑧离离：重叠、罗列的样子。

⑨明月：比喻唐宪宗。

⑩裴回：即“徘徊”，彷徨不进貌。

⑪之：代词，代指唐宪宗。

⑫鬓先改：鬓发已经变白。

◎译文

写长歌把我的衣襟磨破，吟短诗使我的白发脱落。

谒见秦王苦于没有机缘，日夜焦虑得我心中烦热。

喝口壶中酒，聊以解渴，拔把垅头谷，且充饥饿。
穷困潦倒感叹四月将尽，千里大地却呈一片绿色。
夜幕中峰峦起伏而重叠，月光却只向谷底照射着。
来来回回沿着石崖寻觅，又在高峰之外不可捉摸。
始终没有机会与之共游，歌成而头发却早已变白。

◎创作背景

这首诗当作于元和五年至六年间（810年—811年）。元和五年初冬，二十一岁的李贺参加房式主持、韩愈参与组织的河南府试，作《河南府试十二月乐词并闰月》，并一举获隽，年底即赴长安应进士举。可是“阖扇未开逢猰犬”，妒才者放出流言，谓李贺父名“晋肃”，“晋”与“进”犯“嫌名”。尽管韩愈“质之于律”“稽之于典”为其辩解，终无可奈何，李贺不得不愤离试院。《长歌续短歌》就是李贺当年因未能参加进士考试，所受打击甚重而写的泄愤之诗，用以抒发哀婉凄伤的感情。

◎赏析

这首诗抒发了诗人郁愤难平的情怀，委婉地表达了寻求仕进的愿望。

“长歌破衣襟，短歌断白发”，紧扣诗题，有愁苦万分、悲歌不已的意思。“破”“断”二字，用得很奇特，但也都入情入理。古人有“长歌当哭”的话，长歌当哭，泪洒胸怀，久而久之，那衣襟自然会破烂。杜甫有“白头搔更短，浑欲不胜簪”的诗句，人到烦恼之至、无计可施的时候，常常会下意识地搔爬头皮，白发越搔越稀。诗中“断”字，可能就是由杜甫诗中的“短”生发出来的。

“秦王不可见，旦夕成内热”，写晋见“秦王”的愿望不能实现，因而内心更加郁闷，像是烈火中烧，炽热难熬。当时，唐宪宗还能有所作为，曾采取削藩措施，重整朝政，史家有“中兴”之誉。李贺对这样的君主是寄托希望的。他在考进士受到排挤打击之后，幻想自己能像马周受知于唐太宗那样，直接得到皇帝召见，以实现他的政治理想。

“渴饮壶中酒，饥拔陇头粟”，具体描述诗人苦闷的心情与清贫的生活，与开头二句相照应、相补充。“渴饮壶中酒”，渴是“内热”的表现，饮酒的目的在于平息内热、消愁解闷；“饥拔陇头粟”，为求见“秦王”不惜忍饥挨饿，靠从地里拔粟充饥。

“凄凉四月阑，千里一时绿”，用生机盎然的景色反衬自己内心的落寞。初夏已尽，盛夏来临，草木葱翠，生气勃勃，原是不会有凄凉之感的。然而“绿肥红瘦”，万花摇落，诗人又不禁为之唏嘘感叹。“千里”句，故意用欢乐的色调映衬凄苦的情怀，颇有“春物与愁客，遇时各有违”（见孟郊《春愁》）的意味，这样反复渲染，有一唱三叹之妙。诗人述怀从景物落笔，寄情于景，意味深长。

“夜峰何离离，明月落石底”，采用借喻、拟人等修辞手法，表面上写景物，实际上写人事。“明月”借喻唐宪宗，“夜峰”指代他身边的卿相们。诗人把自己的意志和情绪融化在生动的比喻和深邃的意境中，含蓄隽永，优美动人，颇得《离骚》的神髓。

“裴回沿石寻，照出高峰外”，诗人沿着那崎岖的石径四处寻觅，忽而发现它在高峰之外。唐宪宗为一些大臣所包围，闭目塞聪，就像月亮为峰峦所阻隔，虽有明光，却不能下达。表明诗人深知当时朝廷的弊病，想向宪宗陈述国事，以匡时救弊，然而“山”高“月”远，投告无门，只有暗自忧伤而已。

“不得与之游，歌成鬓先改”，寄托遥深。峰峦阻隔，高不可攀，诗人心中异常痛苦，因而慷慨悲歌，鬓发也在不知不觉中变得更加苍白，忧伤催人老。诗人虽有施展才能的强烈愿望，却因现实的打击，唯有愁绪在心、郁结难舒。

全诗在立意和表现方法的运用上，都与《离骚》很相似。杜牧在《李长吉歌诗叙》中评李贺的诗说："盖《骚》之苗裔，理虽不及，辞或过之。《骚》有感怨刺怼，言及君臣理乱，时有以激发人意。乃贺所为，得无有是？"

◎轶闻异物录

唐宪宗李纯

唐宪宗李纯（778年—820年），陇西成纪（今甘肃省秦安县）人。唐朝第十一位皇帝。

李纯原名李淳，为唐顺宗李诵的长子。大历十三年（778年）二月十四日，生在长安宫中。李纯出生时，正是曾祖唐代宗李豫的晚年。他出生的第二年，祖父德宗李适即位，父亲李诵被立为太子。

李纯六七岁的时候，唐德宗把他抱在膝上，问他："你是谁家的孩子，怎么在我的怀里？"李纯道："我是第三天子。"唐德宗惊奇并且喜欢他。作为当时皇上的长孙，按照祖、父、子的顺序回答为"第三天子"，既闻所未闻，又很契合实际，李适不禁对怀里的皇孙增添了几丝喜爱。

贞元四年，册封广陵郡王。贞元二十一年（805年），立为太子，改名李纯，监国理政。同年八月，继承皇位。在位期间，励精图治，重用贤良，改革弊政，勤勉政事，力图中兴，从而取得元和削藩的巨大成果，重振中央政府威望，史称"元和中兴"。

元和十五年（820年），驾崩于大明宫中和殿，享年四十三岁。谥号昭文章武大圣至神孝皇帝，庙号宪宗，葬于景陵。

牡丹种曲

莲[1]枝未长秦蘅[2]老，走马[3]驮金斸[4]春草[5]。

水灌香泥[6]却月盆[7]，一夜绿房[8]迎白晓[9]。

美人[10]醉语[11]园中烟，晚花已散[12]蝶又阑[13]。

梁王[14]老去罗衣[15]在，拂袖[16]风吹蜀国弦[17]。

归霞[18]帔拖[19]蜀帐[20]昏，嫣红[21]落粉[22]罢承恩[23]。

檀郎[24]谢女[25]眠何处？楼台[26]月明燕夜语。

◎注释

①莲：指水中荷花。

②秦蘅（héng）：香草名。秦为香草，蘅为杜衡。一说，秦为木名。

③走马：骑马驰逐。

④斸（zhú）：挖掘，砍。

⑤春草：指牡丹。

⑥香泥：芳香的泥土。

⑦却月盆：半月形的花盆。

⑧绿房：指含苞的花蕾。花未开时，花苞为绿色，故称。

⑨迎白晓：迎着黎明开放。白晓：指天刚亮的时候。

⑩美人：指贵族男女。

⑪醉语：醉后的胡言。

⑫散：花开之后，花瓣松散。

⑬阑：稀少。

⑭梁王：指汉文帝的儿子梁孝王刘武，这里借指上文中“走马驮金”的老一代贵族。一说梁王是当时牡丹名贵品种的名称。

⑮罗衣：原指轻软丝织品制成的衣服。此指牡丹的花叶。

⑯拂袖：掠过衣袖；舒展衣袖。

⑰蜀国弦：乐府相和歌辞名。又名《四弦曲》《蜀国四弦》。

⑱归霞：即晚霞，这是李贺特有的一种用词方式。

⑲ 帔(pèi)拖：晚霞拖曳着的长长影子。一说花瓣摇曳欲坠的样子。帔：古代披在肩背上的服饰。

⑳ 蜀帐：指用精美的蜀锦制成的护花帷幕。

㉑ 嫣红：艳美的牡丹花。嫣：同蔫，指花凋萎。

㉒ 落粉：卸妆。指花朵枯萎。

㉓ 承恩：受到恩宠，蒙受恩泽。

㉔ 檀郎：指晋朝文人潘岳。据《晋书·潘岳传》载：晋潘岳小字檀奴，后因以“檀郎”为妇女对夫婿或所爱慕男子的美称。

㉕ 谢女：犹谢娘。唐人惯用来泛指少女。

㉖ 楼台：当年观花处。

◎译文

莲花枝干尚未出水杜衡也已凋零，
人们走马驮金赶着去买牡丹花苗。
栽种在半月形的花盆里悉心照料，
一夜间绿色花苞便迎着拂晓绽放。
贵族的男女们在花园中饮酒赏花，
傍晚花瓣儿披散蝴蝶也渐渐稀少。
老一代贵族逝去后辈仍穿着罗衣，
赏花玩乐合着“蜀国弦”的曲调。
直至夜幕降临遮花帷帐渐渐昏暗，
粉雕玉琢的花儿也开始蔫败萎凋。
公子哥儿和小姐们都到哪儿去了？
观花楼台只有燕子在明月下对语。

◎创作背景

这首诗当作于元和六年至八年间（811 年—813 年），正值李贺在京师长安任职之际。在唐贞元、元和之际，京都贵族赏玩牡丹成风，为此挥霍大量金钱。唐李肇《国史补》载：“京城贵游尚牡丹三十余年矣。每岁暮，车马若狂，以不耽乐为耻。执金吾铺官围外寺观，种以求利，一本有值数万者。”诗人写下这首诗对此事进行了嘲讽。

◎赏析

这首诗是诗人借物寓人，以花写人，揭露了王公贵族们糜烂不堪的生活。

“莲枝未长秦蘅老，走马驮金斸春草”，写买花的情景。诗人不直写牡丹，却以“莲枝”“秦蘅”为陪衬。不言皇城春暮，却说莲枝尚未出水，秦蘅已经凋谢。这就不仅准确而形象地点明了牡丹开放的时节，而且通过高洁之花的生不逢时，巧妙、含蓄地暗示出当时昏浊的社会风气。叹惋幽愤之情，溢于言表。接着描写王公贵族争买牡丹的情景，用“走马驮金”来写牡丹之昂贵，“驮”字很传神，形象、深刻，具有穿透力。它表现的是“车载马驮”之重金与买回的小小“春草”的直觉对比和鲜明反差。对比中，使人对贵族行为的荒诞之极一目了然。

“水灌香泥却月盆，一夜绿房迎白晓”，写对买来牡丹的精心培植。他们把牡丹养在精致的半月形花盆中，水灌泥封，第二天清晨绿色的花蕾就已绽开。此处不言喷水浇花，而用“水灌”，写出了急于赏花的迫切心情；不言肥泥沃土，却说“香泥”，一个“香”字，写出了照料的精心备至，宠爱无比。养花的容器为“却月盆”，不仅见其别致精巧，而且给人以联想，由其形如月，而在脑海中映现出冰清似月、光洁如玉的质感形象。同时，盆的精美，又进一步衬托出了花的精美绝伦，无比娇贵。真是天遂人愿，草木有情，一夜之间“春草”竟变成了灼灼鲜花。

“美人醉语园中烟，晚花已散蝶又阑”，写王公贵族们赏花的景象。花园之中，王公贵族们饮酒作乐。直到园中笼罩上了黄昏暮烟，美女们还在醉语喧哗。而牡丹花瓣已经开始飘散，采花的蜂蝶也纷纷离去。本是写赏花，然而赏花的过程却只字未提，时间从清晨一下子就跨到了宴席即将结束的黄昏。时空的大幅度跳跃，完全是服从于主题需要。因为王公贵族们的目的并不在于观赏牡丹，而只不过是借机炫耀富贵，与美女们寻欢作乐而已。诗人在这里特别注意景象的描绘和气氛的渲染，使读者能够在意象之间架起联想的桥梁。

“梁王老去罗衣在，拂袖风吹蜀国弦”，“梁王”指汉文帝的儿子梁孝王刘武，这里借指上文中“走马驮金”的老一代贵族。“蜀国弦”系乐府曲名，代指音乐。这两句是说，老一代的贵族势力渐微，但是他的下一代仍穿着罗衣、合着音乐赏花玩乐。不仅渲染出醉生梦死的浓郁气氛，而且极富暗示性，启示读者透过表面的景象去思考生活的本质。

“归霞帔拖蜀帐昏，嫣红落粉罢承恩”，夜幕降临，遮花的帷帐也昏暗下来了；宴席已散，粉雕玉琢的花儿也开始蔫败凋萎。“罢承恩”三字,使牡丹仿佛也有了人的品格和感情，同时暗示着花期不久，亦写贵族富贵不常在。

“檀郎谢女眠何处？楼台月明燕夜语”，以拟人的手法写出了牡丹的被遗弃。那些赏花的红男绿女们如今都睡在哪里？他们正在花畔豪华的楼阁中如燕子般亲昵地呢喃夜语。诗人通过设问点明了题意。“眠何处”三字,说明“檀郎谢女”们均非正式夫妻，也没有固定闺阁，是一群“野鸳鸯”；一个“眠”字，传神地勾勒出王公贵族荒淫无耻的丑态，揭示了其肮脏卑鄙的灵魂，从而使诗的内涵更加丰富，大大增强了批判的犀利性。

全诗选材角度新颖，小中见大，内涵深邃，讽刺意味浓烈，以典型的艺术形象深入地揭示了统治者腐朽的生活本质。

武则天与牡丹

传说在一个隆冬大雪飘舞的日子，武则天在长安游后苑时，曾命百花同时开放，以助她的酒兴。她下旨曰：“明早游上苑，火速报春知，花须连夜发，莫待晓风吹。”谁都知道，各种花不仅开花的季节不同，就是开花的时刻也不一致。紫罗兰在春天盛开，玫瑰花在夏天怒放，菊花争艳在深秋，梅花斗俏在严冬；蔷薇、芍药开在早上，夜来香、昙花开在夜间。所以，要使百花服从人的意志，在同一时刻一齐开放，是难以办到的。但是百花慑于武后的权势，都违时开放了，唯牡丹仍干枝枯叶，傲然挺立。武后大怒，便把牡丹贬至洛阳。牡丹一到了洛阳，立即昂首怒放，花繁色艳，锦绣成堆。这更气坏了武后，下令用火烧死牡丹。不料，牡丹经火一烧，反而开得更是红若烟云、亭亭玉立，十分壮观。表现了牡丹不畏权势、英勇不屈的性格。

溪晚凉

白狐向月号山风，秋寒扫云留碧空[①]。

玉烟[②]青湿[③]白如幢[④]，银湾[⑤]晓转[⑥]流天东。

溪汀眠鹭梦征鸿，轻涟不语[⑦]细游溶[⑧]。

层岫回岑[⑨]复叠龙，苦篁[⑩]对客吟歌筒[⑪]。

◎注释

①碧空：幽碧明净的天空。

②玉烟：指炊烟。

③青湿：疑指炊烟黑而湿润。烟黑白相杂，故云“玉”、云“白”。钱锺书举此句为例，以为李贺镂金刻玉，与法国诗人戈蒂埃同。

④幢：旌幡。

⑤银湾：即银河。

⑥晓转：指夜半银河渐东，转而至晓。一说，指光明如晓。

⑦不语：言水声之低小，非“无声”意。

⑧游溶：指溪水流动缓慢。

⑨层岫（xiù）回岑（cén）：指山势起伏曲折如龙，故曰“复叠龙”。

⑩苦篁（huáng）：苦竹。

⑪筒：竹管，箫笛均以竹管为之。

◎译文

一只白狐向月嗥叫在深谷里荡着回声，
秋夜的寒气扫净云絮露出明净的碧空。
青湿的烟雾从谷底升起宛若白色旌幡，
夜半银河向着东方悄无声息地流转着。
溪边沙汀上安睡的鹭鸟梦着征鸿远去，
只有溪水轻动溅起的水花在细语淙淙。

重叠的山峦连绵起伏宛如盘曲的卧龙，
夜风吹动着竹林为山外来客奏起箫笙。

◎创作背景

唐宪宗元和八年（813年）春，李贺辞官回故乡昌谷。这首诗当为这年秋天家居时所作。

◎赏析

这首诗描写山溪秋夜静谧、优美的景色，意境深邃幽丽，笔触细腻入微。

“白狐向月号山风，秋寒扫云留碧空”，以月、风点明“晚凉”题意，联想奇特。所谓“白狐号风”，不过写月下风声。鲍照《芜城赋》曰：“木魅山鬼，野鼠城狐，风嗥雨啸，昏见晨趋。”诗人化用此意，想象风声如狐号，表明山风之厉。所以言“白”，因为月光下白色不可见，说“白狐号风”，不但使想象之情切合眼前之景，而且“白”字突现了月色之皎洁。“秋寒”之感缘于山风，越发显得山风强劲，凉意侵人。“留”字用得巧妙，表明山风过后，浮云散尽，天质独露，在我们眼前展现出澄碧而寥廓的夜空。

“玉烟青湿白如幢，银湾晓转流天东”，写晚烟、银河，情态生动，如织如绘。轻烟本呈淡青色，在溪水和夜露的潮润中，缓缓浮动，凝聚不散，显得“青湿”；月色朗朗，夜气澄清，晚烟在月光中洁净、明亮如玉，故曰“玉烟”。再看那姿态，缭绕悬浮，摇曳不定，宛如风中飘动的白色幢幡。诗人细腻的笔触，生动的描绘，首先来自他细心的观察。“银湾”一词，意即银河，是诗人的造语，却十分妥帖。既称银河，便弯曲宛转如河水，使人产生“流”的感觉，银河在天边倾侧而下，恰似一弯流水奔向天东。“晓”字写银河皎皎，光明如晓；“晓转”便是闪光流转之意，又暗示月移星动，夜色渐深。秋月碧空，玉烟银湾，构成了一幅瑰丽多彩的图景。

“溪汀眠鹭梦征鸿，轻涟不语细游溶”，写地面景象，极显秋夜之静谧。溪边的沙汀是水鸟栖息嬉戏之地，此刻早已寂无声息。诗人想象白鹭正梦见征鸿远去，引起悠远的梦思。这种巧妙的构想，将人的情态赋予水鸟，意在唤起读者的生活体验，由眠鹭酣梦之深感受到溪边的寂静。接着又拟水如人，“不语”二字，意味着白昼水面的喧闹早已消逝，溪水在夜色的轻抚下安歇。诗人用一连串形容词“轻”“细”“游溶”，分别描写水波轻动、波纹细微、水流徐缓之状，十分细腻逼真。

“层岫回岑复叠龙，苦篁对客吟歌筒”，写远山、近竹，这是岸上景色。夜看远山，不辨草木，惟见山影。“层”字显出峰峦重叠之势，“回”字写出山体盘旋曲折之形，“复叠龙”三字更将山势比作鳞甲重叠、蜿蜒盘曲的乌龙。诗人未写竹影，只写风动苦篁泠泠有声，仿佛箫管奏鸣，同过客的吟诵相应和。读者则从这竹声的描绘中，想象到星光之下竹影幢幢、随风摇曳的动人景象。

全篇描写，重在“静”境的表现。诗人巧运匠心，寓静于动，将夜中景物写得情态生动，色泽鲜明，而且富于活力，愈显出夜的静谧。尤令人叹服的是，诗人善于驰骋想象，将不易觉察，也就不易表现的大自然的声息，化为生动具体的形象，既使人可睹可闻，而且情趣横生。奇妙的想象贯穿全诗，成为这首诗最突出的艺术特色。在语言上，诗人善于锻字炼句，且反复勾绘，每一景物都刻画得淋漓尽致。

鲍 照

鲍照(约415年—466年),南朝宋文学家,与颜延之、谢灵运合称“元嘉三大家”。字明远，祖籍东海(治所在今山东郯城西南，辖区包括今江苏涟水)，久居建康(今南京)。家世贫贱，临海王刘子顼镇荆州时，任前军参军。刘子顼作乱，鲍照为乱兵所杀。

在文学创作方面，鲍照在游仙、游山、赠别、咏史、拟古、数诗、建除诗、字谜、联句等方面均有佳作留世，有力地推动了中国古典诗歌的发展；同时，鲍照的文学成就存在一个聚讼千载的严肃课题，即鲍照是否梁陈宫体诗的先导或滥觞。对此，南朝梁的萧子显、宋代的张戒、近代的刘师培、现代的陈钟凡和陈寂亦等评论家基本持赞同态度；然中国中外文艺理论学会理事钟优民等则认为鲍照诗与宫体诗存在本质区别，二者不可同日而语。

昌谷[1]北园新笋四首

其一

箨落[2]长竿[3]削玉开[4]，君看母笋[5]是龙材[6]。

更容[7]一夜抽千尺，别却[8]池园数寸泥。

其二

斫[9]取青光写楚辞[10]，腻香春粉[11]黑离离[12]。

无情有恨何人见，露压烟啼千万枝。

其三

家泉石眼[13]两三茎，晓看阴根[14]紫脉[15]生。

今年水曲[16]春沙上，笛管[17]新篁[18]拔玉青[19]。

其四

古竹[20]老梢惹碧云，茂陵[21]归卧叹清贫。

风吹千亩[22]迎雨啸，鸟重一枝入酒尊[23]。

◎注释

①昌谷：李贺家乡福昌县（今河南省宜阳县）的昌谷，有南北二园。诗人曾有《南园》诗，此写北园新笋，咏物言志。

②箨（tuò）落：笋壳落掉。

③长竿：新竹。

④ 削玉开：形容新竹像碧玉削成似的。

⑤ 母笋：大笋。

⑥ 龙材：比喻不凡之材。

⑦ 更容：更应该。

⑧ 别却：告别，离去。

⑨ 斫（zhuó）：砍削。

⑩ 楚辞：屈原创作的一种新诗体，也是中国文学史上第一部浪漫主义诗歌总集。此处代指诗歌。

⑪ 腻香春粉：言新竹香气浓郁，色泽新鲜。

⑫ 黑离离：黑色的字迹。

⑬ 石眼：石缝。

⑭ 阴根：在土中生长蔓延的竹鞭，竹笋即从鞭上生出。

⑮ 紫脉：一作“紫陌”。通常指帝都郊野的道路。

⑯ 水曲：水湾。

⑰ 笛管：指劲直的竹竿。

⑱ 新篁（huáng）：新生之竹，嫩竹。亦指新笋。

⑲ 玉青：形容新竹翠绿如碧玉。

⑳ 古竹：指老竹，相对新笋言之。

㉑ 茂陵：《史记·司马相如传》：“相如既病免，家居茂陵。”

㉒ 千亩：语出《史记·货殖列传》：“渭川千亩竹，其人与千户侯等。”

㉓ 尊：同“樽”。

◎译文

其一

笋壳脱落的新竹如同刀削碧玉，
而健壮的大笋都是些非凡之材。
它们一夜之间将会猛长一千尺，
远离竹园的数寸泥土冲天而立。

其二

刮去竹子上的青皮，写下楚辞般的诗句，
竹香浓郁色泽鲜艳留下一行行黑色字迹。

新竹无情但却愁恨满怀，谁人能够看见？
露珠滴落似雾里悲啼，压得千枝万枝低。

其三
庭院的泉缝中长着三两根竹子，
清晨看墙外道路上已窜出竹根。
待到今年春天水湾边的沙岸上，
新竹会像青玉般挺拔生长出来。

其四
古竹虽老仍矫健挺拔梢可拂云，
而我却像司马相如般甘守清贫。
轻风吹过千亩竹林似雨声啸啸，
风和景明时小鸟栖枝映入酒樽。

◎创作背景

这组诗大约作于唐宪宗元和九年(814年)春。李贺十分爱竹，在摩挲观赏之余，写了不少咏竹的诗句，有时还直接把诗写在竹上，以寄托自己的情思。据第三首诗中的“家泉石眼两三茎”等句推测，李贺故宅当在昌谷北园。从第四首诗中的“茂陵归卧叹清贫”以汉代司马相如病归茂陵自喻，可知这一组诗是李贺任奉礼郎以病辞归昌谷的时候写的。

◎赏析

其一

这是一首借物咏志的诗，诗人通过对母笋的赞美，表达出自己要不断追求进步的决心。

“箨落长竿削玉开，君看母笋是龙材”，写新生竹笋的美丽。竹壳一片片剥落下来，竹笋抽节上长了，它晶莹碧透，像是刚刚经过刻刀雕琢出来的碧玉一般。这里的笋，是经过诗人理想化、诗化了的形象。它晶洁如玉，生机勃勃，茁壮挺拔；它要挣脱壳箨的束缚，向上生长，由于这株笋有着如此美好的姿质，所以“母笋是龙材”的赞美就不使人感到夸张，而觉恰如其分。

“更容一夜抽千尺，别却池园数寸泥”，写笋的生长愿望，进一步刻画笋的内在美。“更容”一词的含义很深刻，这是假设之词，假如容许的意思。假如容许它尽情生长，一夜之间拔节挺长千尺，它自然会脱却尘泥而直插青云之上。表达了新笋冲上九霄的豪情壮志。另外，“更容”一词的反面含义是，现在是“不容”，不能容许新笋一夜抽千尺，所以它就不可能拔地而起直上青云。这就包含着一种深沉的幽怨。这一层含义则从另一角度写出了新笋丰富的“内心世界”。

诗人把新笋刻画得具有这般美好的形象和美好的内心，是托物咏志，这新笋就是诗人李贺。诗人虽然命途多舛，遭遇坎坷，但是他并没有泯灭雄心壮志，他总希望实现自己的拔地上青云的志愿。这首咏笋的绝句，正是他这种心情的真实写照。

其二

这首诗借竹上题诗之事，表达自己郁郁不得志的幽愤心情。

“斫取青光写楚辞，腻香春粉黑离离”，描述自己在竹上题诗的情景，语势流畅而又含蕴深厚。“青光”指代竹皮，同时把竹皮的颜色和光泽清楚地显现出来。“楚辞”代指自己创作的歌诗。诗人从自身的生活感受联想到屈原的遭遇，借“楚辞”含蓄地表达郁积心中的怨愤之情。“腻香春粉”

和“黑离离”运用了对比映照的手法，一方面描绘新竹的芳香，一方面刻画墨汁淋漓，巧妙运用这一对矛盾的形象，表现内心的幽愤。

“无情有恨何人见，露压烟啼千万枝”，着重表达怨恨的感情。“无情有恨”，似指在竹上题诗的事。诗人毁损了新竹俊美的容颜，可说是“无情”的表现，而这种“无情”乃是郁积心中的怨愤无法抑制所致。“露压烟啼”极力刻画竹的愁惨容颜，表面是在写竹的愁苦，实则移情于物，把人的怨情变成竹的怨情，从而创造出物我相契、情景交融的动人境界来。

此诗通篇采用“比”“兴”手法，移情于物，借物抒情。有实有虚，似实而虚，似虚而实，两者并行错出，给人以玩味不尽之感。

其三

这首诗通过描写竹极其旺盛的生命力，表达出对新竹生机勃发的赞美之情。

“家泉石眼两三茎，晓看阴根紫脉生”，写竹的生命力之旺盛。以“家泉”与“紫脉”对举写竹鞭的滋生能力极强，无论是岩缝、墙壁、坚硬的土块，它都可穿过。竹鞭生长最旺盛的季节是盛夏到初秋时节，如同竹笋状的竹鞭头部在表土较薄的地方常窜出地面，很快又弯成弓状，鞭头又重新钻入泥土中。“两三茎”与“紫脉生”对举，也显示出竹的顽强。

“今年水曲春沙上，笛管新篁拔玉青”，继而联想到茂林修竹的情景。虽非实景，却有一定的必然性。“笛管”，言新篁之材；“玉青”，言新篁之色。绘形绘色，如在目前。

在这首诗中，作者字斟句酌，用“石”“阴”“紫”“春”“新”等修饰各种意象组合，纵观全句，几乎无一物无修饰，无一事有闲字。诗人把相关的意象以古人不常联用的字联用，用修饰再组合起来，综合运用通感、移情的写作手法，由家泉到石眼再到竹茎，仿佛用诗句串联起装扮一番的意象群，不是因感而倾泻，而是字字雕刻而来。此时诗中的竹子不再是单纯的清雅之士，而仿佛成了绮丽诡异又有异域风情的楚服的起舞人。同时，把石眼、阴根等意象与竹子相连缀，更见作者的匠心独用，研磨之工。

其四

这首诗以司马相如归卧茂陵自喻，慨叹自己家居昌谷时的清贫生活。

“古竹老梢惹碧云，茂陵归卧叹清贫”，意为老竹虽老，仍矫健挺拔，梢可拂云，而自己年纪并不太老，却只能像家居茂陵时的司马相如一样，甘守清贫。虽忝为唐王室的后裔，但一生只做过奉礼郎之类的小官，甚至因为父名的缘故，连进士考试也不能参加，与李商隐一样“虚负凌云万丈才，一生襟抱未曾开”。辞官家居后更过着清贫的生活，以致两年后在贫病中死去，一个“叹”字，感慨万分。

“风吹千亩迎雨啸，鸟重一枝入酒尊”，写的是另外两种情形下的竹枝形象。其一是风吹雨啸之中。“雨啸”，非雨声，而是风吹竹声，仿佛雨啸。“千亩”，这是大片竹林才有的现象，其情景气魄自与“家泉石眼两三茎”之竹不同，风吹过后声浪如排山倒海。其二是风和景明之日。一小鸟栖息枝头，其景可映入酒樽之中，这又是何等静谧安闲。“皎皎者易污，峤峤者易折”，道出了竹之坚韧的特点。

清代大画家郑板桥曾夸张地说："宁可食无肉，不可居无竹。"古往今来，喜竹、咏竹、画竹的骚客、丹青手是颇多的，而这组诗在众多的咏竹佳作中也堪称上品。

◎轶闻异物录

郑板桥

郑板桥（1693 年—1766 年），原名郑燮，字克柔，号理庵，又号板桥，人称板桥先生，江苏兴化人，祖籍苏州。康熙秀才，雍正十年举人，乾隆元年（1736 年）进士。官山东范县、潍县县令，政绩显著，后客居扬州，以卖画为生，为"扬州八怪"重要代表人物。

郑板桥的"怪"，颇有点济公活佛的味道，"怪"中总含几分真诚，几分幽默，几分辛辣。每当他看到贪官奸民被游街示众时，便画一幅梅兰竹石，挂在犯人身上作为围屏，以此吸引观众，借以警世醒民。

郑板桥一生只画兰、竹、石，自称"四时不谢之兰，百节长青之竹，万古不败之石，千秋不变之人"。其诗、书、画，世称"三绝"，是清代比较有代表性的文人画家。

感讽五首

其一

合浦[1]无明珠，龙洲[2]无木奴[3]。

足知造化力[4]，不给[5]使君须。

越妇未织作，吴蚕始蠕蠕[6]。

县官骑马来，狞色[7]虬紫须[8]。

怀中一方板[9]，板上数行书。

不因使君怒，焉得[10]诣[11]尔庐?

越妇拜县官，桑牙[12]今尚小。

会待[13]春日晏[14]，丝车方掷掉[15]。

越妇通言语[16]，小姑[17]具[18]黄粱[19]。

县官踏飧[20]去，簿吏[21]复登堂。

其二

奇俊[22]无少年，日车[23]何躃躃[24]。

我待纡双绶[25]，遗我星星发[26]。

都门[27]贾生[28]墓，青蝇[29]久断绝。

寒食摇扬[30]天，愤景[31]长肃杀[32]。

皇汉十二帝[33]，唯帝[34]称睿哲[35]。

一夕[36]信竖儿[37]，文明[38]永沦歇[39]。

其三

南山[40]何其悲，鬼雨[41]洒空草[42]。

长安夜半秋，风前几人老[43]。

低迷[44]黄昏径[45]，袅袅[46]青栎道[47]。

月午[48]树无影[49]，一山惟白晓[50]。

漆炬[51]迎新人[52]，幽圹[53]萤[54]扰扰[55]。

其四

星尽四方高，万物知天曙[56]。

己生须己养，荷担[57]出门去。

君平[58]久不返，康伯[59]遁国路。

晓思何譊譊[60]，阛阓[61]千人语。

其五

石根[62]秋水明，石畔秋草瘦。

侵衣野竹香，蛰蛰[63]垂叶厚。

岑[64]中月归来，蟾光[65]挂空秀[66]。

桂露[67]对仙娥[68]，星星下云逗。

凄凉栀子[69]落，山璺[70]泣晴漏。

下有张仲蔚[71]，披书案将朽。

◎注释

①合浦：汉郡名，治所在今广西壮族自治区合浦县。

②龙洲：龙阳洲，今属湖南省汉寿县。

③木奴：柑橘树。

④造化力：大自然创造化育万物的能力。一作“造物力”。

⑤给（jǐ）：供给，满足。

⑥蠕蠕：昆虫爬动的样子。

⑦狞色：狰狞的脸色。

⑧虬（qiú）紫须：蜷曲的紫色胡须。虬：蜷曲。

⑨方板：公文，这里指催税收的文告。

⑩焉得：怎么会。

⑪诣：一作“请”。

⑫桑牙：桑芽。牙：通“芽”。

⑬会待：等待，等到。

⑭春日晏：春末，晚春。

⑮掷掉：转动。

⑯通言语：对话。

⑰小姑：丈夫的妹妹。

⑱具：备办。

⑲黄粱：指小米饭。

⑳踏飧（sūn）：吞食，饱食。

㉑簿吏：主管钱粮文书的小官。

㉒奇俊：才智杰出的人。

㉓日车：太阳。

㉔躃躃（bì bì）：行走缓慢的样子。

㉕纡（yū）双绶（shòu）：指做高官。《汉书·霍光金日磾传》载，金日磾的两个儿子八九岁的时候便封高官，佩双绶。纡：结，系。绶，系在官印上的丝带。

㉖星星发：花白的头发。

㉗都门：东都洛阳城门。

㉘贾生：贾谊，洛阳人。年少才高，被汉文帝重用，但受到毁谤排挤，被贬为长沙王太傅，三十三岁时含愤而死。

㉙青蝇：吊客。《三国志》：“虞翻流放交趾，自伤身无可无语，死

当以青蝇为吊客。”

㉚ 摇扬：飘摇。一作“垂杨”。

㉛ 愤景：悲愤的景象。

㉜ 肃杀：严酷萧索之貌。

㉝ “皇汉”句：此指西汉的十二位皇帝。皇：大。

㉞ 帝：此指汉文帝。

㉟ 睿（ruì）哲：圣明，英明。

㊱ 一夕：即一朝、一旦之意。

㊲ 竖儿：小子。此句一作“反信竖儿言”。

㊳ 文明：昌明的政治。

㊴ 沦歇：沉没消歇。

㊵ 南山：此指终南山，即秦岭山脉，横亘关中南面，西起秦陇，东至陕西蓝田，凡长安以南诸山，皆属终南范围。

㊶ 鬼雨：凄惨的冷雨。

㊷ 空草：空净的草野。

㊸ 老：死，老死。

㊹ 低迷：昏暗迷离。

㊺ 径：小道。

㊻ 袅袅：风摇树木状。

㊼ 青栎（lì）道：植有栎木行道树的道路。栎：落叶乔木，叶子长椭圆形，木坚可做枕木。

㊽ 月午：指月到中天，月光直照。

㊾ 树无影：“无”字《汇解》本作“立”，据宋刊本、金刊本、日本内阁文库本改。因月光垂直照下，故后有“树无影”之说。

㊿ 惟白晓：指月光照得南山一片凄淡虚白，如同天晓。

(51) 漆炬：漆灯。这里也指鬼火、磷火。

(52) 新人：新死者。

(53) 圹（kuàng）：墓穴。

(54) 萤：指磷火。

(55) 扰扰：纷乱的样子。

(56) 曙：晓，天刚亮。

(57) 荷（hè）担：用肩挑担。

(58) 君平：严君平，名遵，西汉高士，隐于市井，曾卖卜于成都，求糊口而自足，以研读《老子》自娱。

⑲ 康伯：韩康，字伯休，东汉人，曾卖药于长安，守价不移，后遁入霸陵山。吴正子曰：晋有韩伯，字康伯，长吉误称。

⑳ 譊（náo）譊：喧闹争辩之声。

㉑ 圜（huán）阓（huì）：市场，集市。《古今注》云："圜者，市之垣阓。阓，市门也。"

㉒ 石根：山脚。

㉓ 蛰蛰（zhé zhé）：众多的样子。

㉔ 岑（cén）：山小而高。

㉕ 蟾光：月光。

㉖ 空秀：一作"云秀"。

㉗ 桂露：一作"秋露"。

㉘ 仙娥：指嫦娥。

㉙ 栀（zhī）子：又名黄栀子，茜草科木本植物。

㉚ 璺（wèn）：开裂。

㉛ 张仲蔚：东汉隐士，博学有文才，"好作诗赋"，然而穷困不堪，"所居蓬蒿没人"（晋挚虞《三辅决录注》）。

◎译文

其一

盛产明珠的合浦已无明珠，盛产柑橘的龙洲也无橘树。
尽管大自然能够创造万物，州郡长官的贪求却难满足。
江南织妇们还未开始纺织，她们孵化的蚕才开始蠕动。
县官老爷便骑马匆匆赶来，脸色狰狞地撅着紫色胡须。
只见他从怀中掏出张方纸，上面书写着几行征税通知。
"要不是太守大人发脾气，我怎会到你这小小居室！"
织妇跪拜向县官老爷求乞："桑树才刚发出幼嫩新芽，
只能等到晚春将临的时候，丝车才可以转动着缫丝。"
织妇好言好语与县官对话，小姑子匆忙把黄粱饭准备。
县官老爷酒足饭饱刚离去，小吏紧接着进来开始收税。

其二

年轻人被轻视而难成俊杰，太阳车为何这样缓慢运行！

我殷切期盼得到显赫之位，快将白发赐我望早得重用。
洛阳城外有贾谊坟墓一座，凭吊的人很久前就已断绝。
在花柳飘摇的寒食扫墓节，景象却如深秋般悲愤萧瑟！
西汉王朝的帝王十二之多，只有汉文帝可称聪慧明哲。
可一旦他偏信了奸小之人，昌明政治将永远沉没消歇。

其三

终南山上的景象何其凄惨而悲凉，
鬼雨洒落在那空旷洁净的草地上。
长安夜半的深秋带着肃杀的寒意，
而寒风中又有多少魂灵即将离去。
他们在幽暗迷离的小径上徘徊着，
夹道上郁葱葱的青栎为他们送行。
午夜，朗朗的月光直射在树丛上，
月光映照青山，山野灿灿如白昼。
坟茔上已燃起漆灯迎接新亡之人，
阴森的墓地上磷光闪闪纷纷扰扰。

其四

残星隐退四方显出白天的空旷，
世间万物感受着新一天的复苏。
自己孕育的孩子终须自己培育，
人们纷纷走出家门为谋生劳作。
在名利下鲜少有人不迷失本性，
严君平和韩康样的人无从寻觅。
晨起便高声聒噪世人争争吵吵，
市井上熙熙闹闹世事纷纷扰扰。

其五

山脚下是明净清澈的秋水，
山石旁是枯瘦伶仃的秋草。
浓密的竹林散发阵阵清香，
厚厚的树叶堆积在小径上。
月亮从起伏的山峦上升起，
将如水的月光洒在山岗上。
桂叶上露珠晶莹映照仙女，
群星闪闪似在云层中嬉戏。
凄凉的栀子花儿纷纷坠落，
山泉水滴滴答答如泣如诉。
月光下坐着东汉的张仲蔚，
他读书的几案已变为朽木。

◎创作背景

这组诗当作于元和六年至八年（811 年—813 年），李贺在京师长安担任奉礼郎期间。这是李贺对现实有所感慨而作的一组讽喻诗，并非一时一地之作。

◎赏析

这是一组讽喻诗，五首诗均有相似的思想与风格，皆为刺世抒情之作，从不同角度对现实进行讽喻。

第一首诗是现实性很强的叙事诗，主题鲜明，用语尖锐，表现了诗人强烈的愤慨之情。这种愤慨之情笼罩着整首诗的画面，也笼罩着后面的叙事和描写。这首诗写得很有特色。首先，它将客观叙述与主观情感的抒发有机地交融在一起；将议论与叙事相互穿插，相互深化，收到了精警动人的艺术效果。其次，诗人摄取了表现力很丰富的细节，使形象更鲜明。如“狞色虬紫须”这一肖像描写,“踏飧”这一细节描写,把县官的形象简洁地勾画出来。第三,对话也很有性格,县官的话耍弄权术,蚕妇的话苦哀求情,都极符合人物的身份、性格。

第二首诗表达了失意文人对进入官僚体系的渴望、焦虑、怨恨、绝望之情。首先是耀眼的榜样——金日磾的两个儿子。这两个小儿八九岁的时候便被封高官,佩双绶,令诗人羡慕不已。但是他没有这种幸运,双绶没有得到,头发倒白了不少。年华已逝,功名无望,不仅焦灼,还有怨恨,借贾生之事发出。文人望获得帝王的垂青,获得垂青后却可能好景不长。皇帝们是那么容易听信谗言。西汉十二位皇帝中,唯有文帝堪称睿哲,但他也难免听信小人谗言。贾谊终于被贬为长沙太傅,三十三岁即忧愤而死。而今又值寒食节,杨柳播荡,昔日那些毁谤贾谊的无耻小人虽然早已不在人世,洛阳城外的贾生墓却少人吊祭,呈现一片肃杀之景。这肃杀之感是贾谊之悲与李贺之怨相互碰撞的产物。李贺也遭小人谗言的陷害,“家讳”问题就是缘于小人的告发。贾生毕竟曾获帝王垂青,曾经进入权力核心,也算“潇洒走一回”;李贺则被小人陷害得十分彻底:当他正欲一展宏图的时候,命运之门就向他彻底关闭了。但他心中永远也放不下“蒙帝王垂青”的信念。“一夕信竖儿,文明永沦歇”,一旦相信了这些进谗言的小人,便会永远失去昌明的政治。这是“为帝王师”价值的“反面论证”。获得垂青,建功立业,甚至“为帝王师”,是无数文人心中的一个“心结”。“解铃还需系铃人”,可这个“系铃人”却总是期盼不至——系铃人常常只管“系铃”,不管“解铃”。

第三首诗抒写死葬之悲。南山在诗中俨然便是一处亘古坟场，是众生最终归宿的象征，那儿到处浮动着森然鬼气。钱锺书称赏李贺“咏鬼诸什”“意境阴凄，悚人毛骨”“幻情奇彩，前无古人”,《谈艺录》所举数篇例证中就有这《感讽》第三首。诗歌首句着一“悲”字,为全篇定下悲戚哀怨的基调，隐见诗人内心的生命忧惧。此时“鬼雨”破空而来，洒落在空净的草地之上,顿使生人感受到它胁逼的力量。“鬼”“雨”二字如此搭配为诗人所独创，这个新造词意在表明由于死者之多，其腐恶气味不断弥漫，竟至形成“鬼雨”到处飘洒，如是则愈能显出作者对死亡的厌恶。“长安夜半秋”忽又明确交待时、地、季节，长安可凭以确定南山的方位，“秋”之季则实为此诗的底色，秋的衰变、秋的萧杀，自然引出了下句的“风前几人老”。正因为秋风催人衰老逝去，诗人既而想象初丧者通过青栎道入山走向墓地的凄凉情景。黄昏的山路上，光线昏暗低迷，两旁是栎树在风中摇摆；这时秋月正明,投射下惨白的月光,照得一山虚明如晓,由于月处中天，树影凝聚于树冠之下如同没有影子一般，益发森怖可畏。终于到达目的地了，但见荧荧磷火宛若漆灯迎接新亡之人，就好像萤火虫在幽暗的圹穴前纷乱飞舞，令人真有身临其境的感觉。无论谁只要达于此地，即走完了人生的全部旅程，而后伴随着他的便是永恒的暗夜和死寂。

第四首诗表达了作者对眼前市井众生的观感，但诗中绝没有那种慧眼看世界的达观，而更像是晨起后对眼前劳碌营生所发的牢骚。在这首诗中，诗人看似没有出场，字里行间却都渗透着诗人的影子。他站在人群的边缘，没有哪个人群是他真正的归属，他只是个旁观者。眼前的每一扇门似乎都向他敞开着，他都想推开看一看，但是每个房间都没有他的位置。他俨然是个无家可归的人，这个闹市对他来说无异于空巷。然而他没有退路，严君平与韩伯休那样的高士早已经远逝了。诗人不能效法严君平与韩伯休中的任何一个。他想从平凡的市井人生中抽身出来，但他又不得不为了简单而严酷的生存而不情愿地加入这个灰色的市井；他总在幻想着求取功名，但是功名却迟迟不肯光顾他，更谈不上像韩伯休那样避名了。

第五首诗是诗人秋天居住在昌谷家中，有感于读书无成、僻处一隅的咏怀之作。诗共十二句，前十句全是写景。这些景物，有的明丽芳香，有的凄凉幽冷，彼此色调很不一致。作者把它们放在一起，构成特殊的情境，以与自己当时的处境和心情相适应。这首诗的表现方法比较奇特。它不像一般讽喻诗那样，以叙事为主，中间穿插议论，抒发感慨，而是着力写景，渲染环境气氛，通过种种具体生动的形象，曲折地表达自己的情怀。诗人笔下的景物，有的明丽芳香，有的枯瘦冷涩。把这些色调极不协调的景物放在一起，显得既生硬，又瑰丽，既相互矛盾，又彼此辉映，从而产生一种极不寻常的艺术魅力。它生动地再现了特定时间是秋夜、特定地点是昌谷的景色，真实地反映了诗人的处境和心情。这是李贺诗歌“奇诡”的一种表现。

这五首诗内容较杂，从不同角度对现实进行讽喻，展现出作者在所面临的不愿接受却又不得不接受的现实秩序面前复杂的观望者心态。诗中有写景，有叙事，有抒情，诗人借助新奇美妙的形象，准确生动地表达出复杂的思想感情。

韩康卖药

皇甫谧著《高士传》中记载：韩康，字伯休，京城霸陵人。常游走于名山大川采药，去长安集市上叫卖，不让还价。三十多年不变。有一次，一个女子向韩康买药，韩康坚持价格不改变。女子发火道："你莫非就是韩伯休？才不让还价！"韩康天长叹一声说："我本来想要逃避现实，不料今日连小女子都知道我韩伯休，我何必再卖药！"于是收拾行囊逃入霸陵山中隐居去了。

朝廷得知此事，一连几次派人进山寻访，征召韩康出来做官，韩康死活不肯。后来，汉桓帝亲自准备了一份厚礼，派专员驾着驷马高车，去聘请他。当使者捧着圣旨来到山中草庐时，韩康身不由己，假装答应出山。但是他坚辞不乘官车，自己驾着一辆破牛车，天不亮就先于使者起程了。到了一个驿亭，正逢亭长因奉命为朝廷命官韩征君修路架桥，向民间征召壮丁牲口。亭长见韩康布衣方巾，驾牛车而来，不认识他，以为是乡村野老，不召自来，便命手下抢他的牛。韩康也不动声色，卸车缴牛。一会儿，使者大车接踵而至，亭长才知道老头就是韩征君，吓得面如土色。使者请示韩康，要斩杀亭长。韩康淡然道："牛是我自己交给他的，亭长有什么罪过呢？"使者才停止。韩康乘机在进京途中逃跑进入深山老林，后高寿无疾死去。

三月过行宫[①]

渠水[②]红[③]繁[④]拥御墙，风娇[⑤]小叶学娥妆[⑥]。

垂帘[⑦]几度青春老，堪锁千年[⑧]白日长。

◎注释

① 行宫：皇帝外出所住之处。此指东都洛阳行宫。
② 渠水：沟渠中的水，此指御沟水。渠：指御沟。
③ 红：水荭（hóng），是一种水生植物。
④ 繁：曾益本作“蘩”。蘩（fán）：白蒿，即艾蒿。
⑤ 风娇：谓风姿娇柔。
⑥ 娥妆：美女的妆饰。
⑦ 垂帘：放下帘子。谓闲居无事。
⑧ 千年：极言时间久远。

◎译文

御沟里的水荭白蒿拥绕着行宫围墙，
淡红柔绿像宫女的红颊翠眉般妖娆。
行宫里帘幕数次更换青春也已衰老，
宫门深锁只剩无尽的苦寂难以终了！

◎创作背景

这首诗当作于李贺往返京洛期间（808年—813年）。其时，诗人滞留京师，见闻宫女之事不少。作者曾经过行宫，看到御沟里长着水荭白蒿，嫩红柔绿，联想到行宫内的宫女们被迫过着长期与世隔绝的生活，因而写了这首诗。

◎赏析

这首诗为作者过行宫的抒怀之作。

“渠水红繁拥御墙，风娇小叶学娥妆”，写行宫外的景色。宫墙外侧，御沟之中，水莛茂盛，白蒿繁密。全诗中实写行宫春景，仅此起句。接着由眼前水莛生发联想，由实返虚。“风娇小叶”，指莛，红茎，叶片嫩绿，叶上有淡红色茸毛，摇曳风中，色状鲜艳。作者忽然觉得，它多么像宫女新妆的红颊翠眉。两种事物，一般新艳，可谓神似。诗起二句，由景及人，辞美，意象亦美。而就全诗之文势而言，则是欲抑先扬，引起下文。

“垂帘几度青春老，堪锁千年白日长”，写宫女们的凄凉生活。宫女虽曾有春天般的时光，虽曾有水莛新蒿般娇嫩柔美的容貌，但在寂寞深宫里，经不得春去冬来，几度垂帘，青春转瞬即逝，红颜须臾便老，这种千年长锁的生活实在不堪忍受。诗的后两句，作者用“几度”与“千年”对举，表现宫女们青春易逝而寂寞长在的凄苦哀怨的不幸生活，并寄予深切的同情，委婉地表达了对这一不合理社会现象的批判。

李贺诗在艺术上以奇丽为特色，这首诗也表现了这一点。李贺诗的奇，主要在取材和构想上离绝凡近，出人意表。而这首《三月过行宫》更体现出作者构想的奇妙。诗人由御沟莛蒿的春景，一下子便联想到宫女的容颜，然后再联想到她们长锁深宫的生活遭遇，思绪由实而虚，以小见大，从具体的实景到概括的抒情，脱落俗套，与一般宫怨诗的艺术构思不同。而色泽明丽、词藻华美，也是显而易见的。

水　荭

水荭，又名廖实，在中国北方田野道旁、河边湿地多见。

一年生草本,全株被长软毛。茎粗壮直立,高可达两米,叶片宽卵形、宽椭圆形或卵状披针形，顶端渐尖，基部圆形或近心形，两面密生短柔毛，叶脉上密生长柔毛，叶柄长柔毛；托叶鞘筒状，膜质，总状花序呈穗状，顶生或腋生，花紧密，微下垂，苞片宽漏斗状，草质，绿色，花淡红色或白色；花被片椭圆形，花盘明显；瘦果近圆形，六到九月开花，八至十月结果。

水荭因其生长迅速、高大茂盛，叶绿，且花密红艳，适应性强，适于观赏，故适宜做观赏植物。果实入药，名“水红花子”，有活血、止痛、消积、利尿功效。

出　城

雪下桂花稀[①]**，啼乌被弹归。**

关水[②]**乘驴影，秦风帽带垂。**

入乡诚可重[③]**，无印自堪悲。**

卿卿[④]**忍相问，镜中双泪姿。**

◎注释

①桂花稀：喻落第。唐人以登科为折桂。

②关水：关中之水。指长安附近的河流。

③诚可重：一作"试万里"，一作"诚万里"。

④卿卿：爱妻。

◎译文

大雪覆盖下的桂花稀稀落落，
乌鸦被弹丸击中带伤飞回巢。
关水倒映着落寞人骑驴身影，
萧索的朔风把帽带吹得低垂。
纵然归乡重温欢乐值得欣慰，
但无法取得官印又何等悲凉。
心爱的人忍着苦痛关切询问，
只见镜中二人默默相对而泣。

◎创作背景

此诗当作于唐宪宗元和四年（809年）李贺到长安应进士举失败之后。应试失败对李贺来说是一个沉重的打击。本来李贺在洛阳参加河南府试之后，是满心高兴到长安来应试的，但是他万万料想不到现实对他竟是这样残酷。这真是人才毁灭的悲剧。他怀着悲哀绝望的心情，黯然神伤地离开那曾经使他热切向往的京城。这首《出城》就是他离京的时候写的。

◎赏析

这首诗是李贺入长安应试失败而归之后所作，是他当时心情的真实写照。

“雪下桂花稀，啼乌被弹归”，雪花在飘飘扬扬，大地白茫茫的，虽然时间是桂花盛放的深秋，但在大雪覆压下，桂花显得稀稀落落；雪天里，一只被弹丸击伤的乌鸦，耷拉着翅膀在空中飞着，回到自己的巢去。这一幅凄凉冷落的景色是诗人哀伤感情的形象化，同时又暗喻着自己落选，受小人攻击失意而归的境况。

“关水乘驴影，秦风帽带垂”，刻画了诗人在归途中的落寞孤寂的形象。他骑在瘦驴上孤单的身影，倒映在清清的灞水里；萧索的朔风劲吹着，帽带低垂。以上白雪、桂花、飞鸟、朔风、骑着瘦驴的诗人，构成了一幅情感哀戚、色调惨淡的画面。在这幅画面里，孤独的瘦诗人，骑在一匹瘦驴上，怀着一腔哀愁，在风中雪里，踽踽行进。

“入乡诚可重，无印自堪悲”，叙述了诗人矛盾的心情。回到家乡重温家庭的欢乐温暖，这是值得欣慰珍重的；但是入京应试，“被弹”而归，孑然一身，一事无成，真是可悲。这种矛盾复杂的心情，在当时的读书人当中是具有典型意义的。

“卿卿忍相问，镜中双泪姿”，通过对到家之后和妻子相聚时情状的描写，进一步抒发自己悲苦的心情。这次入京应考不仅是他个人的事，全家都希望他成功，尤其是他的妻子。这种境况下回家，不知道有什么可说的。丈夫“垂翅”归来，妻子一瞧神色便什么都明白了。她怕丈夫增添痛苦，只好佯装照镜掩饰自己，不料“双泪”不争气地直往下流。可见，李贺之妻颇为善解人意。

全诗表达了诗人的坎坷遭遇，是一曲人才被压制毁灭的悲歌。

◎轶闻异物录

桂　花

桂花有很多别称：因为叶子像圭而称“桂”；纹理如犀，又叫木犀；其清雅高洁，香飘四溢，被称为“仙友”，又被称为“仙树”“花中月老”。桂花通常生长在岩岭上，也叫“岩桂”；桂花开花时浓香致远，其香气具有清浓两兼的特点，清可荡涤，浓可致远，因此有“九里香”的美称；黄花细如粟，故又有“金粟”之名；桂花为“仙客”，花开于秋，旧说秋之神主西方，所以也称“西香”或“秋香”；桂花树是崇高、贞洁、荣誉、友好和吉祥的象征，凡仕途得志、飞黄腾达者谓之“折桂”。

唐代文人引种桂花十分普遍，吟桂蔚然成风。柳宗元自湖南衡阳移桂花十余株栽植零陵。白居易曾为杭州、苏州刺史，他将杭州天竺寺的桂子带到苏州城中种植。唐相李德裕在二十年间收集了大量花木，其中剡溪之红桂，钟山之月桂，曲阿之山桂，永嘉之紫桂，剡中之真红桂，先后被引种到洛阳郊外他的别墅所在地。当时园苑寺院种植桂花已较普遍。

难忘曲

夹道[1]开洞门，弱柳低画戟[2]。

帘影竹华[3]起，箫声吹日色[4]。

蜂语[5]绕妆镜[6]，拂[7]蛾学春碧[8]。

乱系[9]丁香[10]梢，满栏花向夕[11]。

◎注释

①夹道：在道路两旁。

②画戟（jǐ）：古兵器名。因有彩饰，故称。旧时常作为仪饰之用。

③竹华：指日光穿射的帘影。华：一作“叶”。

④日色：犹天色。借指时间。

⑤蜂语：谓蜂飞舞时发出的嗡嗡之声。王琦汇解：“蜂语，蜂声也。蜂飞则有声，闻花香处则群萃焉。”

⑥妆镜：化妆用的镜子。

⑦拂：一作画。

⑧春碧：春日碧绿色的景物，指春山、春水或春草等。语出江淹《别赋》“春草碧色”，这里形容所画的蛾眉犹如春色一样青翠。

⑨乱系（jì）：指女主人公手捏着丁香花的枝梢，漫无目的地系梢。

⑩丁香：落叶灌木或小乔木。叶卵圆形或肾脏形。花紫色或白色，春季开，有香味。花冠长筒状，果实略扁。多生在中国北方。供观赏，嫩叶可制茶。

⑪向夕：傍晚；薄暮。

◎译文

壮丽而深邃的宅第大门层层洞开，
门前的画戟竟高出道旁垂柳许多。
薄薄的帘幕偶尔掀起低垂的一角，
庭院中的箫声送走了流逝的时光。

一只蜜蜂嗡嗡把镜中景象当鲜花，
原来是一位女子对镜描绘着蛾眉。
她手捏着丁香花漫无目的地系着，
奈何满庭的芬芳也终有凋敝之时。

◎创作背景

这首诗的具体创作年份待考。李贺才华过人，但一生坎坷不遇，年仅二十七岁便在抑郁孤独之中死去。此诗是他自写胸臆，抒发怀抱，有意以“难忘”吐诉衷肠。

◎赏析

这是一首乐府诗，诗中以一位深闺女子孤凄寂寞的口吻倾诉抑郁的情怀。

“夹道开洞门，弱柳低画戟”，通过暗示性的笔触，极力描写府第的高大、华贵、庄严。诗人采取了乐府《相逢行》传统的开篇方式，但在具体的描写方法与文字技巧运用上，又自出新意。没有铺金叠翠，也没有用什么渲染夸张的词汇修饰，却通过一种暗示性的笔触，将府第的高大庄严充分地显现出来。这里，诗人不写府第的壮丽庄严，而写道狭；不写门前那标志着身份地位的画戟如何高大，而写高高的垂柳却低于画戟。实际上，是府第的宏伟而使道路显得狭窄，是画戟的高大而使垂柳显得低矮。这种透过一层、深入一层的写法，使府第的气派在“夹道”与“弱柳”的衬托之中，恍然如在目前。与那些直写府第高大华贵的诗句相比，不仅更富有诗的含蓄，而且也更容易引起读者的联想。

“帘影竹华起，箫声吹日色”，进一步渲染府第深院的环境气氛。这两句诗都极力写动，似乎要以帘动与箫声为这华贵的大院增添一点儿热闹的气氛。然而，从艺术效果来说，帘动与箫声，不仅没有使大院增加一分生气，反而使人感到了人生经历中不常体验到的一种沉寂，甚至隐隐地在繁华似锦中透露出主人公内心的凄凉与无可奈何，这才是这两句诗真正所要体现的意趣与心态。

“蜂语绕妆镜，拂蛾学春碧”，把镜头转而直接对准了这深院中的人物，原来这位伴着帘影、伴着“箫声吹日色”的抒情主人公竟是一位女子。只见她站立在梳妆台前，对镜描绘着蛾眉。而那蜜蜂“嗡嗡”叫着，好像也知欣赏其美貌一样地飞前飞后，“议论不休”，就像在寻找着散发出阵阵芳香的花儿。这两句写人物非常含蓄传神，始终没露出人物的容貌形象，却抓住蜜蜂错把女子当成鲜花的细节和女子对镜梳妆的一个动作，写出她如花似玉的美貌，透出她对美的追求，同时也流露出几分顾影自怜之意。这样一位美貌的女子，她的青春、她的生命活力，居然只能在对镜梳妆中慢慢消逝，只能在孤独寂寞中百无聊赖地度过。这是十分难堪的境地，也是非常不幸的生活。

“乱系丁香梢，满栏花向夕”，此处为全诗的高潮，也是点睛之笔。诗人的镜头从闺房摇向庭院，展现了一幅十分美丽动人而又带有几缕忧伤的画面。这里诗人捕捉住最能反映人物内心活动的动作，写她手里系着丁香结，可她的心好像并不在这儿。她在想，在盼望，又在感伤。短短的几个字，意味无穷，把女主人公心绪茫茫、心事重重、茫然无措又惆怅伤感的种种复杂心情写得真切可感，恍然可见。这里的“向夕”二字尤其耐人寻味，它写出了这眼下的鲜花已不是初春时节蓓蕾初绽的时光，而是已经开始“向夕”了。即是说，春花烂漫、最有魅力的时刻就要逝去，美好的日子已经所剩无几，等待它们的将是不可避免的凋残的命运。显然，诗人这里写花、写景，都含有暗喻、象征的意味。这闺中少女青春无几，这花就是她虚度年华、青春将逝的命运的形象写照。诗贵含蓄，结句尤重含蓄蕴藉。这个结句确实结得很妙，它不仅照应全诗，而且言有尽而意无穷，给人留下充分的回味余地。

全诗文字绮丽，诗意隐晦，没有直接将诗意说破，却又在字句中蕴含着诗意，富有一种含蓄美和朦胧美。

◎轶闻异物录

乐府诗

“乐府”本是官署的名称，负责制谱度曲，训练乐工，采辑诗歌民谣，以供朝廷祭祀宴享时演唱，并可以观察风土人情，考见政治得失。我国的采诗制度有着悠久的历史，《夏书·胤征》已有采诗的记录。流传至今的《诗经》，当初便是一部官方颁布并为社会认可的标准选本。春秋以后，礼崩乐坏，征战不休，采诗制度无法贯彻。到了秦代，统一时间短，百废待兴，虽然已有乐府官署之名，但仍然没有采诗之实。汉承秦制，但因经济凋敝，乐府机关也只能习常肄旧，无所增更，勉强维持而已。经过六七十年的休养生息，到汉武帝时，国力变得大为雄厚，乃扩大乐府的规模，采诗夜诵。到了东汉，采诗成为政治生活中的一件大事。光武帝曾“广求民瘼，观纳风谣”，和帝则派遣使者“微服单行，各至州县，观采风谣”。此种风尚，在南北朝皆相沿袭。萧梁时，社会上已经把“乐府”从官署的名称转变而为诗体。

北朝于战乱间隙所奉行的采诗制度，与两汉一脉相承。保存在郭茂倩《乐府诗集·梁鼓角横吹曲》中的北朝乐府民歌，有的是用汉语创作，有的则为译文，虽然只有六七十首，却内容深刻，题材广泛，反映了广阔的社会生活，富有与南方大相异趣的粗犷豪放的气概，呈现另外一种风情民俗画卷。由于北方各族统治者长期混战，反映战争的题材就要多些，有描写战争和徭役带给人民苦难的，有歌颂剽悍的尚武精神的。汉魏六朝乐府是中国文学史上的一支奇葩，具有强大的生命力，直接影响了我国诗坛的面貌。它不仅开拓出了五言诗的新领域，而且对七言诗、歌行体以至律绝，都起了桥梁的作用。

感　春

日暖自萧条[1]，花悲北郭骚[2]。

榆穿莱子眼[3]，柳断舞儿腰[4]。

上幕[5]迎神燕[6]，飞丝[7]送百劳[8]。

胡琴[9]今日恨，急语向檀槽[10]。

◎注释

①萧条：指寂寥冷清的样子。

②北郭骚：春秋齐国的一个读书人，关心国事，讲义气，乐于助人，以贤良忠孝闻名乡里。但家贫如洗，每天结罘网捉鸟兽，割蒲苇织草鞋，换些柴米来奉养母亲。还曾向晏子借过粮食。

③莱子眼：古钱币名，即耒子。南朝宋废帝刘子业所铸二铢钱，文曰“景和”。形式转细，无轮廓、不磨凿者，谓之“耒子（莱子眼）”。

④舞儿腰：形容柳枝柔软。

⑤上幕：即“张幕”。

⑥迎神燕：古人每于春时张幕于郊外，祈燕求子，故云“迎神燕”。

⑦飞丝：飘荡在空中的蜘蛛丝。

⑧百劳：鸟名，即伯劳，又名鶪或鴂。额部和头部的两旁黑色，颈部蓝灰色，背部棕红色，有黑色波状横纹。吃昆虫和小鸟。善鸣。朱熹《孟子》注曰：“伯劳，恶声之鸟，盖枭类也。”传说所鸣之家必有凶，故言“送百劳”。

⑨胡琴：古乐器名。古代泛称来自北方和西北各族的拨弦乐器，有时指琵琶，有时指忽雷等。约宋元开始，亦为拉弦乐器之称。

⑩檀（tán）槽：檀木制成的琵琶、琴等弦乐器上架弦的槽格。亦指琵琶等乐器。

◎译文

天气渐暖但家境冷落萧条，百花也为我的落魄而哀伤。

名低家薄像荚子钱穿榆荚，不见舞妓只有柔软的柳条。

张开帘幕迎接降瑞的神燕，弋射飞丝送伯劳攘避凶灾。

弹起胡琴来抒发今日愁恨，急切的乐声扑向紫檀琴槽。

◎创作背景

这首诗当作于唐宪宗元和五年（810 年），李贺前往长安参加进士之试受挫后感叹壮志难酬、怀才不遇而作。李贺是唐宗室后裔，不过到了父亲李晋肃一代，家道早已败落，家境颇为贫寒。诗人幻想通过科举途径来实现自己的人生理想和远大抱负，彻底摆脱现实的贫穷落魄，却因种种原因，应举受阻，仕途受挫。作为一名穷愁潦倒的才子，再加上自身的体弱多病，他只能在残酷的现实中无尽地哀叹，跌进悲剧人生的深渊。《感春》就是在这样的背景下写成的。

◎赏析

这首诗是作者在春日感于自己的贫困落魄、不为世用，抒发愁闷之作。

“日暖自萧条，花悲北郭骚”，写正值初春时节，大地还是一派萧条景象。春天本应是万物恢复生机之时，世人在寒冬季节早就盼望春暖花开的春天。但在诗人眼中，春天却是一片愁红惨绿的伤心物。“萧条”之上着一“自”字，更显出无可奈何的凄凉。为什么诗人对春而伤春？诗中继续道：人处穷困潦倒之中实在难生赏春的雅兴，对花无端生悲。“北郭骚”是出现在《吕氏春秋》中的一位穷困之人，诗人以他比喻自己家境的萧条。

“榆穿莱子眼，柳断舞儿腰”，写春天家中院内的景象，也见出心中的悲凉：榆叶薄如莱子钱，舞儿腰若袅袅柳。“莱子钱”意指家中贫寒，钱财无多。“舞儿”是诗人自比，穷困落魄已使自己骨瘦如柴。舞儿腰细原也是一种美，但到了诗人笔下，却令人几多感慨。写家境萧条却不正面说出，寓意榆钱、细腰，其痛苦意味又比正面说出更为深长。

“上幕迎神燕，飞丝送百劳”，诗人暂时放下贫困的愁苦，用两句话写春景。春日融融，落花游丝在静静的太阳光下无声无息地飘荡，时而几声伯劳鸟的哀鸣，把人的思绪带回到伯劳因被后母所害而化身为鸟的悲惨故事中。这两句写得蕴意无穷。现在无从考证短命的诗人是否曾经娶妻成家，但单看这两句，一丝渴望获得平和温暖的家庭、能与子女共享天伦的情思是以一种十分凄苦的笔墨写出来的。笔下经常出现“秋鬼”“败坟”“冷血”字眼的诗人心中原来也有着这样一颗温热、渴望的心。

“胡琴今日恨，急语向檀槽”，写诗人拿起胡琴来排遣胸中的遗恨，将满腔的心事向琴槽诉说。自古才人多落魄。偏偏柔弱多病的李贺注定了没有发迹的希望，绝望的诗人只能遨游神仙鬼怪世界，可以说是“上穷碧落下黄泉”，与神鬼之精神相接，以此来取得心理的平衡。诗人身处贫困潦倒、忧郁悲愤的境地，其内心的痛苦纠缠着他的灵魂。所以，在诗人听来，弹奏的胡琴声中也像是寄寓着怨恨，而自己满怀愁闷，却又唯有弹琴来排遣。胡琴声骤然而急，声声滑落琴槽，正似啼血的杜鹃、哀鸣的伯劳。

这首诗采用了大量的意象，以榆柳等景物的美好，烘托诗人的凄苦，以榆钱、柳断补足“萧条”之意。“神燕”“百劳”寄托了诗人盼祥瑞、避凶灾的美好愿望。“胡琴”成为诗人排遣苦闷的工具，而“檀槽”则成为诗人诉说心事的对象。诗人对这一连串的意象，极力进行渲染烘托，展示了一种饱“悲”之美，借以强化自己的悲惨不幸。全诗情调极其幽冷，意象极为凄怨。

◎轶闻异物录

齐有北郭骚者

北郭骚，春秋时齐国的隐士。出自《晏子春秋·第五卷内篇杂上·第五》，讲述的是一个叫北郭骚的人，杀身以明晏子之贤的故事。《吕氏春秋》也有几乎相同的记载。

齐国有个叫北郭骚的人，靠编织渔猎用的网、捆扎蒲苇、编鞋子来养活他的母亲，但所需还是不够。他登门拜见晏子说："我仰慕先生的大义，希望讨要一些能够养活母亲的东西。"晏子派人拿一些仓中的米和府库中的钱送给他，而他推辞掉金钱，只接受了粮食。

过了一段时间，晏子受到景公的猜忌，要出逃，路过北郭骚家门而去辞行。北郭骚沐浴后见晏子说："先生将要到哪里去？"晏子说："我被齐国君王猜忌，要外逃。"北郭骚说："先生您好自为之！"晏子上车长叹一声，说："我出逃难道不应该吗！我也太不了解士人了啊！"

晏子走了，北郭骚叫来他的朋友告诉他说："我仰慕晏子的大义，曾经讨要能够供养母亲的东西。我听说，对赡养自己双亲的人，自己要为他担当灾难。现在晏子被猜忌，我要用我的死来为他辩白。"穿好衣服、戴好帽子，让他的朋友拿着剑，捧着竹笥跟着他，来到国君的宫廷，请求守门人说："晏子，是天下的贤能之人，现在他离开齐国，齐国一定会被他国侵犯。等着看国家一定被侵犯，不如死了，请您将我的头拿进去，来为晏子辩白。"于是对他的朋友说："将我的头盛在竹笥中，用托盘捧着它。"退后而自刎。他的朋友于是捧着托盘对守门人说："这个北郭子为了国家的缘故而死，我将要为北郭子而死。"也退下来自刎身亡。

景公听说了这件事十分惊讶，乘坐驿车亲自去追赶晏子，至国境追上了他，请罪并请求他回去。晏子不得已才返回，听说北郭子用死来为自己辩白，长长地叹了一口气说："我出逃，难道不应该吗！我也太不了解士人了！"

蝴蝶飞[1]

杨花[2]扑帐春云[3]热，龟甲屏风[4]醉眼缬[5]。

东家蝴蝶西家飞，白骑少年[6]今日归。

◎注释

①蝴蝶飞：古人认为蝴蝶飞是喜事，如果它忽然入宅舍，“主行人即返”（见吴曾《能改斋漫录》）。

②杨花：指柳絮。

③春云：双关语，既指成阵的杨花，又指少妇思夫的春情。

④龟甲屏风：玉制或玉饰的屏风。因其花纹似龟甲纹路，故名。

⑤醉眼缬（xié）：指网眼细的、有花纹的彩色丝织品。这里指女子身上的衣服。缬，原是古时织物的一种印染方法，这里指华美的彩带或彩色衣裳，形容闺中少妇衣着的华丽。

⑥白骑（jì）少年：骑白马的少年。

◎译文

柳絮轻轻扑打着室内卧帐，散发着春天里温热的气息。
床前一副华贵的龟甲屏风，床上搭着她那美丽的彩衣。
年轻的丈夫长期出门在外，就好像蝴蝶一样到处飘飞。
正在今天这个美好的日子，他骑着白马回到自己家里。

◎创作背景

李贺对女性高度关注，在他绚丽夺目的诗卷中，以女性为内容的诗歌占了相当大的篇幅。其流传下来的二百多首诗歌中，涉及女性的近六十首，诗人从中建构了一个姹紫嫣红的女性世界。

这首《蝴蝶飞》即为表现女子闺情的作品，当作于唐宪宗元和前期（806年—815年），而具体的创作年份难以考证。无论是朱自清的《李贺年谱》，还是钱仲联的《李贺年谱会笺》，都没有此诗系年。

◎赏析

这首诗描写了一位长期独处的少妇正在春风帐里入睡，年轻的丈夫出外远游终于归来的情景。

“杨花扑帐春云热，龟甲屏风醉眼缬”，以景写人，杨花带来春的气息，交待少妇的身份。开篇吟咏，就给人带来一种心中无主、寂寞无依之感，而飘荡的杨花又偏偏涌起阵阵热浪直袭闺中帐前，惊扰、触动了诗中主人公的心绪，这样就非常自然地从窗外写到窗内，把女主人公的活动场景展现出来。“龟甲屏风”，指用杂色玉石拼镶成龟壳纹路的屏风，这里以点概面，在描绘室内华丽装饰时，暗示了这位女主人公的身份，却又不一语道尽，给人留下了想象的余地。再以“醉眼缬”三字刻画这位衣着华丽的闺中少妇春情缱绻，无计自适，故而浮白以遣穷绪，盛妆以求慰藉，与“闺中少妇不知愁，春日凝妆上翠楼”意思相似，只是在表现上更为委婉而含隐。华美的衣着反衬出内心的空虚、惆怅，女为悦己者容，然悦己者不在眼前。迷离的醉态可见得感情的寂寞、孤独，闺中独处无伴，无人可与对饮。这位少妇既无意于社燕归来春已浓，也无意于闲将诗草临窗读，个中缘由自然引发读者的关切和猜想。

“东家蝴蝶西家飞，白骑少年今日归”，写少妇的眼前之景，蝴蝶飞舞既带来喜讯，又点明题意。彩蝶纷飞，出现在诗人们的笔下总是会引起人们对一份人间美好情意的憧憬和追求，双飞的蝴蝶又往往象征了情人间的依依相恋、两心相许，是人间感情的净化和升华。但这一切，对寂寞闺中人来说，引起的却是一种完全相反的心理活动。她已无法如彩蝶般双飞，自由而又无所羁，不禁怨恨双飞的蝴蝶偏在她独处空闺时翩翩起舞，进而想到是谁使她独守空闺，由美蝴蝶双飞而怨彩蝶双飞。恨、爱、哀、怨一齐引向那个使她空虚惆怅、寂寞孤独的白骑少年。“白骑少年今日归”是爱情的期盼。殷殷的希望、浓浓的情愫、冷冷的失意，一起袭向这位闺中独处的少妇，而以杨花成阵直扑帐前领起，惊扰了闺中人，触动了芳心，撩乱起一种寻寻觅觅、冷冷清清的思绪，尽在这不用典、不深奥、看似简单直白的二十八字中。

这首诗一反李贺诗的奇幻瑰诡而写得温婉清丽。诗人写杨花飞舞、龟屏富丽，并把神情倦怠、心中寂寞、懒出闺门一步的少妇均隐在这一动一静中，笔墨不多，凝练而传神；写蝴蝶飞舞，少年当归，又融情于景，浓而不艳，从中可看出诗人诗风和情感的另一面。全诗短短四句，活灵活现地表明了少妇的贞洁、孤寂和少年郎的潇洒不羁，写法上将闺中少妇的深情点化于言外，大有脱俗换骨之意趣。

◎轶闻异物录

折柳送别

古时“杨”指蒲柳，因此诗词中多写作杨柳。

“折柳”一词寓含“惜别”之意。我国“折柳送行”的习俗最早见于《诗经》里的《小雅·采薇》：“昔我往矣，杨柳依依；今我来思，雨雪霏霏。”古时柳树又称小杨或杨柳，因“柳”与“留”谐音，可以表示挽留之意。离别赠柳表示难分难离、不忍相别、恋恋不舍的心意。

李白诗“年年柳色，灞陵伤别”就说明了这样一个风俗：古代长安灞桥两岸，十里长堤，一步一柳，由长安东去的人多到此地惜别，折柳枝赠别亲人，蕴含着一种对友人“春常在”的美好祝愿，也喻意亲人离别家乡正如离枝的柳条，希望他到新的地方，能很快地生根发芽，好像柳枝之随处可活。

后园凿井歌

井上辘轳[1]床[2]上转。水声繁，弦[3]声浅。情若何[4]，荀奉倩[5]。

城头日，长向城头住。一日作千年，不须流[6]下去。

◎注释

①辘轳：装在井上用来绞起汲水斗的器具。

②床：指安装辘轳的木架。

③弦：指吊桶的绳索。一作“丝”。

④若何：指如何；怎样。

⑤荀奉倩：三国魏荀粲，字奉倩，因妻病逝，痛悼不能已，每不哭而伤神，岁余亦死，年仅二十九岁。见《三国志·魏志·荀恽传》裴松之注引晋孙盛《晋阳秋》。后成为悼亡的典故。

⑥流：犹言沉、落。

◎译文

汲水的辘轳在井台上不停地转啊转。

滴水声频繁响亮，绳索声轻浅低慢。

细语缠绵像何人？夫妻恩爱似奉倩。

城头上的太阳啊，但愿能够长留住；

一天当作一千年，永不沉落无昏暮。

◎创作背景

这首诗的具体创作年份待考。此篇形式为“歌”，即句法、音响都属拟古歌谣的散体歌行，很可能是诗人在经历一次爱情体验后而作。

◎赏析

这首诗描写一对幸福美满的夫妻，他们情投意合，热爱生活。前五句使用了比兴、问答的方法，进行客观描写；后四句一转，设为夫妇自白，直接表述其主观愿望。

“井上辘轳床上转。水声繁，弦声浅”，开头依旧题，从“井”说开去。这三句所涉及的意蕴当以一种复沓而又孤单的音响构成的思绪为主。“转”字总括了后园里深井汲水的操作过程，并引出水井与器具的混杂声。绳索缠绕辘轳的声音相对辘轳的声音要小，而“水声”之“繁”又时时打破辘轳自转的单调声，写出诗人仔细辨别不同声响的专注。因此以“转”字引出深井汲水所需器具的相互联系，为下文“情”的缘由起兴。

“情若何，荀奉倩”，是规定此诗情感范围的关键。《世说新语》和《三国志·裴松注》都记载，荀粲娶了骠骑将军曹洪之女，两人感情很深，冬天妻子病热，荀粲乃出中庭，自取冷，还以身熨之。历年后妻子病亡。荀粲痛悼不能自已，岁余而亡。至此，诗中才透露出为什么诗人要强调辘轳与井架的和谐转动，吊桶与吊绳索的相互联系。因为有了这种配合的默契，水声才能响亮，水才能源源不断地被汲上来，以此来比喻夫妻之间的和谐关系，实在非常贴切。

“城头日，长向城头住。一日作千年，不须流下去”，表达了对美好的东西急剧消沉而感到惋惜，从对生命长度的渴望变为对爱情的执着追求。虽然李贺体弱多病，写过不少阴森可怖的鬼诗，流露出一种对死的恐惧以及人生幻灭感，但是在这首诗里，他却放声高歌宇宙中永恒的太阳，希望城头上的太阳永远不落，普照人间，世上美好的爱情也就能地久天长。

全诗富有生活情趣和民歌情调，透露出作者渴望拥有永恒的爱情。

◎轶闻异物录

悲妻而卒

荀粲字奉倩，颍川颍阴县人。三国时期曹魏著名玄学家、东汉名臣荀彧幼子。性简贵,不能与常人交接,所交皆一时俊杰。幼年聪颖过人，与兄长论荀彧与荀攸优劣，几个兄长不能说服他。成年后，以善谈玄理名噪一时。

荀粲说:“女子德行没有用，美貌最重要。”骠骑将军曹洪的女儿有美色，荀粲聘娶为妻。成婚后，她的打扮、衣着乃至日常生活都十分华丽精致，荀粲也对妻子十分忠贞，每日尽情欢宴。

过了几年，妻子病亡，尚未出殡，傅嘏前往吊丧，见荀粲不哭泣但神情悲伤，于是问道:“女子以才色并茂最难，你所选择的婚姻，是轻才而重色，很容易再得，现在为何悲伤呢?”荀粲说:“佳人再难得，亡妻虽然不算有倾国之色，但像她这样的也很难再遇上。”始终痛苦哀悼不能停止，一年多后也死了，当时才二十九岁。

开愁歌

秋风吹地百草干，华容[①]碧影[②]生晚寒。

我当二十不得意，一心愁谢[③]如枯兰。

衣如飞鹑[④]马如狗[⑤]，临歧[⑥]击剑生铜吼。

旗亭[⑦]下马解秋衣，请贳[⑧]宜阳[⑨]一壶酒。

壶中唤天云不开，白昼万里闲凄迷。

主人劝我养心骨，莫受俗物相填豗[⑩]。

◎注释

① 华容：华山的容貌。
② 碧影：华山苍碧的山影。
③ 谢：凋谢。此处指心情衰颓。
④ 飞鹑（chún）：形容衣衫褴褛。
⑤ 马如狗：形容马极瘦小。《后汉书》："车如鸡栖马如狗。"
⑥ 临歧：面临岔路。
⑦ 旗亭：此指酒肆。
⑧ 贳（shì）：赊欠。
⑨ 宜阳：地名，即福昌县，在今河南省。
⑩ 填豗（huī）：豗，相击。填豗，就是填塞心胸的意思。

◎译文

萧瑟的秋风吹得大地百草衰败，
华山苍碧的身影傍晚充满寒意。
我年当二十仕途坎坷不得重用，
心中愁苦衰颓得如霜后的枯兰。
衣衫破旧像飞鹑马匹瘦小如狗，

在岔路愤而拔剑发出一声怒吼。
酒馆前下马解了秋衣作为抵押，
请店家赊我这宜阳人一壶美酒。
酒醉中我呼唤老天却层云不散，
万里白昼间也是一片凄迷昏暗。
店主人劝慰我好好保养身子骨，
莫让那些尘世俗物填塞了心胸。

◎创作背景

这首诗当作于唐宪宗元和六年(811 年)李贺再赴长安的途中。李贺举进士不得回归故里，再赴长安时途经华阴县，写下了这首诗。

◎赏析

这首诗在描摹客观景物时，直接抒发了诗人愁苦愤懑的情怀，有如决堤而出的洪水，滔滔不绝，一泻千里。

“秋风吹地百草干，华容碧影生晚寒”，用大笔勾勒出一种悲凉凄怆的景色。秋风萧瑟，草木干枯，傍晚时分，寒气袭人，路旁的花树呈现出愁惨的容颜。诗人把自己的心理因素融合在外界的景物之中，使外在景物增添了生命的光彩，带有一种神秘的魅力。

“我当二十不得意，一心愁谢如枯兰”，诗人触景生情，直抒胸臆，表达抑郁悲愤的心情。李贺二十一岁应河南府试。初试告捷，犹如雏鹰展翅，原以为从此便可扶摇直上，不料有人以李贺“父名晋肃，子不得举进士”为由，阻挠他参加进士考试。“枯兰”是由眼前的秋花引起的联想，诗人用它来形容受到沉重打击之后忧伤绝望的“心”，奇特而又妥帖，形象鲜明，含义深刻。兰花素雅，象征诗人高洁的胸怀；兰花枯谢，则是他那颗被揉碎了的心的生动外现。

“衣如飞鹑马如狗，临歧击剑生铜吼”，进一步描述诗人愁苦愤懑的情怀。“飞鹑”写衣着，“马如狗”写坐骑，用漫画式的夸张手法，显示他穷困不堪的处境，笔墨清新，形象突出。“临歧”二字，含有哭穷途的意思。站在十字路口，不知走哪条路好。事实上眼前没有一条路可以通向理想境界，这使诗人悲愤填膺。“吼”字是拟物，也是拟人。剑本来是不会“吼”的,这里用猛兽的咆哮声来比拟击剑人心底的“怒吼”。如此辗转寄托，把抽象的感情变成具体的物象，不断地撼动着读者的心灵。

“旗亭下马解秋衣，请贳宜阳一壶酒”，进一步展现诗人穷愁潦倒的生活境况。秋天的傍晚，寒气侵肤，诗人竟在这时脱衣换酒，他已经穷困到了食不果腹的地步。衣不可脱而非脱不可，酒可不喝而非喝不行，表现了诗人极度苦闷的心情。

“壶中唤天云不开，白昼万里闲凄迷”，醉后呼天，天也不应，浮云蔽日，白昼如冥，看不到一点希望的光亮，诗人忧心如焚。写到这里，痛苦、绝望已经到了登峰造极的程度。

“主人劝我养心骨，莫受俗物相填豗”，最后诗意一折，写酒店主人好言劝慰，要他注意保重身体，不要让俗物填塞心胸。感情愤懑到了极致，语气却故作跌落缓和之势，既起了点题的作用，又深化了诗歌所表达的愤世嫉俗的思想，显得深沉有力而又回荡多姿。

全诗意脉连贯，一气呵成，由悲秋而起失意之感，由失意至激愤、至绝望、至自我解脱，情感变化轨迹分明、自然。笔调豪放，意境苍凉。或写景，或叙事，或抒情，浑然一体，又脉络清晰，被钱锺书称为“眉疏目爽之作”（见《谈艺录》一三）。

华山紫柏

华山紫柏在华山主峰，史多有载。王处一《西岳华山志》记述：“岳顶东北峰上有紫柏，叶际碧露，以五月五日油囊接之，食者可作地仙。”《华山经》载：“其东北有柏，叶紫而枝衢，含露如滴，可以医瞢。”《续齐谐记》记述，弘农有名邓绍者，每年八月初一入华山采药，遇见一童子手持五彩锦囊接盛柏叶上露珠，而那露珠竟像珍珠一样，被装在彩囊里。邓绍问童子采此何为，童子回答说，赤松子先生用以明目，说罢便失所在。据说华阴古时有八月做眼明袋送亲友的风俗，即缘于此传说。《化源记》亦记述：“田鸾人华山求仙，见黄冠，指柏叶曰：‘此长生药也。’”今树已不存。

杨生[1]青花紫石砚[2]歌

端州[3]石工巧如神，踏天磨刀割紫云[4]。

佣刓[5]抱水[6]含满唇[7]，暗洒苌弘[8]冷血痕。

纱帷[9]昼暖墨花春，轻沤[10]漂沫松麝[11]薰[12]。

干腻[13]薄重立脚[14]匀，数寸[15]光秋[16]无日昏。

圆毫[17]促点[18]声静新，孔砚[19]宽顽[20]何足云！

◎注释

①杨生：砚台的主人。

②青花紫石砚：有青色纹理的紫石端砚，是唐代的一种名贵砚台。青花：指砚上的“鸲鹆眼”。

③端州：今广东高要县一带，境内出石砚。

④“踏天”句：石工登上峰顶开采砚石，好像拿刀割取天上的紫云一样。

⑤佣刓（wán）：均匀地削磨。

⑥抱水：注满水。

⑦唇：指砚唇，盛水处。

⑧苌（cháng）弘：周朝人，传说他死后三年，血化为碧玉。这里形容砚台里隐约出现的青花纹理，犹如苌弘的碧血。

⑨纱帷：纱帐。这里指书房。

⑩沤（òu）：浸泡，沾水磨墨的意思。

⑪松麝（shè）：古代上好的墨块是用松烟和以麝香制成的，所以，在磨墨时会散发出松香和麝香的芳香气味。

⑫薰：香气。

⑬腻：润。

⑭脚：墨脚，即墨锭下端接触砚石的部分。

⑮数寸：指砚台上的墨。

⑯光秋：形容墨汁犹如光洁的秋空。

⑰ 圆毫：指毛笔。

⑱ 促点：用笔蘸墨时的动作。

⑲ 孔砚：孔子用过的砚台。

⑳ 宽顽：笨头笨脑。一作“宽硕”。

◎译文

端州石工的手艺灵巧如神，磨刀采石如踏青天割紫云。
砚台削磨均匀水注满唇口，花纹隐现就好像苌弘碧血。
暖帐之中墨花更添一抹春，墨汁流动散发松麝的芬芳。
干润浓淡而墨脚均匀稳定，方寸之间宛若秋空无浑浊。
执笔落墨之声静谧又清新，那粗大的孔砚也不足为道！

◎创作背景

端州（今广东肇庆）石砚，即端砚，石质坚实、细润，发墨不损毫，利于书写，而且造型美，雕琢精，唐代已享盛名，大书法家柳公权论砚时曾推为第一。端砚以紫色者尤为世所重，唐代李肇《唐国史补》说：“端州紫石砚，天下无贵贱通用之。”青花本是石上的一处青筋，可以说是石病，但偏偏为人珍视。当时杨生有这么一块青花紫石砚，李贺便欣然命笔，为之写下了这首笔饱墨酣的赞美诗。

◎赏析

这是一首咏砚诗，诗人热情地称赞了端州砚石的精美之处，歌颂了端州石工高超的手艺，用浪漫的比喻、细腻的笔触，描述了采石、制砚的情景和所制青花紫石砚的精美。

“端州石工巧如神，踏天磨刀割紫云”，开篇赞美端州石工精巧的采石制砚技术，称他们“巧”技赛过“神”功。“巧”“神”这等字眼，用在这里，却力透纸背。“踏”“割”用神奇的彩笔描绘采石工人的劳动，“天”可“踏”，“云”可“割”，把端州石工的劳动写“神”了。

“佣刓抱水含满唇，暗洒苌弘冷血痕”，描写砚台的形体，极言工技的精巧。“佣”是把石块磨治整齐，“刓”是在石面上雕刻成型。“苌弘冷血痕”运用苌弘碧血的典故写紫石砚上的青花。唐人吴淑《砚赋》说：“有青点如筋头大，其点如碧玉晶莹。”人们所重，即是紫石中隐含有聚散的青花。

“纱帷昼暖墨花春，轻沤漂沫松麝薰”，写把砚放置在书斋中，在天气暖和的时候试墨。试墨时用水不多，轻磨几下，墨香已经飘满了室内。表面上是写墨的好——是最好的“松烟”和“麝香”所制；而实际上是写砚的好，容易“发墨”。

“干腻薄重立脚匀，数寸光秋无日昏”，砚要“扣之无声”“磨墨无声”才是佳品。这块砚，石质干而腻，砚体薄而重，品质极佳。所以在磨墨的时候，砚脚紧贴案上，不侧不倚，在那上面磨墨，平稳匀称。“无日昏”写墨的色泽很明净，没有丝毫的昏暗和朦胧。“数寸”是说砚体不大。李之彦在《砚谱》里说：“惟斧柯山出者，大不过三四指。”正合“数寸”的说法。

“圆毫促点声静新，孔砚宽硕何足云”，笔蘸了墨以后变得圆润饱满，砚不伤笔毫，拿起笔来点画，纸上有轻微的细静清新的声音，而不是说砚有声音。这一句由墨写到笔，但还是归结到写砚的美。末尾“宽硕”一词，与上文的“数寸”互相对应。孔子名丘，字仲尼，后人称他的出生地为尼山，好事的人取尼山石为砚，借以“尊圣”。然而尼山砚并不实用，徒有其名，所以李贺在诗的结尾处说“何足云”，与起句“端州石工巧如神”意思暗对。一起一结，表面上没有多少意义，实际上是有内在含义的。诗人心中的天平，称人称砚，都是有所轻重的。

这首诗通篇写砚：砚质，砚色，砚型，砚体，砚品，砚德。

而砚的使用，又离不开墨、笔、纸，尤其是墨，所以写的时候也会涉及。它们虽然是作陪衬的，却衬托出了青花紫石砚的美。全诗一句接一句，络绎而下，如同缨络垂下；字句精炼，语言跳跃，没有一处浪费笔墨，也没有一处用语晦涩。如果不是十分熟悉砚中的学问，极难写出这种酣畅淋漓、妥切中肯的诗歌。全诗意境开阔，形象生动，造语奇妙，用典纯熟。

◎轶闻异物录

青　花

青花，代指端砚青花石品。素来有“青花，石之细纹也”“鉴别端石，以青花为最佳”的说法。

古人认为，青花砚石，是砚石中的精华。其文呈青黑色小点。但必须以水湿石，方能辨别清楚：“青花之细，视之无形，沉入水中，方清晰可见。”清吴兰修《端溪砚史》称：“青花以微尘为上，鹅毛次之，蚁脚又次之，次则鹅毛结，次则玫瑰紫，次则蝇头。以大小相杂为佳，成片成行枯而燥者皆不足重。”故对青花的品评是“欲细不欲粗，欲活不欲枯，欲沉不欲露，欲晕不欲结，欲浑不欲破”。在青花中有几点玫瑰紫的砚石，更显名贵。

苦昼短

飞光[1]飞光，劝尔一杯酒[2]。

吾不识青天高，黄地厚。

唯见月寒日暖[3]，来煎[4]人寿。

食熊则肥[5]，食蛙[6]则瘦。

神君[7]何在？太一[8]安有？

天东有若木[9]，下置衔烛龙[10]。

吾将斩龙足，嚼龙肉，使之朝不得[11]回，夜不得伏。

自然老者不死，少者不哭。

何为服黄金、吞白玉[12]？

谁似任公子[13]，云中骑碧[14]驴？

刘彻[15]茂陵多滞骨[16]，嬴政[17]梓棺[18]费鲍鱼[19]。

◎注释

①飞光：飞逝的光阴。

②“劝尔”句：语出《世说新语·雅量》：“晋代孝武帝司马曜时，天上出现长星，司马曜有一次举杯对长星说：‘劝尔一杯酒，自古哪有万岁天子？’”

③月寒日暖：指日月运行，昼夜变更，寒暑交替。

④煎：煎熬，消磨。

⑤“食熊”句：古人以熊掌和熊白（熊背上的脂肪）为珍肴，富贵者才能食之。

⑥蛙：代指贫穷者吃的粗劣食品。

⑦神君：汉时有长陵女子，死后被奉为神，称神君。汉武帝病时

曾向她乞求长生。(参看《史记·封禅书》)

⑧ 太一：天帝的别名，是天神中的尊贵者。

⑨ 若木：古代神话传说中的树名，东方日出之地有神木名扶桑，西方日落处有若木。

⑩ 衔烛龙：传说中的神龙，住在天之西北，衔烛而游，能照亮幽冥无日之国。这里借指为太阳驾车之六龙。

⑪ 不得：不能。

⑫ 服黄金、吞白玉：道教认为服食金玉可以长寿。

⑬ 任公子：传说中骑驴升天的仙人，其事迹无考。

⑭ 碧：一作“白”。

⑮ 刘彻：汉武帝，信神仙，求长生，死后葬处名茂陵。

⑯ 滞骨：残遗的白骨。

⑰ 嬴政：秦始皇。《史记·秦始皇本纪》：“始皇崩于沙丘平台。丞相斯为上崩在外，恐诸公子及天下有变，乃秘之，不发丧。棺载輼凉车中……会暑，上輼车臭。乃诏从官，令车载一石鲍鱼，以乱其臭。”

⑱ 梓棺：古制天子的棺材用梓木做成，故名。

⑲ 鲍鱼：盐渍鱼，其味腥臭。

◎译文

飞逝的光阴啊，请你停下喝杯酒。
我不知道苍天有多高，大地有多厚。
只看到月寒日暖交替运行，煎熬着人的年寿。
吃熊掌就胖，吃蛙腿就瘦。
神君可在何处，太一哪里真有？
天的东方生有神树，下置神龙衔烛环游。
我要斩断神龙的足，咀嚼神龙的肉，
使它白天不能巡回，夜晚不能潜伏。
自然使老者永不死，少年不再哀哭。
何必吞黄金，食白玉？
有谁见过任公子，升入云天骑碧驴？
刘彻的茂陵埋葬着残余的枯骨，
嬴政的梓车白费了掩臭的鲍鱼。

◎创作背景

这首诗作于元和年间(806年—820年)。当时,唐宪宗李纯“好神仙,求方士”(见《资治通鉴》),为了追求长生不老之药,竟然到了委任方士为台州刺史的荒唐地步。皇帝如此,上行下效,求仙服药、追求长生,成了从皇帝到大臣的普遍风气。此诗即为讽喻此事而作。

◎赏析

这是一首议论性很强的歌行体诗歌,诗人慨叹时光易逝生命短促,并蕴含以理智的态度看待人生之意,同时对求仙的荒唐愚昧行为进行了批判和讽刺。

“飞光飞光,劝尔一杯酒”,开门见山,向时光劝酒,感叹光阴流逝,点明“苦昼短”之意。诗人将劝酒的内容放在诗的开头,使作品具有一种新奇突兀之感,同时也表明诗人已大彻大悟,对时光不存任何芥蒂。

“吾不识青天高,黄地厚。唯见月寒日暖,来煎人寿”,这是诗人内心深处的忧虑与恐惧,一个“煎”字,既表现出虚度年华的痛苦心情,又认识到人生必死的道理。以“吾不识”与“唯见”相配合,排除不相关的事情,将目光聚焦到人寿短促一点上,既照应了题目“苦昼短”三字,又使作品产生巨大的向心力,以此为纲,展开后面的内容。

“食熊则肥,食蛙则瘦。神君何在?太一安有”,人活在世上,必须依靠食物来维持生命,吃熊掌则肥,吃蛙肉则瘦,这是食物在生命系统中的作用,世界上根本没有不食五谷、断绝烟火的神仙,因此,谁都不免一死,生老病死乃是天地间无法抗拒的规律。对于人生,对于死亡,人们很早就表现出极大的关切,诗人因其多愁善感,生命的旅程屡遭挫折,对此则想得更多更深。这里，诗人以严肃认真的态度对问题作出了自己的回答。

“天东有若木，下置衔烛龙。吾将斩龙足，嚼龙肉，使之朝不得回，夜不得伏。自然老者不死，少者不哭”，诗人凭借神话传说，倾诉了对生命的美好愿望。天的东面有一棵大树，名叫若木，它的下面有一条衔烛的神龙。传说中的若木在西北海外大荒山之中，衔烛龙也是在天西北某个幽冥无日的国度，诗人作了一个大胆的设想：斩断神龙的腿，把龙肉吃了，太阳无法运行，昼夜不再更替，时间也就凝固不动了。如此，生命得以永存，人们不必为此哀伤了。这是诗人的幻想，这个幻想充满着激情与浪漫的气质。现实中的缺陷，在幻想中得到满足，所以，尽管是以神话的形式出现，却依然有着永久的魅力，它闪耀着理想与智慧之光，使艺术得到升华。

“何为服黄金、吞白玉？谁似任公子，云中骑碧驴”，诗人讥刺了那些想通过求仙获得长生的人的荒唐愚昧。服黄金、吞白玉，是道教中的服食方法，据说可以成仙，至于实际效用如何，“服食求神仙，多为药所误”。就拿骑驴升天的任公子来说，同样是虚妄的传说。诗人清楚地知道幻想与现实是有区别的，成仙的说法是没有根据的。

“刘彻茂陵多滞骨，嬴政梓棺费鲍鱼”，有意提出秦皇汉武，对他们的求仙加以讽刺，是实有所指的。当时，唐宪宗李纯“好神仙，求方士”，任命一个名叫柳泌的江湖术士为台州刺史。大臣们进谏，他却说：“烦一州之力，而能为人主致长生，臣子亦何爱焉。”可见已到了执迷不悟的程度。这种迷信的风气又在统治阶层中蔓延开来，甚至有因服食所谓“仙丹”中毒身亡的。从“多滞骨”“费鲍鱼”的描述中，诗人对历史上愚妄的统治者作出无情的嘲讽，锋芒十分犀利。在更高的层次上升华了诗歌主旨。

全诗没有很多的藻饰，也不着意于景致的描绘，但由于诗中充沛的激情和丰富的艺术手法，使得这首议论性很强的诗歌显得回旋跌宕而又玩味无穷。

◎轶闻异物录

任公子

任公子，出自《庄子集释》，指的是古代传说中善于捕鱼的人，亦称任公、任父。后常用以指超世的高士。

任国公子做了个大鱼钩系上粗大的黑绳，用五十头牛牲作钓饵，蹲在会稽山上，把钓竿投向东海，每天都这样钓鱼，整整一年一条鱼也没钓到。不久大鱼食吞鱼饵，牵着巨大的钓钩，急速沉没海底，又迅急地扬起脊背腾身而起，掀起如山的白浪，海水剧烈震荡，吼声犹如鬼神，震惊千里之外。任公子钓得这样一条大鱼，将它剖开制成鱼干，从浙江以东，到苍梧以北，没有谁不饱饱地吃上这条鱼的。这以后那些浅薄之人和喜好品评议论之士，都大为吃惊，奔走相告。他们举着钓竿丝绳，奔跑在山沟小渠旁，守候小鱼上钩，至于想得到大鱼那就很难很难了。寓言的用意在于说明：修饰浅薄的言辞以求得高高的美名，对于达到通晓大道的境界来说距离也就很远很远了，因此说不曾了解过任公子有所大成的志趣，恐怕也不可以说是善于治理天下，而且其间的差距也是很大很大了。

铜驼[1]悲

落魄[2]三月罢，寻花[3]去东家[4]。
谁作送春曲，洛岸悲铜驼。
桥南[5]多马客，北山[6]饶古人。
客饮杯中酒，驼悲千万春。
生世莫徒劳，风吹盘上烛[7]。
厌见桃株笑[8]，铜驼夜来哭。

◎注释

①铜驼：据陆机《洛阳记》载："铜驼街有汉铸铜驼二枚，在宫之南四会道。头高九尺，头似羊，颈似马，有肉鞍。夹道相对。"王琪注引俗语云："金马门外聚群贤，铜驼陌上集少年。"曰："言人物之盛也。"

②落魄：失意的样子。

③寻花：出游观花。

④东家：东面邻家。

⑤桥南：游乐的地方。

⑥北山：北邙山，在今河南洛阳市。汉魏以来，王孙贵族的墓葬地多在于此。后来指墓地。

⑦"风吹"句：比喻人生短暂、无常。

⑧笑：指花开。

◎译文

失意漂泊正是三月春尽时，看花遣闷漫步去东面邻家。
有谁来作一首送春的歌曲？让我写下洛岸的铜驼之悲。
桥南边尽是骑马游乐的人，北山上有很多古人的坟园。
游客们畅饮着杯中的美酒，铜驼却悲叹千年来的变迁。
生活在世上不必徒然操劳，人生短暂像风吹盘上蜡烛。
铜驼无心欣赏盛开的桃花，夜里在为人世短促而啼哭。

◎创作背景

唐宪宗元和四年（809年），李贺考进士受阻，返回故乡昌谷途经洛阳时，为抚平内心的郁闷与愁苦，写下了这首诗。

◎赏析

这首诗，借个人升沉，体察世态炎凉，特别以“铜驼悲”为象征，来咏人物之衰、盛世盛时不再，以为世人处世处事之警策。

“落魄三月罢，寻花去东家。谁作送春曲，洛岸悲铜驼”，诗人以落魄者的身份与心情，一方面借赴洛阳牡丹花会赏花送春以为伤痛不平之慰藉，另一方面再借“悲铜驼”感时思物，以收达观人生、达观自然、达观历史、超越自我之效。

“桥南多马客，北山饶古人。客饮杯中酒，驼悲千万春”，诗人禀其独有的人生苦短之感与历史苍凉之慨，先拿桥南紫陌骅骝骄骋繁华之地，与北邙前贤亡灵归葬陵墓蒿荒之地为对照，复拿四会道衔之畔贵客正豪饮高会，与所立铜驼因阅历已多而不胜变迁之感为景致观照，以作承转，映射人生生与死之短暂，并映射历史繁荣与衰败之轮回，让人为之深思深省。

“生世莫徒劳，风吹盘上烛。厌见桃株笑，铜驼夜来哭”，人生在世，生命的脆弱无助，命运的多舛多难，诚然一如烛光临风，随时有可能或因蜡之熬尽而自行熄灭，或因风而被猛然吹灭，但是人生自我设计、自我奋斗、自我实现的要义，却总要以“生世莫徒劳”为志向，以坚韧不拔、百折不回的道德修养为不离。

全诗借铜驼的感情，来抒发作者自己的悲愁，立意新颖。

◎轶闻异物录

铜驼荆棘

西晋是中国历史上一个短暂而又黑暗的王朝，泰始元年(265 年)，由晋武帝司马炎取代曹魏政权而建立，定都洛阳。统治集团既腐朽不堪，又激烈地争权夺利，很快亡国，为时仅五十一年，倘若从灭掉东吴开始计算，则仅三十六年。

当时有一个名叫索靖的人，早早就看出了西晋存在的严重问题，对它的灭亡作出了精准的预言。索靖看问题细致入微，目光长远。西晋建立不久，就出现了官僚争相夸富、政治腐败等种种社会现象。他认真分析这些现象，预见到天下行将大乱，晋朝将走向衰亡，但自己又无力改变这一局面，于是郁闷不已。一天，他指着洛阳宫门外设置的铜驼，叹息道:“我会看到你们卧伏在荆棘中。”

后来，索靖的预言果然应验。太康十二年(291 年)，西晋发生了“八王之乱”，朝政十分昏暗，各方争战不休，持续时间长达十六年，都城洛阳遭到严重破坏。

太安二年(303 年)，河间王司马颙等举兵进犯洛阳，索靖被任要职，率关陇义兵参加保卫洛阳之战，不幸在战斗中受伤而死，卒年六十五岁。死后，他被追赠“司空”，谥曰庄。

《晋书·索靖传》中记载:“靖有先识远量，知天下将乱，指洛阳宫门铜驼，叹曰:‘会见汝在荆棘中耳！’”后因以“铜驼荆棘”指山河残破、世族败落或人事衰颓。

巫山高[1]

碧丛丛[2]，高插天，大江[3]翻澜[4]神[5]曳烟[6]。

楚魂寻梦[7]风飔然[8]，晓风飞雨生苔钱[9]。

瑶姬[10]一去一千年，丁香筇竹[11]啼老猿。

古祠[12]近月[13]蟾桂[14]寒，椒[15]花坠红[16]湿云[17]间。

◎注释

①巫山高：本为乐府古题，是《汉铙歌十八曲》之一。巫山：在今重庆巫山县东，山如巫字形，故名。

②丛丛：群峰簇聚的样子。

③大江：指长江。

④翻澜：波澜翻卷。

⑤神：指巫山神女。

⑥曳（yè）烟：指神女在烟云中飞行，长裙拖带着云彩。

⑦楚魂寻梦：指楚襄王（一说楚怀王）梦遇巫山神女的故事，见宋玉《神女赋》。

⑧飔（sī）然：凉飕飕。

⑨苔钱：苔藓，圆如铜钱，故称。

⑩瑶姬：巫山神女名。相传为赤帝之女，死后葬于巫山之南，楚怀王梦见与其相遇，她自称是巫山之女。见《襄阳耆旧传》。

⑪筇（qióng）竹：又名邛竹，古邛国（在今四川西昌市东南）所产之竹，节长心实。

⑫古祠：指巫山神女祠，在巫山的对面。

⑬近月：极言山峰上的古祠位置高险。

⑭蟾桂：指传说中月宫里的蟾蜍和桂树。

⑮椒：花椒，灌木，子实紫红，开黄绿色小花。

⑯坠红：此处实指花椒的子实，故曰“坠红”。

⑰湿云：湿度大的云。

◎译文

碧绿簇聚的巫山群峰高插云天，

长江波浪翻涌，神女的长裙拖带着云烟。

楚王思念梦中神女，飕飕起凉风，

天亮后只见风吹细雨，苔藓处处生。

神女瑶姬一去千年杳无踪影，

丁香丛中筇竹林里不时传出老猿的啼声。

古祠接近月宫，蟾蜍桂树，高险阴冷，

山间的椒子花坠落，把云朵染红。

◎创作背景

这首诗的具体创作年份有待考证。《巫山高》原为汉代鼓吹铙歌十八曲之一，后成为乐府旧题。南北朝以来，有诸多以《巫山高》命题的诗作，大都围绕巫山朝云暮雨的山色和楚怀王梦遇神女的故事来写。李贺的这首《巫山高》同样未脱此俗，较为突出的是其中浓郁的伤逝色彩远远大于浪漫的基调。据史料记载，李贺一生未曾到过巫山，此诗是他的奇想之作。

◎赏析

这首诗在描写巫山景色的同时融进了有关巫山神女的神话传说，写得缥缈幽冷，其风调、意趣很像《楚辞·九歌》。

“碧丛丛，高插天，大江翻澜神曳烟”，将巫山十二峰的奇特景观，描述得十分精确，一下子就摄住了读者的注意力，引领大家进入到诗的意境中去。“神曳烟”形象描绘巫山空滚缥缈、渐移缓行的烟云，它与波澜翻滚、水势迅猛的“大江”，形成动态上的强烈比差；同时，大江、云烟的动态，又与静谧的陡峭山壁、丛林树木，构成鲜明对比，使全诗的开端显得色彩和谐，层次感强，动静配合，富有诗情画意。“神曳烟”

里的“神”字，轻笔一点，便逗引出下文巫山神女的典故来。

“楚魂寻梦风飔然，晓风飞雨生苔钱”，凭借想象，描写楚王萌生旧情，从而魂游巫山。“飔然”的凉风以及随之飘洒的云雨，留下的不只是那玫瑰色的高唐梦，还有斑斑驳驳的苔钱，它们散布在岩石上，仿佛告诉人们，梦境已经破灭，剩下的唯有悲凉的氛围和伤逝的情感。

“瑶姬一去一千年，丁香筇竹啼老猿”，两个“一”字，一虚一实，似乎彼此不相干，其实联系紧密，具有非凡的表现力。“一去”有“去不复返”的意思，而“一千年”则暗示逝者的无情和时间的无情。多情的“楚王”望眼欲穿，却始终不见神女的身影，这就有效地浓化了诗歌的悲剧气氛。

“古祠近月蟾桂寒，椒花坠红湿云间”，神女不在，古祠尚存。“椒花坠红”，这是因为诗人从未到过蜀地，出于艺术想象，所以误将紫赤色的花椒果实当作花朵，写出“坠红”的诗歌意象。山里湿气重，似乎云也是湿的，故云“湿云”。两句意谓古祠近月，寒气侵逼，空寂无人，不时有椒花坠落在古祠旁。用空寂的意境收束全篇，实现了“楚魂寻梦”的空幻，暗示了全诗的题旨。

全诗从描写巫山景色着笔，循着巫山神女的典故展开诗思，而独特之处在于诗人以饱含历史沧桑感的笔触，将巫山地标性的传说融入到巫山的景致和气候中，巧妙地寓情于景，情景交融。

◎轶闻异物录

巫山神女的传说

炎帝的女儿瑶姬是姐妹群里最美艳最时髦最多情的，她好做花季少女粉红色的梦，几度梦中，英俊的少年踏着七彩祥云来接她了，却屡屡被灵鹊儿惊醒。

常言道天妒红颜，佳人薄命，姑娘无端地竟缠绵床塌，患起那无名的绝症，花园里、小河边，再也听不到她银铃般的笑声。炎帝虽是医药之神，但药能医病，不能医命，姑娘终于香消玉殒。

她的尸身葬在巫咸山南坡，香魂飘到姑瑶山化作芬芳的瑶草。瑶草花色嫩黄，叶子双生，结的果实似菟丝。女子若服食了瑶草果，便会变得明艳漂亮，惹人喜欢。据说，瑶草在姑瑶山上，昼吸日精，夜纳月华，若干年后，修炼成巫山神女，芳名瑶姬。

千年又千年，时至战国，楚怀王赴湖北云梦泽畋猎，小憩于高唐馆，朦胧中，见一女子袅袅娉娉，款款行来，自言："我帝之季女，名曰瑶姬，未行而亡，封于巫山之台，精魂为草，实曰灵芝。"楚王见她禀天地阴阳造化之妙，得天独厚，含有天地间一切之美。"其象无双，其美无极"，她的相貌容颜，无人能比，"其状峨峨，何可极言"，其貌之美，已到了无可言谈的地步，惊为天人，爱慕心生，遂留下了一段风流佳话。

楚王恍然梦醒，芳影无踪，遗香犹存。王不能忘情于瑶姬，寻至云梦阳台巫山，但见峰峦秀丽，云蒸霞蔚，乡间相传，此云乃神女所化，上属于天，下入于渊，茂如苍松，美若姣姬。王在巫山临江侧修筑楼阁，号为"朝云"，以示怀念。

江南弄[1]

江中绿雾[2]起凉波[3]，天上叠巘[4]红嵯峨[5]。
水风浦云生老竹[6]，渚[7]暝[8]蒲帆[9]如一幅。
鲈鱼[10]千头酒百斛[11]，酒中[12]倒卧[13]南山绿[14]。
吴歈[15]越吟[16]未终曲，江上团团贴寒玉[17]。

◎注释

①江南弄：乐府诗清商曲辞题名。

②绿雾：青茫茫的雾气。团雾从碧绿的江波中升起，故称。

③凉波：清凉的水面。

④叠巘（yǎn）：本指层叠的山峦。此处形容晚霞。

⑤嵯峨（cuó é）：山峰高峻貌。

⑥“水风”句：言竹木与江水相连，仿佛风和云都是从竹林中生出来的。

⑦渚：水中的小块陆地。

⑧暝：昏暗。

⑨蒲帆：指用蒲草织成的船帆。

⑩鲈（lú）鱼：一种味道鲜美的鱼。江南鲈鱼自魏晋以来就为人所珍视。

⑪斛（hú）：量具名。古以十斗为斛，南宋末改为五斗。

⑫酒中：指酒喝到一半。

⑬倒卧：横卧，横倒。

⑭南山绿：此用陶渊明《饮酒》诗“悠然见南山”之意。

⑮吴歈（yú）：即吴歌。

⑯越吟：越歌。

⑰寒玉：比喻清冷雅洁的东西，此喻月。

◎译文

绿雾从江中清凉的波涛中升起，
天上红霞重叠着像高峻的山峰。
风和云都仿佛从老竹林里生出，
暮色茫茫的洲渚与蒲帆连成片。
鲈鱼千头醇酒百斛可尽情享用，
酒醉卧倒在地望着南山的绿影。
信口唱一支吴歌越曲还未歌尽，
江月如圆玉已在东方冉冉升起。

◎创作背景

这首诗的具体创作年份有待考证。古乐府有《江南曲》，南朝梁武帝改为《江南弄》，都以江南风景为题材。李贺沿用过去的范式，写下了这首诗。

◎赏析

这首诗写江南暮色，清新明丽，美景醉人，秀色可餐，表现出诗人对美好山水的热爱之情。

"江中绿雾起凉波，天上叠巘红嵯峨"，描绘出一幅壮美的图画。此时太阳刚好落山，平静的江面上，水气不断蒸发积聚，飘浮弥漫，使湛绿的江水更绿更暗，加上光线折射，成为一片朦胧的"绿雾"，向远处延伸。天西边，残余的阳光从地平线后面射入云中，将云彩照亮，形状是由宽而窄，向高处耸起，仿佛无数重叠的峰峦；颜色是浓紫鲜红，光怪陆离，大自然在如此广阔的范围急遽地变幻出奇异的景象，场面是阔大而壮观的。红的晚霞与绿的江水分割了整个画面，形成上红下绿异常饱满的两大色块。红与绿是两种互补的色彩，在一幅画面中交相辉映，显得酣畅淋漓。两句诗用了五个形容词，“绿雾”“凉波”，状物十分形象。尤其是第二句，“巘”比喻云霞，又连用“叠”“红”“嵯峨”三个形容词对其形状、色彩加以修饰，给人以无比丰富的视觉感受。

“水风浦云生老竹，渚暝蒲帆如一幅”，对江上景物作细节的描写。风云随处皆有，因与江水相关，故称“水风浦云”。“生老竹”与前面“起凉波”句子形式完全一样，但前面所写是事实，这儿只是一种印象。傍晚天气转凉，而竹林给人的感觉是清寒的，所以说水上的微风，岸边的云霭，仿佛是从竹林里生出来的。天色渐暗，江中小洲笼罩在暮色苍茫之中，远望蒲帆，像是同在一幅画里一样。这里，诗人抓住主观感受上的错觉，生动地表现出大自然的某种变化，笔调相当细腻。

“鲈鱼千头酒百斛，酒中倒卧南山绿”，写江南人民的生活。鲈鱼是江南名产，以产于松江者最佳。《吴郡志》载：“天下之鲈两腮，惟松江之鲈四腮。”晋代张翰在洛阳做官，见秋风吹起，想到家乡的菰菜羹、鲈鱼脍，便弃官而归，是有关鲈鱼的著名典故。因而，凭借着造物主无私的奉献，江南人过着富足安稳的日子。薄暮之中，酒半醉卧，苍翠的山峦宛然在目，人显得非常悠闲自得。

“吴歈越吟未终曲，江上团团贴寒玉”，写人们在青山绿水之间，酒醉兴浓，不禁唱起歌来。吟唱未终，不觉圆月已从江面升起，此情此景，物我俱化而难分彼此了。“团团”指月轮的形状，“寒”指感觉，“玉”喻质地与颜色，着一“贴”字，形容月亮如同明玉粘附、镶嵌在天幕上。李贺写诗，很少用白描手法，而是借助想象强调事物多方面的性质，使画面变得更鲜明、突出，具有立体的感觉。此句与孟浩然《宿建德江》中“江清月近人”对读，一则极力描摹，一则淡中有味，完全是两种不同的情调。

此诗从开头的江中绿雾到结尾的江上寒月，以江水为中心展开了一幅长长的画卷，红霞与江水相接，远山是江边所见，江南人在江畔宴饮，吃的是江中之鲈，水风浦云，洲渚蒲帆，无一不与江水相关。诗中景物颇为繁复，层次却十分清晰，时间上，从夕阳西坠至明月东升是一条线索。与此相关，一是气温降低，先说凉波、水风，又说寒玉，感觉越来越清楚。一是光线减弱，看天上红霞是鲜明的，看水中蒲帆已不甚分明，到月亮升起的时候，地上景物更模糊了。结构上，前四句描写景物，是第一条线；后四句叙述人事，是第二条线，但此时第一条线并未中断，而是若隐若现，起着照应与陪衬的作用，如第六句出现南山的景致，七、八两句写吟唱未终，江月照人，人与景融合为一，两条线索被巧妙地结合起来。黎简说："昌谷于章法每不大理会，然亦有井然者，须细心寻绎始见。"（见《李长吉集评》）此诗正是如此。

◎轶闻异物录

松江鲈

古松江鲈鱼、长江鲥鱼、黄河鲤鱼和巢湖银鱼被誉为"四大名鱼"，营养丰富，味道鲜美，流传至今。历代赞誉松江鲈美味的诗文、传说、著述颇多。汉代的《春秋佐助期》云："吴中以鲈鱼为脍，莼菜为羹，鱼白如玉，菜黄若金，称为金羹玉脍，一时珍食。"

《三国演义》中也有"左慈掷杯戏曹操"的故事，说明鲈鱼早在三国时期已闻名天下。

宋代谈钥所撰的《吴兴志》中记载：松江鲈"肉细美，宜羹，又可为脍，张翰所思者"。据传，吴人献松江鲈于炀帝，炀帝品尝后，大加赞赏，称其为"金齑玉脍，东南佳味也"。时至清代，康熙、乾隆品尝鲈鱼后，誉其为"江南第一名菜"，其名声更为远扬。叶圣陶《得鲈酬诗》云："红腮珍品喜三分，持作羹汤佐小醺。"

上之回[①]

上之回，大旗喜[②]。

悬红云[③]，挞凤尾[④]。

剑匣破[⑤]，舞蛟龙[⑥]。

蚩尤[⑦]死，鼓逢逢[⑧]。

天高庆雷[⑨]齐堕地，

地无惊烟[⑩]海[⑪]千里。

◎注释

①上之回：系乐府旧题，汉乐府《铙歌》曲之一。此指天子返回京师。

②大旗喜：用拟人化的手法，写皇帝的胜利使军旗也欢欣飘扬。

③红云：指红色的大旗连成一片，状如云霞。

④凤尾：旗上的羽饰。

⑤剑匣破：据《拾遗记》载，传说上古帝王颛顼有把宝剑，常在匣中发出虎啸龙吟般的鸣声。如有敌兵来犯，剑会自动破匣腾空，飞去杀敌。

⑥舞蛟龙：比喻宝剑飞舞的情景。

⑦蚩（chī）尤：传说中古代南方少数民族首领，曾发动叛乱，后被黄帝擒杀。

⑧逢（péng）逢：鼓声。

⑨庆雷：欢声雷动。一作“庆云”。

⑩惊烟：报警的烽火。

⑪海：海内，指全国。

◎译文

皇帝取胜归来时，大旗也欢舞招展。

红旗如云连成片，旗端羽饰随风卷。

宝剑破匣腾空起，恰如蛟龙舞蹁跹。
黄帝凯旋蚩尤死，战鼓咚咚声震天。
高空中雷声欢动，声声响彻着大地，
地上祥和无烽烟，海内千里庆胜利。

◎创作背景

这首诗约作于唐宪宗元和元年（806年）十月。元和年间，朝廷对藩镇多次用兵,取得了一些胜利。如元和元年平定反叛的刘辟，元和二年剿灭镇海节度使李锜。这些对藩镇战争的胜利，对人民是个鼓舞，使元和年间出现史家所说的“中兴”现象。李贺从这些胜利中受到鼓舞，所以写了这首颂诗。

◎赏析

这首诗对乐府旧题赋予了新意，借汉武帝刘彻巡行回宫，歌颂西汉王朝战败匈奴的骚扰、巩固国家统一的功绩来歌颂中唐时期对藩镇割据的平叛斗争所取得的胜利，宣传了维护统一的思想，寄托了诗人对现实的期望。

“上之回，大旗喜。悬红云，挞凤尾”，通过写景突出喜庆的景象。用“喜”字来形容红旗飘扬，使红旗染上了情感的色彩。到处是红旗，好似悬在天上的红云，红旗上的凤尾相互拍打着，真像一片旗的海洋。诗一开始就把读者带进了一个被红旗包围着的喜庆的境地里。

“剑匣破，舞蛟龙。蚩尤死，鼓逢逢”，追述胜利的经过。诗人在这四句中用了两个典故，语言十分精炼。宝剑冲破剑匣,如蛟龙腾飞起舞,杀向敌人,用以形容朝廷军队威武神速，写出了军队的不可抵挡的气势，好像看到朝廷的军队所向披靡，摧枯拉朽般地打击着敌人。敌人被歼，叛乱平定，到处是一片庆祝胜利的鼓声。用“蚩尤”这一典故十分确切地表达了诗人的感情以及喜悦的心境。

“天高庆雷齐堕地，地无惊烟海千里”，抒发了作者美好的理想。诗人想象着平定叛乱藩镇之后和平安定的美好景象。欢呼声像天上的雷声降落地上那样，到处是欢声雷动；在辽阔的国土上，再不会有使人惊心动魄的烽烟。中唐时期经过了连绵八年的安史之乱，社会已经陷入极度混乱；各地方藩镇又发动割据战争，战火不息，人民的生活在征战中更加痛苦。渴望和平、安定，是当时人民的普遍愿望。

全诗格调明快，笔力雄健，洋溢着诗人的喜悦之情。

◎轶闻异物录

九黎战神——蚩尤

九黎族部落酋长蚩尤，中国上古神话中的战神。原为炎帝臣属，炎帝被黄帝击败后，蚩尤率部落里的八十一个兄弟举兵与黄帝争霸，在涿鹿展开激战。因为黄帝被神化，蚩尤也不能例外，否则怎么能显得此战的激烈呢。

传说蚩尤三头六臂，铜头铁额，刀枪不入。善于使用刀、斧、戈作战，勇猛无比。黄帝不能力敌，请天神助其破之。杀得天昏地暗，血流成河。蚩尤战败，被黄帝杀了，并斩其首葬之，首级化为血枫林。后黄帝尊蚩尤为“兵主”，即战争之神。

蚩尤勇猛的形象仍然让人畏惧，黄帝把他的形象画在军旗上，用来鼓励自己的军队勇敢作战，诸侯见蚩尤像不战而降。后来人们为了歌颂黄帝，便丑化蚩尤，使之沦为妖魔、邪神形象。

高轩过[1]

韩员外愈、皇甫侍御湜[2]见过，因而命作。

华裾[3]织翠青如葱[4]，金环压辔[5]摇玲珑[6]。

马蹄隐耳[7]声隆隆，入门下马气如虹[8]。

云是东京[9]才子，文章巨公[10]。

二十八宿[11]罗心胸，九精照耀[12]贯当中。

殿前作赋声摩空，笔补造化[13]天无功。

庞眉书客[14]感秋蓬，谁知死草生华风[15]。

我今垂翅附冥鸿[16]，他日不羞蛇作龙[17]。

◎注释

① 高轩过：高轩：高大华贵的车轩；过：拜访。高轩过，就是高车相访的意思。

② 韩员外愈、皇甫侍御湜：指韩愈和皇甫湜。员外、侍御疑为后人编集所加，原诗无此。

③ 华裾：华丽的衣襟，这里借指官服。

④ 织翠青如葱：据《旧唐书》记载，官服颜色因品级不同而异，六品、七品服绿，八品、九品服青。韩愈当时的官阶服绿，皇甫湜服青。

⑤ 辔（pèi）：马缰。

⑥ 玲珑：一作“冬珑”，象声词，指环铃发出的声音。

⑦ 隐耳：声音多而盈耳。一作“隐隐”。

⑧ 气如虹：形容器宇轩昂，气势如虹。

⑨ 东京：指洛阳。

⑩ 巨公：大家，大手笔。按东京才子、文章巨公两句，乃互文见义，用于称颂韩愈、皇甫湜两人的才学。

⑪ 二十八宿：东“苍龙”、北“玄武”、西“白虎”、南“朱雀”各七宿合称。

⑫ 九精照耀：一作“元精耿耿”。九精：九星之精，即天之精气。

⑬ 笔补造化：以诗文弥补造化的不足。

⑭ 庞眉书客：作者自称。庞眉，眉毛黑白杂色，形容老貌。

⑮ 华风：犹光风。天日清明时的和风。

⑯ 冥鸿：空中鸿雁。

⑰ 蛇作龙：喻咸鱼翻身，仕途转起。

◎译文

韩愈员外、皇甫湜侍御前来拜访，为此命题而作。

两位大人华丽的官服青翠如葱，
马辔头饰的玲珑金环摇晃作响。
马蹄儿嘚嘚，马车声声响隆隆，
下马进门来器宇轩昂气势如虹。
自报家门一个是洛阳城大才子，
一个是名满天下的文章大巨公。
二十八宿的才气溢满他们胸中，
天地间精华他们皆能融会贯通。
殿前吟诗作赋的声音响彻云空，
妙笔补造化之缺上天都不企及。
异乡粗陋书客自感只是棵秋草，
谁知道枯草也能沐浴春天和风。
我就像垂翅的鸟儿附上了鸿雁，
他日定不羞惭由小蛇变成大龙。

◎创作背景

这首诗当作于唐宪宗元和四年（809年），韩愈任都官员外郎，皇甫湜任侍御史，而李贺还只是个初出茅庐的青年。这是一首应酬诗，诗题下有序云：“韩员外愈、皇甫侍御湜见过，而因命作。”韩愈是唐代古文运动领袖、大诗人，皇甫湜是韩门弟子、著名古文家，二人闻知李贺诗名，特来一会，并要他即景赋诗。可见二人是有意考考李贺的真诗才。

◎赏析

这首即兴而写的应酬诗，通过描写韩愈、皇甫湜二人来访时的华服金马，彰显出李贺的诗名令大文学家韩愈师徒都乐于登门造访，又通过赞颂韩愈、皇甫湜二人的学识和文名，表达出诗人对韩愈、皇甫湜的感激和对自己未来的无限期望。

“华裾织翠青如葱，金环压辔摇玲珑。马蹄隐耳声隆隆，入门下马气如虹。云是东京才子，文章巨公”是第一部分，写韩愈、皇甫湜联骑造访。先写二人所穿的官服，接着写坐骑装饰的华贵，然后写车轮声、马蹄声由远而近，隆隆盈耳，韩愈、皇甫湜入门下马，神态轩昂。这段实写作者眼中所见，耳中所闻，人物神情俨然可辨，绘声绘色地形容出诗题所规定的内容。

“二十八宿罗心胸，九精照耀贯当中。殿前作赋声摩空，笔补造化天无功”是第二部分，着重赞颂二人的学识和文名。不说满腹经论，偏说胸中罗列满天星斗；不说光焰万丈，偏说天之精气充塞其中；不说声名卓著，偏说声摩空；不说彩笔生花，偏说天无功。诗人张开想象的翅膀，上天入地，“精骛八极，心游万仞”，竭力调动神话世界中瑰奇景物来弥补现实世界的贫乏与不足。

“庞眉书客感秋蓬，谁知死草生华风。我今垂翅附冥鸿，他日不羞蛇作龙”是第三部分，写自己的处境与抱负。这四句诗有一个共同点，即处处写自己的穷愁失意，如“感秋蓬”“死草”“垂翅”，又处处暗示自己不甘没落，向往腾达发迹之日，如“生华风”“附冥鸿”“作龙”。其中很大一个愿望是恳请二位名公对自己的困顿施以援手，加以提携。因此，有意识地以自然事物的转折变化，“死草生华风”“垂翅附冥鸿”“蛇作龙”，来表达自己迫切希望改变命运的强烈渴求。

整首诗一气呵成，构思精巧，感情丰富，跌宕多姿，想象新奇，表现出“诗鬼”的才情名不虚传。

◎轶闻异物录

星神四灵

道教崇奉的星神，指“四象”和“二十八宿”。

二十八宿，也称“二十八舍”，或“二十八星”。

我国古代为了观测天象及日、月、五星的运行，选取二十八个星官作为观测时的标志，称为“二十八宿”。它又平均分为四组，每组七宿，与东、西、南、北四个方位和苍龙、白虎、朱雀、玄武（龟蛇合称）等动物形象相配，称为“四象”，道教名之为“四灵”。二十八宿与四象观念的形成很早，至战国初已见于记载。稍晚的《礼记·曲礼上》云：“行前朱鸟而后玄武，左青龙而右白虎。”孔颖达疏：“朱鸟、玄武、青龙、白虎，四方宿名也。”汉代纬书《尚书考灵曜》云：“二十八宿，天元气，万物之精也。故东方角、亢、氐、房、心、尾、箕七宿，其形如龙，曰‘左青龙’。南方井、鬼、柳、星、张、翼、轸七宿，其形如鹑鸟，曰‘前朱雀’。西方奎、娄、胃、昴、毕、觜、参七宿，其形如虎，曰‘右白虎’。北方斗、牛、女、虚、危、室、壁七宿，其形如龟蛇，曰‘后玄武’。”

贝宫夫人①

丁丁②海女③弄金环④，雀钗⑤翘揭⑥双翅关⑦。

六宫⑧不语一生闲⑨，高悬银榜⑩照青山⑪。

长眉凝⑫绿⑬几千年⑭，清凉⑮堪老镜中鸾⑯。

秋肌稍觉玉衣⑰寒，空光⑱贴妥⑲水如天。

◎注释

① 贝宫夫人：神女，身份不明，宋代吴正子、明代曾益以为是龙女，清代姚文燮以为是海神，清代学者王琦则认为是南朝梁文学家任昉《述异记》中所记的贝宫夫人，在太乙山下。

② 丁丁：环佩相击声。

③ 海女：海神之女。

④ 弄金环：风儿吹拂之下，海女塑像上的金环丁丁作响。

⑤ 雀钗：雀形的钗头。

⑥ 翘揭：高起之貌。

⑦ 双翅关：雀之双翅合起未开。

⑧ 六宫：原指古代天子居住之地，有正寝一，燕寝五。神既称夫人，则亦仿天子之制立六宫仪制。

⑨ 不语一生闲：海女泥塑，不能言语，故曰“一生闲”。

⑩ 银榜：宫前门上银白色牌额。

⑪ 照青山：夫人像与山对立相映照。

⑫ 凝：凝固不变。

⑬ 绿：代黑。

⑭ 几千年：指神寿长久。

⑮ 清凉：凄清荒凉。

⑯ 镜中鸾（luán）：谓夫人没有配偶，只如孤鸾，自睹镜中形影。

⑰ 玉衣：以白玉为衣饰，言其衣服华美。

⑱ 空光：深秋季节空明澄彻的天宇。

⑲ 贴妥：妥帖稳称。

◎译文

微风吹拂着海女的佩环叮铃铃作响，
贝宫夫人头上雀钗高耸，雀翅紧闭。
她有六个寝宫整日不语一生多安闲，
庙门前银匾高悬辉耀着四周的群山。
夫人长眉凝翠绿，神寿长久几千年，
她清心寡欲，铜镜中常飞着青凤鸾。
看夫人玉衣单薄，令人稍觉肌肤寒，
秋天风光多明净，水天一色难分辨。

◎创作背景

这首诗大约作于唐宪宗元和九年(814年),正是李贺南游途中，描写了在贝宫夫人庙里的所见。

◎赏析

这首诗运用想象的手法，大胆地描写出贝宫夫人冷艳中透着令人生畏的苍凉，仿佛一位饱经世故的神妇冷眼看着人世变迁，从而抒发诗人心中的悲苦。

“丁丁海女弄金环，雀钗翘揭双翅关”，描写贝宫夫人的环佩和头饰，衬托出神女异常的美貌。

“六宫不语一生闲，高悬银榜照青山”，描绘了贝宫夫人神像的沉默，神庙里高悬的镜子照着远处的隐隐青山，创造出一种静谧的神秘。

“长眉凝绿几千年，清凉堪老镜中鸾”，诗人将几千年的时间凝结为贝宫夫人神像上那一弯绿眉，这是时间凝结而成的色彩。“鸾”是爱人的象征，但是通过“堪老”二字，可知诗人笔下的贝宫夫人拒绝这种人间的感情。和李商隐笔下的嫦娥不同，李贺笔下的贝宫夫人是一个没有情欲的形象，抽离了人的感情，从而制造了读者和贝宫夫人之间的疏离感。

“秋肌稍觉玉衣寒，空光贴妥水如天”，诗人通过想象，模拟了贝宫夫人的体感。“稍觉”使得这种疏离感没有那么绝对。诗人把生活女性化，是为了表现自己的失意心态。

全诗对于神话人物的描写形象鲜明，色彩的对比更加突出了作者的悲苦之感；词句奇峭，而又妥帖绵密。全诗充满了浪漫主义色彩。

◎轶闻异物录

鸾

青鸾又名鸾鸟、青鸟、鸡趣等。鸾是古代中国神话传说中凤凰一类的鸟，在凤凰的诸种异名中，鸾可能是最为人们熟知的一种。汉、晋小说中流行把鸾鸟—玄鸟—青鸟视为春神之使者，以及东王公与西王母的象征。

《山海经》曰：“女床之山，有鸟，其状如翟，名曰鸾鸟，见则天下安宁。”《说文》曰：“鸾，神灵之精也，赤色五彩，鸡形，鸣中五音。”《禽经》曰：“鸾，瑞鸟，一名鸡趣，首翼赤，曰丹凤；青，曰羽翔，白，曰化翼；玄，曰阴翥；黄，曰土符。”

江楼曲

楼前流水江陵[①]道，鲤鱼风[②]起芙蓉[③]老。

晓钗催[④]鬓语南风，抽帆[⑤]归来一日功。

鼍[⑥]吟浦口[⑦]飞梅雨[⑧]，竿头酒旗[⑨]换青苎。

萧骚[⑩]浪白云差池[⑪]，黄粉油衫[⑫]寄郎主[⑬]。

新槽[⑭]酒声苦无力，南湖一顷[⑮]菱花[⑯]白。

眼前便有千里愁[⑰]，小玉[⑱]开屏见山色。

◎注释

① 江陵：古称荆州，唐为江陵府，即今湖北之江陵。

② 鲤鱼风：九月风。语出梁简文帝诗《艳歌篇》“灯生阳燧火，尘散鲤鱼风”。《岁时记》云：“九月风曰鲤鱼风。”这里指寒秋之风。

③ 芙蓉：荷花的别名。

④ 催：一作“拥”。

⑤ 抽帆：即扬帆起航。

⑥ 鼍（tuó）：又名鼍龙，俗名猪婆龙，即扬子鳄，传说欲雨则鸣，鸣声似鼓。

⑦ 浦口：即水滨。

⑧ 梅雨：指梅熟季节下起的连绵细雨。

⑨ 酒旗：即酒帘。酒店的标识。

⑩ 萧骚：水波动荡的样子。

⑪ 差池：即参差不齐貌。一作“参差”。

⑫ 油衫：用桐油涂制而成的雨衣。

⑬ 郎主：旧时妻妾对丈夫的称呼。

⑭ 新槽：指制新酒的槽床。

⑮ 一顷：为一百亩。

⑯ 菱花：镜子的雅称。

⑰ 千里愁：一作“千里思”。

⑱ 小玉：唐人对侍女的通称。

◎译文

楼前江水一直通往江陵郡，九月风起荷花开始变苍老。

清晨梳妆打扮对南风呢喃，扬帆起航归来仅一日而已。

扬子鳄鸣叫预示梅雨已到，酒馆的旗帜换成了苎麻布。

看江水荡漾白云参差不齐，粉黄的油布雨衣寄予郎君。

喝了新沥美酒也无力遣愁，想观南湖的菱花盛开成片。

眼里纵然有无尽离愁别绪，侍女推开屏风只见山连绵。

◎创作背景

这首诗的具体创作年份有待考证。唐代商业发达，特别是长江沿岸，经济繁荣，江上舟舸络绎不绝。由于水路畅通，这些地方从事长途贩运的男子很多，他们远离家园，往往旷日持久，年轻的妻子独守空房，加上江中风浪险恶，每当想起离去的丈夫可能遭遇不测，盼其平安归来的心情就更加迫切。因此李贺以商人妇思夫之语气写下这首诗。

◎赏析

这是一篇思夫之作。从作品描写的情况看，女主人公的丈夫，可能是在江陵的从商者，经年不归，因而使得妻子百般思念。

“楼前流水江陵道，鲤鱼风起芙蓉老”，开篇点题，交代情由。既是对江楼周遭景物的刻画，也是对登楼眺望者心情的描摹。虽没直说女主人公的幽怨，但幽怨之情已分明可见。既然“楼前流水”直通江陵，那么“江陵”自然也是直通“楼前”，这样便利的水上交通，而丈夫竟然未归，这不能不使她生怨。“鲤鱼风起”，正是古人所谓“见秋风起”而思归的时刻，而丈夫却不见回来，这又是一层怨情。一个夫君在外的青春女子，见荷花在秋风中变老，不能不生出“荷犹此变，人何以堪”的悲叹。一个“老”字,写出了她心中的无限幽怨之情。

“晓钗催鬟语南风，抽帆归来一日功”，描写女主人公的动作细节和心理。“晓钗催鬟”是写她见曙色而早起急忙梳妆的情景，一个“催”字，写出了她急理云鬟、忙插花黄，又生怕误了迎接夫婿的动作和心态;“语南风”三字，又写出她盼夫情切到见夫未归时的自言自语之状，而“抽帆归来一日功”简直变成了对丈夫喃喃的责问。由此不难看出，虽字面温和，似乎未见怨言，但细分析却内含着几层的幽怨和责问，这责怨又深深地蕴含着她对丈夫的深情厚爱。

“鼍吟浦口飞梅雨，竿头酒旗换青苎”，通过景色描写，进一步渲染相思之情。“梅雨”二字使得盼夫之情更添一抹愁绪，她于江楼盼夫归，非只一日，亦非只一月，至少是由春至夏,又由夏至秋,思夫的痛苦,折磨了她多么长久的时光。

“萧骚浪白云差池，黄粉油衫寄郎主”，话锋一转，怨责之情下的厚爱溢于言表。她时时思念着丈夫，也时时疼爱着丈夫，无时无刻不惦念着他的生活、起居；梅雨中遥寄黄粉油衣,这分明寄去了一片爱情的赤诚之心。将“相思”和“厚爱”联结成了一体，这就不仅增加了作品的深度和厚度，同时也是为了末段的描写作铺垫。

“新槽酒声苦无力，南湖一顷菱花白”，写女主人公在极端苦闷之中，想借酒遣愁；但她喝了槽床新沥的美酒佳酿，愁绪却并未因此而稍减，因而发出“苦无力”之慨叹。接着写她想观南湖佳景以散愁。回想当年，夫妻双双游湖，见到的是湖水澄彻，少女采莲，鸳鸯戏水，真是心旷神怡，令人陶醉。而今想借观南湖散心，不仅只身孑影，而且眼中所见，冷风飕飕，荻花瑟瑟，残荷败叶，令人目不忍睹。将一个相思女子愁情难遣的情怀展现得淋漓尽致。

“眼前便有千里愁，小玉开屏见山色”，这“千里愁”三字，有着两层含义：一是思念丈夫远在千里之外，不得相见；一是写自己愁绪万千，犹如千里愁云笼罩，无法解脱。因为千愁万绪，郁结心头，于是她命侍女推开屏风，以观远景而驱散郁闷，却看到遥山叠叠，无边无际，这就更增加了她茫茫的千里愁绪。

全诗采用略貌取神之笔，从人物的动作细节中揭示其心态和情思，在结构上先从女主人公的神貌着笔，再回思其痛苦的相思之历程，又回到描写其痛苦相思的画面上来，风格深致婉转，构思自然巧妙，体现了既简括灵妙又含而不露的艺术特点。

◎轶闻异物录

江　陵

江陵前身为楚国国都“郢”，从春秋战国到五代十国，先后有三十四位君王在此建都，历时五百余年。自汉朝起，江陵城长期作为荆州的治所而存在，故常以“荆州”专称江陵。

江陵现名荆州市，位于湖北省中南部，地级市，全国历史文化名城，江汉平原的中心城市。五代以来，中原王朝统治中心在豫陕之间，江陵西控巴蜀，北接襄汉，襟带江湖，指臂吴粤，是中原沟通岭南的要冲，号为“东南重镇”“亦都会也”。历代统治长江中下游地区的政权多建都于此，春秋迄五代共有十代政权，其中楚是大国强国，东晋和南朝都拥有南部半壁江山，故江陵古都地位较高，仅次于“七大古都”，是荆楚名都。

野　歌①

鸦翎羽箭②山桑③弓，仰天射落衔芦鸿④。

麻衣⑤黑肥⑥冲北风，带酒日晚歌田中。

男儿屈穷⑦心不穷，枯荣⑧不等嗔⑨天公⑩。

寒风又变为春柳，条条看即⑪烟蒙蒙。

◎注释

①野歌：在田野中放声高歌。

②鸦翎羽箭：用乌鸦羽毛做成的箭。

③山桑：即桑树，木质坚韧，可制弓箭。

④衔芦鸿：口衔着芦苇的大雁。传说大雁为躲避对手，经常衔着芦苇而飞。

⑤麻衣：这里指寒士穿的粗布麻衣。

⑥黑肥：形容衣服肮脏肥大。

⑦屈穷：指有才志而不能施展。

⑧枯荣：草木的盛衰，指人生的得意和失意。

⑨嗔：生气发怒。

⑩天公：老天。

⑪看即：随即，转眼。

◎译文

拉开鸦翎桑木制成的弓箭，仰天射落口衔芦苇的大雁。

身着粗衣迎着呼啸的北风，在田野饮酒高歌直至黄昏。

大丈夫即便身穷但志不穷，怒老天为何枯荣如此不公。

凛冽寒风也终将化为春柳，仿若轻烟笼罩般摇曳生姿。

◎创作背景

这首诗当作于元和五年至六年（810年—811年）遭谗落第

之后、长安任职之前，反映了诗人虽仕途受挫但对社会仍旧充满希望的真实心态。

◎赏析

这首诗前四句紧扣诗题叙事，后四句脱口抒怀，表达了“屈穷心不穷”的高远志向，寄寓了诗人对未来的热情向往。

“鸦翎羽箭山桑弓，仰天射落衔芦鸿”，借仰天射鸿喻指诗人凭借出众才华来到京都准备在应举考试中摘冠折桂。其中“弓”“箭”喻指诗人的文学才华,诗人要仰望的天空是京都,诗人要射落的“鸿”是科场折桂。诗人以形象化的比喻描绘出自己的理想宏愿。

“麻衣黑肥冲北风，带酒日晚歌田中”，诗人在理想与现实的矛盾中排解郁结在心头的苦闷与悲愤。“黑”字隐约透露出一种环境过于压抑和阴森的感觉，“北风”让诗人敏感于世风的炎凉，人情的冷漠。置身于如此压抑和阴森的社会环境，面对如此炎凉的世风、冷漠的人情，诗人依然肥衣冲风、饮酒高歌，其感情何其沉郁愤激，其气概何其慷慨豪迈！如此开怀畅饮，长时间纵情高歌，一个豪放、洒脱的诗人形象宛然如立眼前。

“男儿屈穷心不穷，枯荣不等嗔天公”，是诗人不甘沉沦的自勉。“屈穷心不穷”颇有“少年心事当拿云”的凌云壮志，“枯荣不等”表明诗人的不遇之感。一个“嗔”字写尽沮丧、懊恼、悲怆之情。然而虽遭受意外的人生挫折，但内心依然充盈着入仕的锐气，期望冲破困境，寻求光明未来。

“寒风又变为春柳，条条看即烟蒙蒙”，一语双关，“寒风”，指代冬季；“春柳”，象征春天景色。表明诗人的乐观与自信，正如“雄鸡一声天下白”，迸发出施展抱负、实现理想的呼声。

全诗扣题叙事，因事抒怀，叙事抒怀，紧密关联。叙事之中的形象描写、声响渲染已见豪放、洒脱之态，抒怀之时的内心表白、艺术遐思犹溢自信、憧憬之情。全诗脉络清晰，音节浏亮，基调昂扬，充满了激情。

◎轶闻异物录

禽中之冠——野雁

野雁乃是禽中之冠，自古被视为“五常俱全”的灵物。哪五常？仁、义、礼、智、信也。

雁有仁心，是因为一队雁阵当中，总有老弱病残之辈，不能够凭借自己的能力打食，别的壮年大雁，绝不会弃之不顾，而是养其老送其终，此为仁者之心。大雁不仅有仁，更有情义，雌雁雄雁相配，向来是从一而终。不论是雌雁死或是雄雁亡，剩下落单的一只孤雁，到死也不会再找别的伴侣。

我国古代有很多诗句赞美它们，例如“八月初一雁门开，鸿雁南飞带霜来”；陆游的“雨霁鸡栖早，风高雁阵斜”；韦应物的“万里人南去，三春雁北飞”等。

将进酒[1]

琉璃钟[2]，琥珀[3]浓，小槽酒[4]滴真珠[5]红。

烹龙炮凤玉脂泣[6]，罗帏[7]绣幕围香风。

吹龙笛[8]，击鼍[9]鼓；皓齿歌，细腰舞。

况是青春日将暮，桃花乱落如红雨[10]。

劝君终日酩酊[11]醉，酒不到刘伶[12]坟上土！

◎注释

① 将进酒：原是汉乐府短箫铙歌的曲调，这里意为“劝酒歌”。
② 钟：盛酒的器皿。
③ 琥珀：色黄净，喻指美酒。
④ 槽酒：酿酒的器皿。
⑤ 真珠：喻酒色的柔润莹洁。
⑥ 玉脂泣：比喻油脂在烹煮时发出的声音。
⑦ 罗帏：一作“罗屏”。
⑧ 龙笛：长笛。
⑨ 鼍（tuó）：扬子鳄。
⑩ 红雨：花瓣如雨。
⑪ 酩酊：大醉。
⑫ 刘伶：晋人，“竹林七贤”之一，以嗜酒著称，著有《酒德颂》。

◎译文

明净的琉璃杯，琥珀色的美酒，酒滴浓红恰似火齐珠。烹龙肝庖凤髓，油爆声如啜泣，锦绣帷幕中充满香气。笛声悠扬婉转，皮鼓声响咚咚；吴娃楚女，轻歌曼舞。更何况春光渐老、日暮将临，桃花随风飘如漫天红雨。劝世人不如终日酩酊一醉，莫到身归黄土，痴人说梦。

◎创作背景

这首诗当作于唐宪宗元和六年至八年（811 年—813 年），李贺在京师长安任职，见惯官场黑暗、豪华奢靡，由此产生“死既可悲，生也无聊”的苦闷心理。

◎赏析

这首诗将一个宴饮歌舞的场面写得缤纷绚烂，有声有色，形神兼备，兴会淋漓，并且以精湛的艺术技巧表现了诗人对人生的深切体验。

“琉璃钟，琥珀浓，小槽酒滴真珠红”，开篇诸多意象密集搭配，有声有色，有滋有味，给人一种应接不暇的体验。“琉璃”“琥珀”“真珠”从器皿、色泽、斟酒的过程层层渲染酒的名贵，满目琳琅的豪华盛宴就此展开。

“烹龙炮凤玉脂泣，罗帏绣幕围香风”，进一步用华丽的意象体现宴席的奢靡。厨中肴馔是“烹龙炮凤”，宴庭陈设为“罗帏绣幕”，采用夸张、借喻的修辞手法渲染了欢乐沉醉的气氛。其物象之华美，色泽之瑰丽，令人沉醉，无以复加。美酒佳肴，欢歌曼舞，人生之乐似乎莫过于此，表达了诗人对人生的深深眷恋之情。

“吹龙笛，击鼍鼓；皓齿歌，细腰舞”，仅十二字，就将音乐歌舞之美妙写得尽态极妍，让读者目不暇视，耳不暇接。

“况是青春日将暮，桃花乱落如红雨”，春天即将逝去，夜幕将要降临，一阵风来，桃花纷纷飘落，犹如洒下一场红色的雨，这场景真是美轮美奂。古人常用“红雨”来比喻落花，十分生动形象，比如欧阳修词“泪眼问花花不语，乱红飞过秋千去”，秦观词“山无数，乱红如雨，不记来时路”，都是表达睹物伤怀的情感。漫天纷飞的落花，日渐远去的青春，这一意象则为诗人悲凄的人生作了注脚。

“劝君终日酩酊醉，酒不到刘伶坟上土”，流露了作者的内心情绪。竹林七贤之一的刘伶曾作《酒德颂》，宣扬纵酒放诞的生活，《晋书》中说他乘鹿车，携一壶酒，并称如果死了，就将他埋掉。这里引用刘伶的典故，流露出一种幽怨、及时行乐的情绪，对酒当歌，人生几何，那就喝到烂醉如泥吧。人间乐事反衬出死的可悲，强调生的快乐和死的悲哀，在生死的对比中着意表现由苦短人生所铸就的生命悲愁。

全诗以幽邃朦胧、瑰艳凄冷的意境，生动灵澈、神奇超常的意象，构设意与境浑的美学特质，充分表达诗人身处病态社会的烦闷、压抑、凄凉与愤激心绪，给读者以深刻的精神启示和审美感受。

◎轶闻异物录

刘　伶

刘伶嗜酒不羁，被称为“醉侯”，好老庄之学，追求自由逍遥、无为而治。曾在建威将军王戎幕府下任参军，因无所作为而罢官。

在竹林七贤中，刘伶是社会地位最低的一位，他身高六尺，容貌丑陋。放肆情志，常以身处宇宙调和万物为意，从不滥与人交往，沉默寡言，对人情世故漠不关心，只与阮籍、嵇康相交甚厚，遇上时便有说有笑，非常投机，携手共游山水，对于有没有家产根本不介意。

刘伶嗜酒如命，常常坐着鹿车，带一壶酒，使人扛着锹跟着，说：“如果我醉死了就把我埋了。”还曾发出“我以天地为栋宇，屋室为裈衣，诸君何为入我裈中”的酒后豪言。

昆仑使者[①]

昆仑使者无消息，茂陵[②]烟树[③]生愁色[④]。

金盘玉露[⑤]自淋漓[⑥]，元气[⑦]茫茫收不得。

麒麟[⑧]背上石文裂，虬龙[⑨]鳞下红枝折。

何处偏伤万国[⑩]心，中天[⑪]夜久高明月。

◎注释

①昆仑使者：指为西王母当信使的青鸟。《山海经·海内北经》载，西王母居昆仑山，有三只青鸟为她取食传信。又据《汉武故事》，西王母遣使见汉武帝，约期相会，武帝曾向西王母求不死之药。

②茂陵：汉武帝刘彻的陵墓，在今陕西兴平县。

③烟树：云雾笼罩的繁茂树木。

④愁色：凄愁暗淡的气氛。

⑤金盘玉露：汉武帝晚年迷信神仙，在长安的宫中筑台，上铸一尊金刚仙人，手捧铜盘，用以承接露水。按迷信说法，这种露水掺和玉屑服用，可以长生。

⑥淋漓：指露珠沾湿或流滴的样子。

⑦元气：指天地间之精气。方士认为服吸它可长生不老。

⑧麒麟：古代传说中的一种珍异祥瑞之兽。这里指陵墓前的石麒麟。

⑨虬（qiú）龙：传说中的无角龙。这里指寝殿丹漆柱上雕刻的龙。

⑩万国：即九州。指中国各地。

⑪中天：天中，指茂陵上空。

◎译文

西王母的青鸟还杳无音信，茂陵的烟树却已深染愁色。

宫中的金盘仍在承接玉露，但茫茫的元气却收取不得。

墓前的麒麟背上早生裂纹，石雕虬龙的鳞片多半残缺。

让天下人伤心的不是别处，是陵墓上长夜高悬的明月。

◎创作背景

这首诗当作于唐宪宗元和六年至八年（811 年—813 年）间。当时唐宪宗李纯听信和重用一些道人方士，想效仿汉武帝派遣使臣出使昆仑，开通西域，广求异珍，期冀长生。李贺运用借古喻今的手法创作出这首诗，实际上是对皇帝的讽刺和劝谏。

◎赏析

这首诗采用借古讽今的手法，借写汉武帝求仙徒劳，来嘲讽唐宪宗服药石以求长生，荒诞误国，对古今帝王追求长生的愚妄行为，进行了辛辣的讽刺。

“昆仑使者无消息，茂陵烟树生愁色”，起笔徐纡，“无消息”与“生愁色”相对，既把诗的背景追溯到神话传说之中，又把关注的焦点集中到汉武帝刘彻身上。尽管汉武帝生前追求长生不死，喝玉露，吸元气，但结果还是葬身茂陵，与世长辞。这说明人类无法抗拒生老病死的自然规律。

“金盘玉露自淋漓，元气茫茫收不得”，虽无“愁”字却延续了愁意。“愁”是诗人精心结构的意象。西王母的青鸟没有带回长生的消息是一愁；金盘承露，服食无法长生又是一愁。那茂陵破败的景象无不给人以惊心动魄之感。因而，诗人认为最使人感到伤悲的，是茂陵上空高照的明月。言外之意，最可叹的是汉武帝求长生的徒劳。唐人有借汉说唐的习惯，因此，对汉武帝的讽刺实际上是有现实针对性的。

“麒麟背上石文裂，虬龙鳞下红枝折”，说明自然界一切物质都在变化发展，巨石做成的麒麟天长日久也会崩裂，雕刻在粗大宫柱上的虬龙总有一天会肢体断折。可见那种所谓长生不老的想法是十分荒谬的。这反映了李贺的朴素唯物主义思想。

“何处偏伤万国心，中天夜久高明月”，只有这轮光照千古的明月，阅尽人间沧桑，是汉武帝求长生未遂的见证人，也是当今君王执迷此道而荒误国政的见证人。

这首诗借汉武帝来讽刺唐宪宗求长生的痴心妄想，意在反对服药石求仙这类荒诞无稽之举。全诗意境悲凉，笔势奇崛，情致冷峭。

◎轶闻异物录

汉武帝刘彻

汉武帝刘彻(前 156—前 87)，西汉第七位皇帝，杰出的政治家、战略家。

为巩固皇权，汉武帝建立了中朝，在地方设置刺史，开创察举制选拔人才。采纳主父偃的建议，颁行“推恩令”，解决王国势力，并将盐铁和铸币权收归中央。文化上采用了董仲舒的建议，“黜百家，独尊儒术”，结束了先秦以来“师异道，人异论，百家殊方”的局面。汉武帝时期攘夷拓土、国威远扬，东并朝鲜、南吞百越、西征大宛、北破匈奴，奠定了汉地范围，首开丝绸之路，首创年号，兴太学。

刘彻在各个领域均有建树，但在位后期穷兵黩武，又造成了巫蛊之祸，为其整体正面形象留下负面评价，征和四年(前 89 年)，刘彻下罪己诏。后元二年(前 87 年)，刘彻崩于五柞宫，享年七十岁，谥号孝武皇帝，庙号世宗，葬于茂陵。

李贺大事记

1. 唐德宗贞元六年（790 年），生于福昌县昌谷（今洛阳宜阳县）一个没落贵族之家，是唐高祖李渊的叔父李亮（大郑王）后裔，属唐宗室远支。父亲李晋肃，任陕县（今河南省三门峡市陕州区）令。随母隐居昌谷。

2. 唐德宗贞元十二年（796 年），七岁，即能援笔写诗，名扬乡里。

3. 唐德宗贞元二十年（804 年），十五岁，常骑驴外出，得佳句便随手而书，放入背上囊中，回家后，便将囊中所写诗文散句整理出来。此时其诗名已誉满京华，与李益齐名。

4. 唐宪宗元和二年（807 年），十八岁，本可以参加进士应试科考，但因“年未弱冠”，即遭父丧，又因服丧未满三年，而不得参加应试考试。

5. 唐宪宗元和三年（808 年）春，十九岁，离京返回昌谷，作《出城》。当年十月间，再次西入长安。

6. 唐宪宗元和四年（809 年），二十岁，任都官员外郎韩愈、侍御史皇甫湜因慕李贺的才气，亲自前来拜见。此时，李贺只是个初出茅庐的青年。作《高轩过》答谢。

7. 唐宪宗元和五年（810 年）初冬，二十一岁的李贺参加房式主持、韩愈参与组织的河南府试，作《河南府试十二月乐词并闰月》，获得成功，当年年底即赴长安应进士举。但因父名“晋肃”中的“晋”与“进”犯“嫌名”而遭谗。韩愈为此力排众议，“质之于律”“稽之于典”为其辩解，最终未能为李贺争取到进士举的权利。李贺无可奈何，不得不愤然离开试院。

8. 唐宪宗元和五年（810 年），二十一岁，韩愈调任河南令（河南府，治所洛阳），作《燕河南府秀才》，诗中有“惟求文章写，不敢妒与争”，感怀此前李贺的不幸遭遇，诫勉本届考生。

9. 唐宪宗元和六年（811 年）五月，二十二岁，返回长安，经宗人推荐，考核后，父荫得官，任奉礼郎，从九品。从此，滞留长安三年。

10. 唐宪宗元和八年（813 年）春，二十四岁，告病回昌谷休养。不久，又举足南游，希望在南楚或吴越一展才华。

11. 唐宪宗元和九年（814 年），二十五岁，辞去奉礼郎之职，重回昌谷“归卧”。后取道宜阳、洛阳，经河阳，入太行，过长平、高平，于深秋到达潞州（今山西长治市）。此后在潞州张彻荐举下，做了昭义军节度使郗士美的幕僚，在军队服务，帮办公文。

12. 唐宪宗元和十一年（816年），二十七岁，因北方藩镇跋扈，分裂势力猖獗，郗士美讨叛无功，告病到洛阳休养，友人张彻也抽身回长安。无路可走，只得强撑病躯，回到昌谷故居，整理所存诗作，不久病卒。